D1137164

10
18

12, AVENUE D'ITALIE. PARIS XIIIᵉ

Sur l'auteur

Originaire de la région de Chicago et diplômé du prestigieux Vassar College, Adam Langer est l'auteur de six romans dont *Les Voleurs de Manhattan* et *Le Contrat Salinger*.

ADAM LANGER

LE CONTRAT SALINGER

Traduit de l'anglais (États-Unis)
par Émilie Didier

10/18

SUPER 8 ÉDITIONS

Titre original :
The Salinger Contract

Éditeur original : Open Road Integrated Media
Publié avec l'accord de Marly Rusoff Literary Agency,
Bronxville, New York, USA, par le biais de l'agence
Anna Jarota, Paris, France

*Pour Wendy Salinger, ma préférée
des écrivains qui portent ce nom.
Comme toujours, pour Beate, Nora et Solveig.
Quant à mes parents, j'espère
qu'ils me pardonneront un jour
d'avoir révélé ici certains secrets.*

I

À signature

Promets-moi que si j'ai un jour le courage de penser en héros, toi tu auras celui de te comporter en être humain digne de ce nom.

JOHN LE CARRÉ, *La Maison Russie*

Pardonnez-moi, mon père, car je sais exactement ce que j'ai fait.
Pardonnez-moi, mon père, pour tout ce qu'il me reste à faire.

CONNER JOYCE, *Le Casier froid*

1

Jamais je n'aurais cru qu'un livre puisse modifier le cours d'une existence. C'est Conner Joyce qui m'a fait changer d'avis. Plutôt logique, quand on y pense.

Ce récit – comment un livre a sauvé ma vie tandis qu'un autre a failli tuer Conner – commence comme il se doit dans une librairie. Le Borders de Bloomington plus précisément, dans l'Indiana. C'est là que j'ai reconnu la tête de Conner sur une affiche. À cette époque, je l'avais presque oublié. Je pensais en avoir terminé avec la littérature.

Le genre de polars qu'écrivait Conner, ce n'était pas mon truc. Ou disons que ça ne l'était plus. Depuis que *Lit*, mon magazine, avait cessé de paraître six ans auparavant et que j'avais perdu mon poste, j'avais pratiquement cessé de lire de la fiction contemporaine. J'avais beau jeu de dénoncer abondamment le déclin du livre en Amérique ; finalement je ne faisais rien pour servir la cause. Ma femme occupait un bon poste à la fac, nous avions deux petites filles : Ramona, six ans, qui commençait tout juste à déchiffrer, et Béatrice, deux ans et demi, qui dévorait les illustrés. Voilà en gros à quoi se résumaient mes lectures ; la partie la plus intéressante de ma vie, me disais-je, se trouvait déjà derrière moi.

À l'époque où j'habitais New York et où je travaillais pour *Lit*, je rédigeais des portraits d'auteurs. Des articles de quatre à six pages dans lesquels ils se racontaient avec leurs mots à eux, au sein d'un environnement de leur choix, un endroit dans lequel ils se sentaient à l'aise. C'est ainsi que j'ai marché le long du Freedom Trail de Boston avec Dennis Lehane, que j'ai fait un tour de grande roue à Coney Island avec E. L. Doctorow, ou que j'ai pu voir Springsteen en concert au côté de Margaret Atwood. J'ai même fait du camping dans les Poconos avec Conner Joyce et son épouse, Angela De La Roja. Bon, on était assez loin du journalisme d'investigation, mais les auteurs étaient plutôt contents dans la mesure où je transcrivais leurs propos à la lettre et où j'enlevais à la demande tout ce qui ne leur plaisait pas. Qui plus est, les photos qui accompagnaient les articles s'avéraient toujours particulièrement flatteuses. Avant mes portraits, personne n'avait jamais trouvé Maurice Sendak ou Stephen King beaux, par exemple. Conner Joyce lui-même, qui avait vu son nom apparaître dans la liste des « écrivains les plus sexy d'Amérique » du magazine *People*, m'avait avoué que c'était sa photo préférée.

Je disposais de deux modèles types pour mes articles de *Lit*, et je suivais presque tout le temps l'un ou l'autre : soit l'auteur correspondait exactement aux personnages de ses livres, soit (surprise !) il n'avait rien à voir avec eux. Mon portrait de Conner (« La fiction m'a sauvé la vie : Conner Joyce, un cœur sincère ») se situait à mi-chemin entre les deux. Trop sensible, trop sérieux, il me semblait par nature incapable de commettre les crimes qu'il mettait en scène. En revanche, derrière l'humanité de ses personnages, c'était bien la sienne qui transparaissait.

Lors de son interview en Pennsylvanie, nous avions beaucoup parlé littérature. Je l'avais branché sur mes écrivains préférés : Italo Calvino, Alain Robbe-Grillet, José Saramago. Il avait essayé de me convaincre du talent de Jaroslaw Dudek et de J. D. Salinger. Il se trouvait que presque tous ses auteurs préférés vivaient en ermites. Il vouait une profonde admiration à ceux dont la vie était aussi intéressante que leurs écrits. Il adorait le mystère Salinger : terré dans sa maison de Cornish, dans le New Hampshire, l'écrivain avait refusé pendant plus de quarante ans de publier le moindre livre. La vie de Jaroslaw Dudek le fascinait tout autant : médaillé d'argent du lancer de poids aux jeux Olympiques, ministre de l'Intérieur, l'homme avait raflé tous les prix littéraires internationaux avec son unique roman, *D'autres pays, d'autres vies*, avant de disparaître peu de temps après la chute du mur de Berlin. Conner avait évidemment lu toutes les biographies de B. Traven, l'auteur énigmatique du *Trésor de la Sierra Madre* qui se cachait derrière des pseudonymes du genre Ret Marut et Hal Croves et aurait même été, selon la rumeur, le fils de l'empereur d'Allemagne Guillaume. Il avait passé des heures, admiratif, à examiner les dernières photos connues de Thomas Pynchon à l'université Cornell. Au lycée, il avait même rédigé un mémoire sur Roland Cephus, poète et porte-parole officieux des Black Panthers, passé à la clandestinité en 1971 après la publication de son *Manifeste Molotov*.

Enfant et adolescent, Conner avait envoyé à leurs agents et éditeurs des lettres adressées à Dudek, Salinger, Pynchon et Harper Lee. Il pensait que la seule force de son admiration pour *Ne tirez pas sur l'oiseau moqueur* et pour Atticus Finch suffirait à faire sortir Harper Lee de son silence et qu'elle se mettrait à lui raconter sa petite vie paisible à Monroeville, Alabama. Il ne reçut jamais de réponse. Cela ne l'empêcha nullement de continuer à fantasmer ces rencontres avec ses écrivains fétiches, ni de méditer sur la vie de ces gens : à quoi ça pouvait ressembler d'avoir une vie tellement incroyable que, quand on disparaissait, quelqu'un s'en inquiétait vraiment ?

Je me souviens de Conner comme d'un type bien, toujours du côté des « gentils ». Un grand et sérieux gaillard issu d'une longue lignée catholique irlandaise d'officiers de police, de capitaines de sapeurs-pompiers, de chefs scouts et d'anciens combattants. Du genre de ceux qu'on voudrait bien à la tête de son équipe de foot, pour se sortir d'une embrouille nocturne dans un quartier chaud ou pour prendre les commandes d'un avion en pleine tempête. Et il était presque plus intéressé par ce que j'avais à raconter que l'inverse. Des auteurs comme ça, j'en avais interviewé très peu.

Pendant ce moment d'intimité partagée et après que je lui eus pourtant déclaré que je n'aimais pas en parler, il avait réussi à me faire raconter l'intégralité de mon histoire familiale ou, du moins, l'intégralité de ce que j'en savais : ma mère célibataire, mon enfance dans un deux pièces à l'est de la rue Farragut, dans les quartiers gris du nord de Chicago, mon entrée à l'université de l'Illinois, la façon dont j'avais refusé l'aide de ma mère parce qu'elle avait du mal à joindre les deux bouts. Mes petits boulots : barman, rédacteur, pour la radio CBS d'abord, puis en indépendant pour diverses revues alternatives du genre *Neon*, *Strong Coffee* et *The Reader*. Ma rencontre un soir avec Sabine, ma future femme – ça s'était passé au Java Jive, un café surplombant le lac. Elle, étudiante étrangère, moi, de l'autre côté du comptoir, bien avant que le mot « barista » devienne à la mode. Notre emménagement à New York, où Sabine allait faire ses études et où j'allais commencer à travailler pour *Lit*. J'avais aussi raconté à Conner de quelle façon j'avais essayé de retrouver mon père, comment j'avais échoué et comment Trudy Herstein, ma mère, qui avait travaillé pendant des années à la Tribune Company, se réfugiait systématiquement dans le mutisme chaque fois que j'essayais d'aborder le sujet de sa vie avant moi. Quand j'avais appris à Conner que j'étais en train d'écrire un roman sur la recherche de mon père, il avait trouvé le projet super et avait déclaré avoir « hâte de le lire ».

Une fois l'interview terminée, et avant de publier l'article, je l'avais laissé relire et valider l'ensemble de ses propos. Il ne m'avait rien demandé, sauf d'effacer la cigarette sur les photos pour que son enfant ne le voie pas en train de fumer car, me dit-il, il souhaitait un jour devenir père. Ce détail m'avait valu un conflit d'intérêts avec mon éditeur, M. J. Thacker, lequel essayait à l'époque de vendre une page de publicité à Philip Morris. Au bout du compte, je m'étais battu et Conner avait eu gain de cause.

À l'époque où j'essayais d'obtenir une citation pour *Neuf Pères*, mon premier et unique roman à ce jour, j'avais envoyé une dizaine de mails et de lettres à des auteurs que j'avais eu l'occasion d'interviewer. Conner avait répondu le premier alors même qu'à l'époque c'était l'un des plus connus. Il ne se l'était pas jouée trop occupé et imbu de sa personne, comme E. L. Doctorow, dont l'agent m'avait expliqué qu'il n'avait pas de temps à consacrer aux nouveaux auteurs. Il ne m'avait pas non plus servi un numéro de connard condescendant à la Blade Markham, qui avait jeté mon truc à la poubelle après trente secondes, non sans écorcher au passage mon nom et le titre du roman *(Dix-Neuf Pères)* juste pour bien me signifier qu'il me faisait une fleur et qu'il n'en avait pas lu un seul mot. À en juger par ce qu'il avait écrit, on voyait tout de suite au contraire que Conner avait lu le livre en entier, qu'il y avait soigneusement réfléchi et que, de surcroît, il paraissait l'avoir bien mieux compris que moi. « Une révélation, avait-il écrit. Un livre qui vous tient en haleine jusqu'à la dernière page. La chute est magistrale. » La quatrième de couverture en faisait un peu trop à mon goût, mais au moins elle avait de la gueule.

La dernière fois que j'avais vu Conner, c'était à New York, pour la projection du film adapté de son roman *Cole Padgett et le Fusil du diable*. Il m'avait recommandé de ne pas hésiter à l'appeler, la prochaine fois que je passerais en Pennsylvanie. Les paroles en l'air, ça ne semblait pas trop être son genre.

Après ça, ma femme a décroché son poste à l'École des affaires internationales, et nous avons déménagé. Très vite, j'ai perdu de vue tous mes vieux contacts. Je ne me rendais pratiquement plus à Manhattan, et encore moins à Philadelphie. Quand *Neuf Pères* est sorti, je ne rêvais que d'une chose : que Miriam, mon assistante de l'époque, aujourd'hui productrice de l'émission *Fresh Air* de Terry Gross, me dégote une interview à Philadelphie. Ce qui m'aurait fourni une excuse idéale pour appeler Conner.

Mais cela ne s'est jamais produit. Conner vivait sa vie d'auteur de polars en Pennsylvanie et moi, je moisissais dans l'Indiana, à la maison, assis sous le porche avec mon ordinateur portable, ou dans un coin de la bibliothèque, et j'explorais des playlists iTunes tout en réfléchissant à une suite possible pour *Neuf Pères* susceptible de ne pas choquer ma mère.

Le jour où j'ai repéré la pub pour la lecture de Conner chez Borders, je me trouvais avec Béatrice. Son Guili Lapin venait de passer à la machine avec un paquet de couches en tissu, et on lui cherchait un remplaçant. Ma vie se résumait à ça : préparer le dîner, promener le chien, conduire Ramona à l'école et Béatrice à la crèche, les emmener toutes les deux au café, à la danse, à la gym, aux goûters d'anniversaire et autres rendez-vous de jeux et dans des librairies. J'écrivais mes quelques pages quotidiennes, des brouillons d'histoires ou de romans que je n'étais même pas sûr de terminer un jour. Pendant ce temps, ma femme, esclave académique, jonglait entre articles spécialisés et propositions de livres pour se faire une situation et nous affranchir définitivement des soucis de couverture santé ou de frais d'inscription à l'université.

Mon épouse : Sabine Krummel, docteur, diplômée de l'université libre de Berlin et de celle de Columbia. Un livre publié chez Routledge Press (*Fusion et diffusion : une analyse en réseau du transfert des règles de sécurité nucléaire entres les États membres de l'Europe*), un contrat déjà signé pour une suite aux Presses universitaires de Cambridge (*Autostimulation et autonomie du modèle de substitution des importations dans les sociétés postcoloniales*). Sa titularisation ? Du « tout cuit, mec », à en croire Joel Getty, « Spag » pour les intimes, le directeur à dreadlocks en permanence défoncé de son département à l'université.

De temps à autre, je me plaignais auprès de Sabine de notre vie à Bloomington, qui n'avait rien à voir avec celle que nous avions connue à Manhattan. Pour garder la pêche, on tenait un blog secret sous le pseudonyme de Buck Floomington. On y écrivait toutes sortes de trucs affreux sur les collègues de Sabine, des trucs qu'on ne partageait avec personne : qui couchait avec qui, qui aimait aller faire du tir dans la banlieue d'Indianapolis sur les cibles derrière Brad's Guns, qui avait menacé sa famille avec une tronçonneuse, qui recrutait exclusivement des femmes asiatiques pour en faire des sujets d'étude, qui avait dressé un autel dédié au culte de l'entraîneur de basket Bobby Knight dans sa salle de jeux, qui était interdit d'accès à la salle de strip-massage du centre commercial pour avoir demandé une branlette... Une véritable catharsis. Que voulez-vous : quand on vit isolé dans une région désolée du cœur de l'Amérique, on fait ce qu'on peut pour maintenir son esprit en éveil.

Mais ce qui aurait pu passer pour de l'autosuffisance nous procurait en réalité un appréciable sentiment de sécurité. Bloomington, petite bourgade universitaire, avait peut-être peu à offrir, mais elle ne demandait pas grand-chose en retour. Presque tous les conjoints de l'université que je connaissais s'étaient installés ou avaient baissé les bras, et cet abandon avait quelque chose de confortable. Bien sûr, j'aurais pu écrire un deuxième roman ou des articles ici et là. J'aurais même pu postuler pour donner des conférences à l'université Butler ou à l'Ivy Tech, ou pour un job d'éditorialiste dans un magazine, l'*Indianapolis Monthly* par exemple, ou *Bloom*. Mais si j'avais envie de passer mes journées à nettoyer la merde des couches à l'eau de Javel ou à devenir expert en cuisine végétarienne grâce aux livres culinaires de Mark Bittman et Deborah Madison, les seuls auteurs qui trouvaient encore grâce à mes yeux, c'était pas mal aussi.

Située dans le centre commercial de la fac, à côté d'une boutique Fedex et juste en face de la boulangerie Panera Bread, la librairie Borders de Bloomington était en liquidation. Tous les livres pour enfants étaient soldés à moins cinquante pour cent. L'occasion pour Béatrice et moi de nous constituer tranquillement une réserve des œuvres de Mo Willems et du Dr Seuss.

C'est à ce moment précis qu'il m'est apparu : le sourire papier glacé et en couleurs de Conner, au beau milieu de l'allée centrale. Pratiquement la même photo que celle qu'on avait utilisée pour son portrait dans *Lit* : le cheveu brun et bouclé, la barbe de trois jours, le regard bleu clair et grave, comme s'il était sur le point de vous révéler quelque chose de très important et espérait bien que vous alliez prendre le temps de l'écouter. Les mains enfoncées dans les poches du jean, le pouce accroché à une boucle de sa ceinture, il portait une veste, une chemise bleu pâle bien repassée et des bottines. Une montre de luxe était passée à son poignet. Un air sérieux, un air de vrai dur : le Josh Brolin de l'édition, ce à quoi aurait dû ressembler John Irving. Absorbé par l'étude de la photo, je remarquais à peine Béatrice, qui me tirait la manche.

« C'est qui, le monsieur que tu regardes depuis tout à l'heure ?

— Un type que je connais. Il s'appelle Conner.

— C'est ton ami ? »

Je lui ai dit que je n'en étais pas sûr, mais que j'irai certainement voir sa conférence et que je l'inviterai à manger ou à venir prendre un café à la maison.

« Comme ça, toi aussi, tu pourras le rencontrer. Ça te ferait plaisir ?

— Non. » Béatrice trottinait déjà en direction du rayon enfants. Apparemment, la photo de ce type lui faisait un peu peur, ou alors c'était l'idée qu'il soit mon ami, et ce que ça impliquait. Moi, je ne voyais vraiment pas ce qu'un bel homme comme lui, un Américain, un vrai, pouvait bien avoir d'effrayant.

2

Finalement, Conner n'est pas venu manger à la maison, ni même prendre le café. C'était un jour de semaine et les filles devaient être au lit à 9 heures. Mais je me suis rendu à sa lecture.

Je m'étais dit que je m'installerais au fond de la salle en attendant qu'il ait fini de saluer ses fans. Or, il n'y avait pas grand monde quand je suis arrivé. Pratiquement personne, en fait. En matière d'affluence, les auteurs ont l'habitude de toujours gonfler un peu les chiffres. En tout cas, moi, c'est ce que je faisais. En général, on peut directement diviser par trois pour obtenir le bon chiffre. Alors, imaginez un peu le marasme si vous annoncez qu'il n'y avait que sept ou huit personnes. Les gens sont déprimés, mal à l'aise et ils en viennent à vous juger, surtout dans une petite ville où écrire des livres n'est pas considéré comme un vrai métier.

« Mais sinon, vous faites quoi comme vrai métier ? » Dès que je croisais les collègues de ma femme à des soirées de la fac, chez Lowes, Home Depot ou Best Buy, j'avais droit à la question. Dans le domaine de ces gens, quel qu'il soit d'ailleurs, écrire ne pouvait être qu'un moyen, et non une fin. On n'imaginait pas être lu, et encore moins payé pour ça. Après tout, n'était-ce pas comme ça qu'ils avaient été embauchés ? En réussissant à convaincre leurs employeurs qu'ils avaient lu des centaines de livres – contrairement à eux, certainement ? Bref, un petit public, ça voulait dire, dans l'esprit des gens, vingt-cinq à trente personnes. Or, ce jour-là, à la lecture de Conner Joyce, au Borders de Bloomington, ils étaient huit en tout et pour tout, en comptant la coordinatrice de l'événement.

Quelques rangées de chaises pliantes métalliques avaient été disposées devant une estrade et une table. Assises dessus, moulées dans des jeans à paillettes, deux femmes un brin vulgaires, fin de trentaine, début de quarantaine. Chacune tenait un numéro spécial collector de *People* entre ses mains, celui de 2005, prêt à être dédicacé. L'éternel type chétif et tout pâle était bien là. Il était venu avec son panier à roulettes rempli de l'intégrale des bouquins de Conner, dont il espérait certainement vendre sur eBay des premières éditions autographiées (« Juste une petite signature. Pas de dédicace, merci. »). Il y avait aussi une femme de cinquante ans un peu avachie, munie d'un exemplaire du *Casier froid* emprunté à la bibliothèque et d'un appareil photo numérique. Elle avait besoin d'une photo pour son blog, avait-elle expliqué, *J'ai un petit faible pour les auteurs*. Conner s'était gentiment prêté au jeu, mais il lui avait suffi de poser pour la photo et de mentionner le nom de sa femme pour qu'elle disparaisse.

Au premier rang, un SDF s'était étalé sur trois chaises. Un jeune en baggy, casquette de base-ball vintage des expos de Montréal portée à l'envers et tatouages de dragons sur les épaules, lisait *XXL* en écoutant son iPod. Une Asiatique révisait son bac, son mug de café laissant des taches circulaires sur son manuel scolaire. Aucun d'eux ne semblait savoir qui était Conner. Peut-être avaient-ils vu le DVD du

Fusil du diable (Mark Ruffalo y est très bon dans le rôle principal du détective Cole Padgett – si jamais vous voulez le regarder en streaming sur Netflix). En tout cas, ils n'étaient pas au courant que l'auteur du livre se trouvait dans le magasin. Quant aux autres clients du Borders, ils prenaient un café, certains lisaient des revues ou des livres qu'ils n'avaient ni achetés ni l'intention d'acheter ; d'autres encore repartaient avec un James Patterson, un Stephenie Meyer ou un Margot Hetley à moitié prix.

Vêtu de sa tenue habituelle, veste épaisse, jean, chemise bleu clair, Conner réglait le micro sur l'estrade en relisant à travers ses petites lunettes la fiche de notes qu'il avait préparée pour l'occasion. Excepté cette paire de lunettes, il n'avait pas vieilli depuis la dernière fois où je l'avais vu. Il semblait toujours aussi dynamique et passionné, offrant son plus beau sourire aux deux femmes du premier rang, installées au côté du SDF. Il souriait comme s'il n'avait pas remarqué combien l'affluence était maigre, comme s'il était extrêmement flatté que quelqu'un ait fait l'effort de venir l'écouter. L'humilité, qui chez moi demandait toujours beaucoup de travail, semblait lui être parfaitement naturelle.

Que faire ? M'asseoir au premier rang, pour faire paraître l'audience plus importante, ou me faufiler discrètement, en feignant de ne pas avoir remarqué qu'il n'y avait pratiquement personne ? Je n'avais toujours pas tranché quand Conner m'aperçut au rayon des best-sellers, occupé à feuilleter *En eaux troubles*, le huitième volet de la série des *Chroniques de sorciers vampires*, signée Margot Hetley. Comment cette demoiselle Hetley, qui squattait l'intégralité des listes de best-sellers du *New York Times*, poches et e-books compris, avait-elle réussi à pondre huit fois cinq cents pages sur le concept d'une guerre des gangs entre vampires et sorciers alors qu'il me paraissait évident qu'il suffisait aux sorciers, pour régler leur compte à leurs ennemis, de se jeter sur eux de jour pendant leur sommeil ? Non mais sans rire, comment les gens pouvaient-ils prendre ces trucs au sérieux ? Hetley s'employait à décrire, de façon très imagée et complètement absurde, des scènes de sexe entre vampires et sorciers, lesquelles engendraient une race mutante d'êtres maléfiques assoiffés de sang, les « vampards ». J'en étais là quand la voix de Conner résonna, aussi fort que s'il avait passé une annonce à travers tout le magasin.

« Je me demandais si tu allais sortir de ta cachette, ou si j'allais devoir venir te débusquer », lança-t-il en riant. Je reposai le livre de Hetley. Déjà, Conner m'attirait dans ses bras. Il sentait la veste qui sort du pressing et l'eau de toilette pour hommes : celle, un peu musquée, du vieux joueur de base-ball, un soir de virée en ville. Il m'embrassa sur la joue avec sa barbe de trois jours.

« Qu'est-ce que tu fais, après, t'as un peu de temps ? »

Je lui répondis que je n'avais rien de prévu mais que, ne l'ayant pas prévenu de ma venue, je comprendrais très bien qu'il ne puisse pas venir boire un verre en ville.

« J'ai l'air trop occupé ? Ça fait un jour que je marine dans cette ville, et tout ce que j'ai vu c'est ma chambre d'hôtel, la cour, et les restos du foutu centre commercial. Écrire des bouquins, c'est plus ce que c'était, mon pote. Ça devient dur de gagner sa croûte. Fini le bon vieux temps.

— C'était quand, le bon vieux temps ?

— Il y a six ans. Peut-être un peu plus. »

J'approuvai. « Ça doit être ça. À peu près l'époque où mon magazine s'est planté, quand on a déménagé ici, avec Sabine. Mais t'as pas fait quelques interviews, quand même ? Une séance photo ?

— Même pas.

— C'est une petite ville universitaire endormie. Les gens s'installent ici uniquement à cause de la fac, du basket, ou parce qu'ils ont aimé *La Bande des quatre*, de Peter Yates. »

Conner sourit : « Oui, moi aussi j'ai beaucoup aimé ce film », avant de secouer la tête. « Mais non, toute la tournée de sortie du livre a été comme ça. » Il me raconta qu'il s'était déjà rendu dans dix villes. Il n'en restait plus qu'une – Chicago, ma patrie d'origine, sa dernière étape. Et partout, le scénario s'était révélé à peu près identique. Une demi-douzaine de personnes à Cincinnati, dix à Milwaukee et Louisville. À Madison, un seul type s'était déplacé au Barnes & Noble du centre commercial. Ils avaient fini au restaurant : lui, Conner, son chauffeur et l'attachée de presse. Le plus gros public avait été celui de Manhattan, trente personnes au Barnes & Noble de Union Square. « Shascha », son éditrice (Shajilah Schapiro de son vrai nom), avait en effet réussi à rameuter la moitié de son bureau. Bien sûr, elle avait espéré voir beaucoup plus de visages inconnus.

« Franchement, j'espérais lui faire meilleure impression, à Shascha. On est super potes, mais ça ne veut pas dire qu'elle va continuer à aligner le fric pour publier mes bouquins. » Il ne comprenait pas pourquoi les gens du service marketing dépensaient autant de fric en hôtels de prestige, repas soignés et billets d'avion classe affaires, et aussi peu, semblait-il, pour la promotion du livre en question. À titre personnel, il aurait largement préféré dormir dans un YMCA, prendre des bus Greyhound et manger à Mickey D, pourvu qu'ils veuillent bien essayer de vendre ses livres. Il ne voulait pas passer pour un ingrat, mais il avait quand même mieux à faire que de signer six bouquins dans le magasin franchisé d'un petit patelin paumé au fin fond du pays. Angie était toute seule à la maison avec leur fils, Atticus. Si ce n'était pas pour faire quelque chose d'utile, il préférait rester avec eux. Surtout ne pas devenir le genre de père constamment occupé qui ne passe jamais de temps avec son fils.

« Un peu comme le tien, dit-il. Désolé, hein, je sais que tu n'aimes pas parler de ces trucs-là. Le prends pas mal.

— Je ne le prends pas mal. T'as raison, répondis-je en me souvenant de tout ce que je lui avais raconté sur mon enfance solitaire. En tout cas, tu as un fils, maintenant. Félicitations.

— Un fils, ouais, répondit-il, avec dans les yeux une lueur de regret qui avait l'air sincère. Ça fait un sacré bail, hein. Combien de temps ?

— Six ou sept ans, je crois. Moi, j'ai deux enfants.

— Merde, deux ? Pourquoi tu me l'as pas dit avant ?

— Oh, je pensais que tu serais occupé. » On n'était pas si bons amis que ça. Pourquoi semblait-il convaincu à ce point qu'on l'était ?

« C'est clair. » Il jeta un regard amusé à son public clairsemé. « Super occupé. »

La coordinatrice de l'événement s'approcha de nous. Cathy-Anne, d'après son badge. Une femme sans âge et sans style, qui aurait certainement préféré diriger un Best Buy ou un Target, ce que de toute façon elle finirait sans doute par faire, une fois le magasin liquidé à la fin du mois.

« Vous voulez commencer la lecture maintenant, monsieur Joyce ? Ou alors vous préférez attendre encore un peu, au cas où d'autres personnes arriveraient ? »

Conner soupira.

« Vous, vous en pensez quoi ?

— Allons-y », fit-elle.

Il me demanda de rester après et m'administra une petite tape sur l'épaule, comme s'il venait de marquer au basket. Puis il gagna l'estrade, remit ses lunettes, ouvrit un de ses livres et se pencha vers le micro. Je pris place dans l'une des rangées vides du fond pour écouter les premières lignes du *Casier froid* :

« Cole Padgett entra dans le confessionnal obscur.

Pardonnez-moi, mon père, car je sais exactement ce que j'ai fait.

Pardonnez-moi, mon père, pour tout ce qu'il me reste à faire. »

3

J'aurais vraiment aimé pouvoir vous dire que, en fait, plein d'autres gens étaient arrivés pendant sa lecture (la vérité, c'est qu'une seule autre personne s'était pointée). Ou qu'il avait vendu et dédicacé bien plus que les quatre malheureux livres que je lui avais achetés. Ou que Cathy-Anne n'avait pas eu à remplir des cartons d'invendus à renvoyer à l'éditeur. J'aurais bien aimé aussi qu'elle ait eu la délicatesse de ne pas faire résonner les cloches sinistres de *Tubular Bells* à fond dans le magasin – ou alors un peu moins fort. Et si le bruit des machines à espresso ou à frappuccino avait pu ne pas noyer la moitié des phrases de Conner...

De la même manière, j'aurais voulu pouvoir dire à ceux qui n'étaient pas venus qu'ils avaient loupé quelque chose d'incroyable. Que cette lecture du *Casier froid*, dernier opus de la série des Cole Padgett, s'était révélée une expérience éblouissante. Mais Conner n'avait jamais eu un grand talent d'orateur. Sa voix de basse profonde, bien que puissante, était mal assurée, un peu comme celle du papa timide qui doit faire un discours à la cérémonie de confirmation de son fils et qui tente de traverser le truc sans faire trop honte à sa famille. Visiblement, à un moment de sa carrière, il avait pris des cours avec un coach pour apprendre à lire en public. Mais, dès qu'il s'essayait à un geste supposé théâtral – du genre faire tourner sa main pour imiter la fumée d'un barillet de 45, ou feindre de ranger l'arme, un pouce levé et deux doigts joints –, l'effet produit s'avérait laborieux et bidon, comme s'il s'était entraîné devant son miroir. Il modulait le ton de sa voix, et c'était tour à tour embarrassant, surjoué, embarrassant ou d'une monotonie douloureuse. Le véritable problème, cependant, ce n'était pas la façon dont il lisait, mais le texte lui-même. Certes, l'écriture en était claire, le style concis comme toujours, vif et pénétrant. Mais il y avait quelque chose de machinal dans sa prose, comme s'il avait déjà écrit plein de fois ce genre de trucs. Et d'ailleurs, c'était le cas.

Cette aventure de Cole Padgett n'était qu'une énième variation sur le thème du flic intègre pris au piège d'un système corrompu. Dans une veine similaire, Conner avait déjà écrit une histoire de serial killer et une autre d'espionnage. Cette fois, il s'agissait d'un cambriolage, exactement comme dans son premier bouquin, *Cole Padgett et le Fusil du diable*. Mêmes personnages, mêmes thèmes et combats, même fond de culpabilité catholique. Ses criminels étaient rarement des récidivistes, plutôt d'honnêtes gens poussés dans leurs derniers retranchements, contraints de faire des choix qu'ils n'auraient jamais faits dans des circonstances ordinaires. Dans *Le Casier froid*, le méchant n'était autre que le supérieur hiérarchique direct de Cole Padgett, protagoniste héroïque de quelques thrillers précédents. Le « casier » du titre désignait l'endroit où il avait entassé les preuves de crimes non résolus, crimes dont il se trouvait être l'auteur. Comme toujours, le méchant n'était pas une force maléfique venue de l'extérieur ; l'ennemi était à l'intérieur.

Rien de très original, en somme, même pour l'époque où Conner avait commencé sa carrière. Dans ce genre, ce qui l'avait différencié au début, c'était son souci minutieux du détail. Il s'était fait connaître par la précision rigoureuse et obstinée de ses recherches – ses portraits justes et sans fard du monde des flics et des criminels, de ses zones grises, plutôt peintes en noir et blanc, traditionnellement. Grâce à son boulot de reporter au *New York Daily News*, et grâce surtout aux histoires vécues par sa femme Angie, inspecteur de terrain de la police de New York, il maîtrisait bien son sujet. « J'ai toujours eu l'ambition de retranscrire chaque scène jusque dans les moindres détails, m'avait-il confié lors de son interview. Quand je travaillais pour le *Daily News*, je parlais à des gens qui allaient se retrouver dans un journal pour la première et la dernière fois de leur vie. Et vraiment, je voulais que pour cette fois, cette unique fois où on leur donnerait la parole, tout, dans le moindre détail et à la virgule près, soit correct. »

Mais le monde avait changé depuis que Conner avait commencé à écrire. Désormais, il suffisait d'avoir vu *Les Experts* pour se déclarer spécialiste en médecine légale. Le genre d'approche très détaillée qu'il avait adoptée n'était plus son seul apanage. Aujourd'hui, le public tenait tout ça pour acquis. D'ailleurs, certains lecteurs attentifs avaient déjà commencé à dénicher quelques petites erreurs dans ses textes – intrigues bancales, rues mal nommées, argot de flic démodé – et les avaient postées sur Internet, sur des sites de fans, notamment, où les critiques s'avèrent en général bien moins indulgentes que dans les magazines papier. Pour ne rien arranger, l'état des connaissances scientifiques sur lesquelles il avait basé ses premiers livres était désormais dépassé. Il n'avait pas écrit pour le *Daily*

News depuis dix ans. Angie ne faisait plus partie de la police de New York depuis leur mariage. *Le Fusil du diable* était un livre post-11 Septembre, l'histoire d'un type qui s'adonne au vol en revêtant l'identité de personnes disparues dans l'effondrement des Twin Towers. Ce livre avait réussi à cristalliser un moment précis de l'histoire des États-Unis. Mais depuis, Oussama ben Laden avait été tué, et l'ère Bush était terminée. Les peurs de cette époque appartenaient au passé, et les histoires de Conner Joyce aussi.

De nos jours, les Américains étaient confrontés à de nouvelles angoisses. L'économie était dans les choux – pour preuve, notamment, ces panneaux du Borders : « Liquidation totale ! Tout doit disparaître ». L'heure était au cynisme, à l'autoréférence permanente. Les préoccupations du héros de Conner, à savoir cambrioler ou non une banque pour sauver la vie d'un otage et trouver des preuves incriminant son patron, paraissaient désormais insignifiantes. Par les temps qui couraient, il fallait surtout se battre pour arriver à nourrir et à protéger sa famille.

Malgré la triste brièveté du moment, Conner s'en sortit un peu mieux lors de l'épreuve du public. Soudain, son humilité, sa modestie et son enthousiasme firent merveille : il se mit à parler de presque tous les auteurs qui l'avaient influencé. Salinger ? « Quelle honnêteté, ce type. C'est comme s'il *te* parlait directement *à toi*. » Tolstoï ? « Il te fait croire que ça se passe *maintenant*, alors qu'il a écrit ça *il y a plus de cent ans*. » Dudek ? « Comment est-il possible d'avoir survécu à des temps aussi tourmentés et de parvenir à en parler avec autant d'humour ? » Cephus ? « Ses œuvres sont épuisées aujourd'hui, un vrai scandale. » Il m'a même rendu un hommage, à moi. « Il y a un vrai talent qui vit ici, un grand nom, regardez-le. Allez, vieux, je veux t'entendre ! » Il me demanda de me lever (ce que je fis) et de saluer (ce que je ne fis pas). Pour ce qui était de son propre travail, il préférait ne pas en parler – ni au Borders, ni après, quand on ne fut plus que tous les deux.

Conner disposait d'un chauffeur pour la soirée, un type en uniforme noir miteux, aussi miteux, en fait, que sa limousine noire. Encore une dépense superflue. Quand je lui annonçai que je serais ravi de le ramener à son hôtel en fin de soirée, il glissa à l'homme un billet de 20 dollars en lui disant de rentrer chez lui et lui demanda de venir le chercher à six heures du matin à l'Indiana Memorial Union pour l'emmener prendre son avion pour Chicago, dernière étape de la tournée.

« Putain, m'avoua-t-il, je le sais bien, que j'ai perdu un truc. Il doit bien y avoir une raison si mes livres ne se vendent plus. Ouais, c'est sûr, je pourrais rationaliser. Me dire que c'est parce que les gens ne lisent plus autant qu'avant, qu'ils sont obnubilés par leurs iPod, leurs iPhone ou leurs iPad, enfin peu importe, ce qu'ils ont aujourd'hui, quoi. Ou alors que c'est l'économie qui part en vrille et qu'ils n'ont plus assez d'argent pour acheter des livres, ou encore que ceux qui aiment lire ne veulent plus que des histoires de vampires et de sorciers, tu vois. Mais non, ce n'est pas la seule raison. Je dois être honnête, avec toi autant qu'avec moi. En fait, c'est bien plus compliqué que ça. »

À la Upland Brewery Company, nous avions pris place en terrasse. C'était une soirée agréable et pourtant les tables étaient presque toutes vides. À l'intérieur, elles étaient même rangées. Seuls quelques fans du *Monday Night Football* regardaient les Colts en train de battre l'Angleterre. Voilà bien un des sujets qui faisaient constamment râler Buck Floomington sur son blog. Dans cette ville, les gens ne sortaient pas. Les porches des maisons étaient encombrés de mobilier de jardin non utilisé. Mes enfants étaient les seuls à jouer dans le parc après dîner. Certains des collègues de ma femme avaient même acheté des maisons sur de vastes terrains entourés de grands arbres pour éviter qu'on ne voie de l'extérieur qu'il y avait des enfants à l'intérieur.

On avait commandé une assiette de pita et de houmous à partager. Lui à la bière brune, moi à l'eau gazeuse. Depuis la naissance de Ramona, j'avais peut-être bu trois bières. L'alcool m'avait toujours déprimé. Je me rappelais ma mère dans sa robe de serveuse, avant qu'elle travaille à la *Chicago Tribune*. Les bouteilles de crème de menthe que je retrouvais sur le plan de travail de la cuisine le soir quand je rentrais de l'école, ses petits copains avec leurs blagues débiles et leur façon encore plus débile d'essayer d'entrer dans mes bonnes grâces – « Va me chercher un rob roy, jeune homme », les soirs où je la retrouvais inconsciente sur le canapé devant la télé, où je vidais toutes les bouteilles dans l'évier, en culpabilisant parce qu'elle allait devoir dépenser à nouveau de l'argent pour boire.

De l'intérieur de la brasserie, les cris des fans de football nous parvenaient assourdis. « Ouais, soupira Conner, j'ai perdu ce truc que j'avais. Comment et quand, je n'en sais rien. Et je ne suis pas sûr de pouvoir retrouver mon mojo un jour. Peut-être qu'un écrivain devrait se limiter à un seul livre, deux à la rigueur. Peut-être que dans tous les cas, on passe son temps à réécrire le même livre, encore et encore. J'ai déjà écrit bien plus de bouquins que Salinger, Dudek ou Harper Lee. »

La soirée avançait. À l'intérieur de la brasserie, les supporters regardaient toujours le match, mais les Colts étaient menés de trois *touchdowns*. Quelqu'un avait baissé le son pour mettre *Lot of Leavin' Left to Do* de Dierks Bentley. La température en terrasse baissait rapidement ; nous étions désormais les seuls dehors. Abby, la serveuse à qui on demandait l'addition, se montra conciliante : « Vous pouvez rester dehors jusqu'à la fin de mon service, pas de problème. Je suis une fan, tu sais. J'ai adoré *Le Fusil du diable*. Tu en as écrit d'autres ?

— Oui et non », répondit Conner avec un petit sourire grave.

Je quittai la table pour aller aux toilettes, mais surtout pour qu'ils puissent poursuivre leur conversation. Je ne l'avais pas catalogué comme un type qui draguait en tournée mais, bon, je ne sais pas si j'aurais pu moi-même résister à la tentation. En ce qui me concernait, quand *Neuf Pères* était sorti, la moyenne d'âge de mon public s'était avérée tourner autour des soixante-quinze ans. On ne pouvait donc pas dire que j'avais été mis à l'épreuve. Quand je suis revenu des toilettes, Abby avait disparu, et Conner était au téléphone avec Angie. Je pus deviner qu'elle lui avait demandé combien de personnes étaient venues à la lecture.

« Pas des masses », répondit-il, avant de reprendre mes mots : « C'est une petite ville universitaire endormie. » Il ajouta qu'il se rendait le lendemain à Chicago, où il espérait un peu plus de lecteurs. Il raconta également qu'il était tombé sur « un vieil ami », sans préciser mon nom. Quand j'avais fait du camping avec eux dans les Poconos, elle avait semblé suspicieuse. Elle répondait laconiquement aux questions, observant mon MiniDisc, mon carnet de notes et mon crayon d'un œil méfiant.

« Elle me protège, c'est tout, avait expliqué Conner. Elle était flic avant. Trop parler peut attirer des ennuis, ça, elle le sait. »

Conner avait-il oublié qu'Angie ne m'aimait pas ? Peut-être s'était-il simplement figuré qu'elle ne se souviendrait pas de moi, peut-être ne tenait-il pas à se fatiguer en explications. « Embrasse Atticus pour moi. Je vous aime très fort », fit-il avant de raccrocher. On pouvait lire sur son visage qu'elle n'avait pas répondu « moi aussi ». « Ah ! le mariage. Un long fleuve, pas très tranquille. » Il émit un petit rire ironique et las.

Il est à peu près certain que je n'aurais pas eu la patience d'écouter les problèmes d'un autre écrivain quel qu'il fût, ses angoisses de la page blanche, ses difficultés à élever une famille uniquement avec des à-valoir, des royalties et des contrats de cinéma. « Trouve-toi un vrai boulot », auraient répondu les habitants de cette ville. C'est sûr, ça ne m'aurait pas fait plaisir qu'on me le dise à moi, mais j'aurais certainement été d'accord. Quand quasiment dix pour cent de la population d'un pays se retrouve au chômage et que les faillites atteignent des taux record, à l'échelle des tragédies nationales, les préoccupations d'un petit écrivain de littérature de genre qui, un beau matin, dans l'Indiana, à la fin d'une tournée tous frais payés, peine à trouver un bon sujet, peuvent tout de même paraître assez dérisoires. Le chagrin de Conner était sincère, pourtant, autant que le souci qu'il se faisait pour l'avenir de sa famille.

« Franchement, je ne sais pas ce que je vais faire après. J'ai commencé trois livres, et tous les trois ont fini à la poubelle. J'ai écrit un scénario de série télé et deux pilotes, que personne n'a achetés. Mon agent a quatre-vingts balais, nom de Dieu, elle ne répond pratiquement plus quand je l'appelle, elle a ses propres problèmes, pas la peine que je la dérange. De toute façon, c'est pas comme si j'avais une nouvelle idée de roman. Tu sais, Angie et moi, on a tout misé sur cette carrière. Le pari semblait peu risqué, à l'époque. En fait, c'est plus compliqué qu'on le pensait. »

L'idée de retourner travailler pour un journal ne lui déplaisait pas. En économisant un peu, peut-être arriveraient-ils à embaucher une femme de ménage. Angie pourrait obtenir son diplôme à l'université d'East Stroudsburg et trouver un poste d'institutrice. C'est ce qu'elle voulait faire depuis qu'elle avait quitté la police. Ils se voyaient bien vendre la maison du Delaware pour déménager dans un endroit plus petit. Quant à la Porsche, ils n'en avaient pas vraiment besoin, ce n'est pas une voiture très pratique quand on a un enfant.

Le problème, c'est qu'Angie s'était habituée à leur mode de vie. Et que l'idée de devoir tout recommencer à zéro la fatiguait d'avance. Si apprendre qu'elle était enceinte les avait rendus fous de joie, la grossesse s'était révélée difficile. Ils manquaient de sommeil, ces derniers temps. Et ils se disputaient tout le temps, ce qui ne leur arrivait jamais avant.

« J'avais espéré que ce bouquin changerait la donne… » Sa voix était traînante : il n'avait pas besoin de terminer sa phrase. « Je voulais pas tout te balancer comme ça. C'est vraiment sympa de m'avoir écouté, surtout que je sais que tu as ta part de merdes à gérer. Ça m'impressionne vraiment, cette capacité que tu as encore à si bien faire face. »

Je lui sortis tout ce qu'on est censé dire dans ces moments-là, après la pluie vient le beau temps et tous ces clichés. Je lui dis qu'il avait du talent, qu'il allait y arriver, que tous les couples, y compris Sabine et moi, se disputaient la première année qui suit l'arrivée d'un bébé. Par ailleurs, tous les écrivains que j'avais connus avaient écrit leur meilleur livre quand ils se trouvaient précisément au pied du mur, au moment où ils pensaient qu'ils n'arriveraient plus jamais à pondre une seule ligne. Peu importe à quel point ces conseils pouvaient me sembler banals et inutiles. Conner hochait la tête et souriait, comme si c'étaient les choses les plus intelligentes et les plus simples qu'on lui eut jamais dites.

À la fin de la soirée, je le ramenai à son hôtel. Nous nous promîmes de rester en contact à grand renfort d'embrassades et de mains serrées. Il réitéra son invitation en Pennsylvanie : je pouvais amener Sabine et les enfants, on se ferait un week-end en famille. « Et le plus vite sera le mieux, avant qu'on ne vende la maison. »

Je lui souhaitai bonne chance. J'étais sûr que ça se passerait mieux à Chicago qu'à Bloomington. « J'espère que t'as raison », me dit-il avant de partir à grands pas vers les portes de l'Indiana Memorial Union, qui se refermèrent sur lui.

Je pensais ne plus jamais entendre parler de lui, ou dans six ou sept ans, peut-être, une fois qu'il aurait vaincu son angoisse de la page blanche et écrit trois nouveaux thrillers. D'ici là, Sabine serait peut-être titulaire, et nous aurions déménagé dans une maison plus grande à Walnut Creek, où les écoles sont meilleures.

En tout cas, je ne m'attendais certainement pas à recevoir de ses nouvelles dès le soir suivant.

4

Je ne reconnaissais pas le numéro qui s'affichait sur mon téléphone. Une erreur, forcément. Ou l'association des motards de la patrouille autoroutière qui essayait de récolter des sous. D'une main, je pliais du linge. De l'autre, j'essayais d'empêcher Ramona de monter sur le plan de travail pour attraper un paquet d'ours en gelée dans le placard :

« Non. Tu as déjà eu du dessert, et tu viens de te brosser les dents.

— Je me les relaverai !

— Allez, ça suffit. Descends de là. »

Pendant ce temps, Sabine essayait de lire six rapports pour la prochaine table ronde de la conférence de l'Association des sciences politiques américaine avec Béatrice cramponnée à la jambe. « Tu peux me l'enlever ? » me demanda-t-elle. J'allais laisser le téléphone basculer sur la messagerie quand je reconnus l'indicatif de la zone de Chicago. Deux pensées jaillirent : soit ma mère était malade, soit c'était Conner qui m'appelait. Je décrochai.

« Je te dérange ? » me demanda-t-il, stressé, tout essoufflé.

— Un peu. Je peux te rappeler ?

— Heu, OK. » Il raccrocha. Pendant la demi-heure qui suivit, je lus *L'Île des dauphins bleus* à Ramona jusqu'à ce qu'elle pique du nez ; Sabine, de son côté, s'était endormie en s'occupant de Béatrice. Je rinçai le reste des assiettes, les mis dans le lave-vaisselle avant d'enfoncer le bouton « marche », puis je finis de plier le linge. J'enfilai une veste légère en polaire, attachai sa laisse à Hal, notre collie croisé husky, et une fois dehors, essayai de rappeler Conner au numéro qui s'était affiché. Drake Hotel. Mais la réception ne pouvait pas transférer l'appel. Conner avait quitté la suite « Écrivain », et il avait dit qu'il partirait tôt.

— Vous ne seriez pas M. Dunford, par hasard ? me demanda le réceptionniste.

— Qui ?

— De toute façon, il n'est pas là. »

Je sortis promener Hal jusqu'au parc Bryan sans croiser âme qui vive de tout le chemin, puis j'allai me coucher, me glissant dans un coin, au côté de ma femme endormie et de mon enfant de deux ans et demi étalée en travers du lit. Finies les veillées tardives, et depuis belle lurette ! Les filles seraient debout à six heures, et que j'aie ou non mes sept heures de sommeil ne changerait rien pour elles. Il était plus de minuit quand la sonnerie de mon téléphone, les *Fables of Faubus*, de Charlie Mingus, me réveilla.

« Allô ? » dis-je en entrant dans le salon plongé dans le noir. Je marchai à moitié sur Hal, qui grogna un peu.

« Salut. Je te réveille ? soupira Conner.

— Pas du tout. J'étais en train d'écrire. Qu'est-ce qui se passe ?

— Faut que je parle à quelqu'un. C'est le bordel et je ne sais vraiment pas à qui d'autre je pourrais me confier.

— Pas de problème. Je t'écoute.

— Pas au téléphone.

— OK. » J'attendis la suite, mais comme il ne continuait pas, j'ajoutai : « Attends, tu veux que je vienne jusqu'à Chicago ?

— Naan, c'est trop loin pour toi. Et de toute façon, il faut que je parte d'ici pour être sûr que personne ne me suive.

— Que personne ne te suive ? Qu'est-ce que tu racontes ?

— Tu dois croire que j'ai bu, hein.

— Tu as bu ?

— Non. Écoute, est-ce qu'on peut se voir un peu demain ? Pas longtemps, juste une heure ou deux ? Je sais que c'est beaucoup te demander, mais je ne peux pas appeler Angie. Y a qu'à toi que je peux en parler.

— D'accord. Tout ce que tu voudras.

— T'es vraiment un pote. Attends, je regarde ma carte… » Il y eut une pause d'au moins trente secondes ; il reprit : « Est-ce que tu pourrais être à West Lafayette, tôt demain matin ? Il y a un Hilton Garden Inn.

— C'est quoi, ce cirque ?

— Je ne peux pas te le dire maintenant. Il faut juste que je teste un truc. Je te raconterai ça là-bas. T'es bon public, tu aimes les bonnes histoires ? Parce que celle-là, pour l'instant, elle est super.

— D'accord. J'y serai dès que je peux.

— À neuf heures ?

— Je vais essayer.

— Et apporte ton maillot de bain. Il y a une piscine. Peut-être qu'on va se baigner.

— Hein ?

— Tout sera bientôt plus clair. Enfin, aussi clair pour toi que ça l'est pour moi.

— OK.

— Quand tu arrives, demande ma chambre. Mais j'aurai un autre nom.

— Lequel ?

— Ça va te plaire, je pense, répondit-il en riant. Salinger. »

5

Il serait peut-être temps, à ce stade, que j'évoque le rapport étrange que j'entretiens avec J. D. Salinger et son œuvre. Je n'y avais pas trop réfléchi à l'époque, mais ça pourrait clarifier certains des événements à venir.

J'ai grandi dans le nord de Chicago et j'ai fréquenté le lycée Lane Tech, où je me payais des A en anglais et des D en atelier bois. Un bon nombre de mes condisciples étaient fans de Salinger. En 1980, début décembre, Paul Benson, mon meilleur ami – également perdu de vue, depuis que j'ai déménagé dans l'Indiana – m'avait confié son *Attrape-Cœurs*, tout annoté et écorné, assorti d'une promesse solennelle : « Ça, mec, ça va te faire vibrer. »

Je n'avais jamais lu Salinger. Paul et moi échangions souvent des livres. Chacun avait plutôt confiance dans les goûts de l'autre. Je lui avais filé Kerouac et Burroughs, il m'avait offert Vonnegut et Salinger. Bon, on aimait aussi Ayn Rand et William F. Buckley Jr., mais là, je m'égare. On était jeunes et c'était une tout autre époque.

La nuit où j'ai ouvert *L'Attrape-Cœurs*, j'étais chez ma mère, dans la pièce principale de l'appartement. Comme d'habitude, elle était sortie et je me retrouvais tout seul devant le *Monday Night Football*. Ce soir-là, Howard Cosell a déclaré que John Lennon s'était fait tirer dessus. Je suis resté toute la nuit devant la télé à regarder les flashs d'infos, jusqu'à ce qu'ils finissent par annoncer sa mort et le nom de son assassin, Mark David Chapman. Chapman avait été arrêté avec un exemplaire de *L'Attrape-Cœurs* dans la poche arrière de son pantalon.

Lennon était mon Beatles favori. Quelques jours plus tôt, j'avais lu dans « Le décrypteur » de la *Chicago Tribune*, la chronique people d'Aaron Fold, que John Lennon et Yoko Ono prévoyaient de jouer à l'Uptown Theater pour la sortie de leur nouvel album, *Double Fantasy*. Le *Tribune* offrant parfois des tickets de spectacle à ses employés, je comptais bien demander à ma mère qu'elle essaie de m'en avoir. Mais je n'avais plus trop envie de lire ce bouquin.

Quelques mois plus tard, j'hésitais encore à l'ouvrir quand John Hinckley, un autre fou adorateur du livre, tenta d'assassiner Ronald Reagan. J'appris la nouvelle pendant que j'étais en cours : Vicky Ryan, ma prof, avait fait rouler une télé au milieu de la classe pour qu'on puisse regarder les infos. Je me jurai alors de ne jamais lire le roman de Salinger. Mais je finis par le faire, dix ans après, lors de ma dernière année à l'université de l'Illinois, dans un bus de la ligne 50 qui me conduisait de mon appart au campus.

Je n'en garde pas un grand souvenir. *L'Attrape-Cœurs* contenait certainement trop de connotations négatives pour que je puisse en apprécier l'excellence. C'était une sorte de manifeste antisocial qui m'aurait parlé davantage à l'âge de treize ans. Je fis l'impasse sur le reste de son œuvre.

Cependant, de temps à autre, en apercevant ses romans ou ses recueils de nouvelles sur les rayons des bibliothèques de mes amis, ou en entendant des écrivains tels que Conner parler de leur admiration pour ce type, je m'interrogeais. Comment ses bouquins avaient-ils pu autant les influencer ? Et qu'avait-il pensé de ses admirateurs, ce monsieur Salinger, lui qui avait vécu à l'écart pendant plus de quarante ans à Cornish, New Hampshire ? Était-ce le fait d'apprendre l'influence que son livre avait eue sur Hinckley et Chapman qui l'avait décidé à fuir la société ? Qu'est-ce qu'on peut bien ressentir quand ce qu'on écrit – que ce soit une histoire, un roman, ou un article – a un impact sur la vie des gens, pour le meilleur ou pour le pire ?

Dans une très modeste mesure, j'avais pu moi-même avoir un petit aperçu de la chose quand *Neuf Pères* était paru. Comme tout roman, et plus particulièrement comme tout premier roman, le mien était en partie autobiographique, bien qu'il se présentât sous les atours de la fiction. Il s'agissait d'une description satirique de l'existence que j'avais connue en tant que fils d'une mère célibataire qui avait tellement coupé les ponts avec son passé qu'elle ne m'avait jamais rien dit à propos de mon père, Sidney Joseph Langer, mis à part son nom, et le fait qu'ils s'étaient rencontrés au salon Coq d'Or du Drake Hotel, où elle travaillait comme serveuse.

Après tout, et vu le nombre de questions restées sans réponses, peut-être qu'elle n'en avait jamais su davantage à son sujet. Mon « roman en nouvelles » (c'est ce qui était écrit sur la couverture) racontait l'histoire d'un jeune homme en quête d'identité qui imaginait les neuf pères qu'il aurait pu avoir : le riche, le pauvre, l'artiste, le criminel, le bricoleur, le tailleur, le soldat, le marin et l'espion. Écrit dans neuf styles différents, le livre parlait des neuf voyages que j'aurais pu faire si je m'étais montré un peu plus courageux.

J'ai souvent cherché Sidney L. dans les pages jaunes ou sur Internet et j'ai plusieurs fois voulu appeler ou aller voir les gens qui portaient ce nom et qui vivaient à ces adresses. Mais je ne l'ai jamais fait. Ce livre, il fallait que je l'écrive. Mais, avec le recul, je me dis qu'il n'était pas destiné à être lu. Je ne pensais pas qu'il marquerait autant ma mère. Ayant gardé plein de romans depuis ses années de lycée et de fac, elle m'avait toujours encouragé à la lecture. Comme nombre d'Américains ayant grandi dans les années 1960, elle possédait quelques livres de Salinger. Dans mon souvenir, cependant, elle ne lisait pas grand-chose d'autre que des magazines de nature ou de mots croisés.

Dans *Neuf Pères*, j'avais utilisé mon vrai nom, dans l'espoir que mon père réapparaisse et me retrouve. Le personnage de ma mère, en revanche, était plus vague et plus sympathique. J'avais modifié certains détails biographiques. Par exemple, je n'évoquais ni son sale caractère ni ses fréquentes sautes d'humeur. J'avais enlevé tout ce qui aurait pu faire penser qu'elle m'avait négligé. Aucune allusion à ses mecs pleins aux as, coureurs de cocktails, qui avaient toujours au minimum dix ans de plus qu'elle, ni aux paquets de Virginia Slims qu'elle me demandait régulièrement de lui acheter, ni à sa propension aux dépenses intempestives. Pas une référence aux fois où elle s'était fait prendre pour vol, ni aux rob roy ou aux bouteilles de crème de menthe. Je ne décrivais même pas son boulot au *Tribune*, qui consistait à rédiger les anagrammes et les grilles de mots croisés ornant la dernière page du journal. Pour moi, ce symbolisme banal aurait été trop frappant, même s'il correspondait aux faits.

Quand le livre est sorti, j'en avais donné un exemplaire à ma mère, qui avait atteint l'âge de la

44

retraite mais travaillait encore pour le *Tribune*. Plusieurs fois, lors de nos conversations téléphoniques, j'avais attendu qu'elle m'en parle. Mais elle ne l'avait jamais fait. J'en étais donc arrivé à la conclusion qu'elle ne l'avait pas lu, et ne le lirait jamais.

Ce qui attira son attention, en revanche, c'est une interview que j'accordai à Steve Edwards, le présentateur d'un show sur NPR. Ayant moi-même rédigé des centaines de portraits, je savais ce qui pouvait captiver un intervieweur. Il fallait se montrer vif, désinvolte, dire combien son œuvre parlait de soi, surtout d'ailleurs si ce n'était pas le cas. J'ai donc parlé du secret de ma mère, de l'énigme que représentait l'existence même de mon père, des mots croisés du *Tribune* et du salon Coq d'Or, des mecs que ma mère ramenait à la maison – ces cadres poivre et sel qui empestaient l'after-shave, que je devais fournir en glace pour leurs cocktails et en allumettes pour leurs cigares, et qui me proposaient ensuite une latte ou une gorgée que je refusais systématiquement.

Je pensais n'avoir rien révélé d'offensant ni de polémique. Or, le jour suivant l'émission, ma mère m'envoya un mail sévère : « Tu as souillé tes origines », écrivait-elle. J'essayai de l'appeler pour obtenir une explication, mais elle ne m'en donna jamais. Pendant un an, elle refusa de répondre à mes appels et à mes mails. Il fallut attendre que Ramona, sa première petite-fille, se mette à faire des phrases intelligibles pour qu'elle recommence à me parler. Hélas, quelque chose dans notre relation était définitivement brisé. Là où nous bavardions autrefois pendant des heures, nos conversations se limitaient désormais à cinq minutes au maximum. J'avais écrit quelque chose qui l'avait blessée, affirmait-elle, et elle ne pouvait plus me faire confiance. De simples mots avaient transformé le cours de nos vies – la mienne, la sienne, celle de ma femme et de mes enfants. Voilà peut-être, m'étais-je dit, et à son échelle, bien sûr, ce qu'avait pu ressentir un J. D. Salinger. Et peut-être était-ce pour cette raison qu'il en était arrivé à vivre en ermite. Les nouvelles idées de romans n'avaient pas manqué, avant cet épisode. Après la parution de *Neuf Pères*, toutefois, je me mis à réfléchir soigneusement au poids de chaque mot, et aux éventuelles conséquences qu'une nouvelle publication entraînerait. Depuis lors, je n'avais terminé aucune histoire, et je commençais à penser que je ne le ferais jamais plus.

6

La chambre 110 de l'hôtel Hilton de West Lafayette était bien au nom de Jerome Salinger. L'établissement donnait sur l'*interstate* 65, une autoroute insignifiante mais pratique qui assurait la connexion entre Chicago et Indianapolis. La vue n'était pas terrible. Conner avait tiré les rideaux marron. Leur vieux motif cachemire ondulait sous les rafales de la clim. Celle-ci était à fond, bien que les matinées de l'Indiana aient été plutôt fraîches ces derniers temps.

Tel un espion qui aurait eu peur qu'on l'aperçoive à travers la fenêtre et qu'on essaie de l'abattre, Conner avait déplacé le bureau et les chaises en imitation acajou. Avec une solide tape sur l'épaule, il me remercia d'être venu et s'excusa pour cette « invitation mystère ». Les lits n'étaient pas défaits et il était habillé comme au Borders. Voyant que je remarquais ces détails, il m'expliqua :

« En fait, j'arrivais pas à dormir. J'ai même pas essayé. T'as faim ? »

Je secouai la tête.

« J'ai déjà mangé.

— Un café ?

— De l'eau, ce sera bien. »

Je me remplis un verre au lavabo de la salle de bains.

« Alors, dis-je après avoir bu une gorgée, qu'est-ce que tu veux ?

— T'as pris ton maillot de bain ?

— Ouais, mais je ne sais pas très bien nager.

— Viens, on descend à la piscine. On sera plus en sécurité.

— En sécurité ? »

Conner m'assura que je n'avais rien à craindre. Il s'inquiétait uniquement pour sa sécurité à lui. Les précautions dont il s'entourait étaient probablement inutiles, c'était juste son petit côté parano : il avait peur d'être sur écoute ou pris en photo. Le fait est qu'il était beaucoup plus difficile de mettre une piscine sur écoute qu'une chambre d'hôtel. S'il n'avait pas été père de famille, m'expliqua-t-il, il n'en aurait rien eu à foutre. Mais la sécurité était désormais une priorité. Donc, je me pliai à son petit numéro qui, dans tous les cas, était plus intéressant que le mien. À cette heure-là, j'aurais dû être à la maison à laver les couches, vider le lave-vaisselle, lire des livres de cuisine, vérifier des recettes sur Epicurious, harceler des vieilles copines sur Facebook et imaginer de nouvelles histoires à écrire susceptibles de m'attirer des ennuis – *Neuf Ex*, par exemple.

Conner enfila un caleçon de bain noir. Le mien, orange, était encore un peu humide de la journée de la veille, passée au parc Bryan à faire du toboggan aquatique. Les escaliers nous conduisirent au bassin. Nous étions seuls – si l'on faisait abstraction d'une fumeuse invétérée et de ses deux fils qui s'empiffraient de barres de chocolat en laissant flotter leurs emballages à la surface.

« T'es la seule personne à qui je peux raconter cette histoire, tu sais. Y a que toi qui puisses comprendre », fit Conner avant d'avaler une gorgée de son eau pétillante puis de descendre dans la piscine.

Je le suivis. L'eau était chaude et stagnante comme de la pisse.

« Bon alors, c'est quoi, ton histoire ?

— D'abord, j'ai une question à te poser. Tu te souviens de ce livre que je t'avais conseillé quand on était dans les montagnes ? »

Je m'en souvenais. Et je fus surpris qu'il s'en souvienne aussi. Je pensais que le temps que nous avions passé ensemble m'avait plus marqué que lui.

« Oui. John Le Carré. *La Maison Russie*.

— C'est ça. Dedans, il y a cette phrase dont je t'avais parlé, l'une de mes phrases préférées. Est-ce que tu t'en souviens aussi ? »

Je ne m'en souvenais pas. De fait, je n'avais jamais réussi à lire le livre en entier. J'avais toujours trouvé les livres de John Le Carré denses et lents, même si j'aimais bien les adaptations qui en avaient été faites – les films ou les séries de la BBC.

« C'est pas grave. En fait, c'est ce que dit l'agent russe à Barley, l'éditeur anglais : *"Promets-moi que si j'ai un jour le courage de penser en héros, toi tu auras celui de te comporter en être humain digne de ce nom."* » Il répéta ces mots : « *digne de ce nom* », appuyant sur chaque syllabe comme s'il récitait une prière apprise au catéchisme.

« Eh bien, dit-il, j'ai l'impression que cette histoire prend un peu la même tournure.

— Pourquoi ? Tu vas devenir un héros ?

— Moi, non. Plutôt l'inverse.

— Un méchant, alors ?

— Peut-être bien. »

7

Et donc nous étions là, casquette sur la tête, deux quadras en slip de bain discutant en plein cagnard et sirotant nos eaux gazeuses, au bout de cette piscine où on avait pied, dans notre Hilton de West Lafayette avec vue sur l'autoroute, comme deux caïds en train d'organiser un deal.

Dans nos rêves, ouais. En réalité, on devait plus ressembler à deux pères de famille au bout du rouleau qui attendaient leurs enfants pour aller dans l'eau. Malgré la casquette, je sentais le soleil me cramer les joues. Conner était déjà bronzé, ce qui résumait assez bien nos différences ; lui bronzait, moi je brûlais.

« C'était comment, Chicago ? »

Il fallait que je pose la question. « Pas terrible. »

En prenant le premier vol pour Indianapolis, Conner était arrivé à dix heures à l'hôtel Drake, où il avait pris sa chambre, la suite « Écrivain », la plus petite de l'hôtel. Pour vous donner une idée de la modestie du truc, même moi j'y avais séjourné, à l'époque de ma tournée pour *Neuf Pères*. C'est dire. Ensuite, on l'avait emmené à Navy Pier[1], pour une interview avec

---

1. Navy Pier : jetée historique sur les rives du lac Michigan, accueillant aujourd'hui un parc d'attractions.

Rick Kogan, présentateur de la WBEZ[1], qui remplaçait Steve Edwards, celui que je tenais pour responsable en partie du délabrement et de la destruction de ma relation avec ma mère.

Conner voulut prendre des nouvelles d'Angie et d'Atticus. Il appela plusieurs fois. Mais, comme c'était souvent le cas ces derniers temps, Angie était pressée et avait tendance à s'emporter facilement. Tout ce dont elle voulait bien parler, c'était du boulot qu'elle avait à la maison et de ce que Conner aurait à faire, en rentrant – les toilettes encore bouchées, la peinture qui s'écaillait dans la chambre du petit, et pourvu qu'il n'y ait pas de plomb dedans, la date de révision du taux d'intérêt de leur prêt qui approchait à grands pas... Conner avait donc passé la journée à se balader le long du lac Michigan à la recherche d'inspiration pour son prochain roman, observant les bateaux, les baigneurs, ceux qui bronzaient et ceux qui jouaient aux échecs. Puis il s'était dirigé vers le nord, pour se rendre à sa rencontre en librairie.

« C'est là que tout a commencé à devenir bizarre. »

Son éditeur avait chargé un chauffeur de l'emmener à sa lecture au Borders du coin de la rue Clark et de Diversey Avenue, à environ cinq kilomètres de son hôtel. Comme il n'avait rien d'autre à faire, il avait décidé d'y aller à pied. La météo était humide, étouffante ; les briques des bâtiments climatisés suintaient littéralement de chaleur. Conner se dirigea vers le nord, suivit la rue Clark, traversa la zone des bars et des restaurants qui jouxte les quartiers nord, longea les belles demeures des héritiers des fortunes industrielles de la Côte d'Or, puis traversa le parc Lincoln, où

1. Station de radio publique américaine basée à Chicago.

habitaient naguère David Mamet, Stuart Sybek Dybek et une poignée d'autres écrivains qu'il tenait en grande estime. Il prit un raccourci par le zoo du parc. Même les animaux souffraient de la chaleur. Des rhinos tout tristes attendaient, vautrés dans des flaques de boue. L'ours polaire, usé, un peu galeux, semblait résolu à ne plus sortir de l'eau. Les gorilles étaient de meilleure humeur. Normal : ils avaient l'air conditionné.

Près de la boutique de souvenirs, vers la sortie, Conner aperçut un coyote solitaire qui se confondait presque avec son rocher. Longuement, il plongea son regard dans celui, bleu clair, de l'animal.

« Toi et moi, lui dit-il, toi et moi, on fait tout ce qu'il faut pour survivre. Et nous voilà, tout seuls, des survivants. »

Et puis, en arrivant sur Diversey Avenue, il pensa à sa vie et commença à se sentir joyeux. Il était en bonne santé, résistant. Il avait une femme super, un fils magnifique, ses parents étaient encore là. Les rues et les trottoirs débordaient de gens jeunes et pleins d'énergie. Et il y avait la queue devant la librairie, des ados aux cheveux décolorés, avec leurs parents, principalement, et des gothiques seuls, de noir vêtus. Deux camionnettes et une limousine étaient garées sur la zone de livraison. Quelques types montaient la garde devant la porte d'entrée, en chuchotant dans leur micro mains libres. Peut-être l'interview sur NPR s'était-elle bien mieux passée que ce qu'il imaginait, au point de générer cette petite foule ? Autre hypothèse : Barack Obama se trouvait en ville pour rendre visite à Penny Pritzker, l'un de ses principaux donateurs, qui habitait dans le coin. Qui sait, poursuivit Conner en lui-même, presque convaincu, le Président et les Pritzker étaient peut-être des fans, eux aussi, qui exigeraient leur propre exemplaire du *Casier froid* ? Ce n'est qu'une fois devant la porte d'entrée du magasin qu'il réalisa qu'il s'était trompé de librairie. Il ne se trouvait pas devant Borders, mais en face, devant Barnes & Noble, vestige de la fin des années 1990 et du début des années 2000, une époque où l'on pensait que deux grands magasins de livres pouvaient cohabiter dans un même quartier. Les gens qui faisaient la queue devant le Barnes & Noble attendaient Margot Hetley pour *Surfaces troubles*, le tome huit de ses *Chroniques de sorciers vampires* – « *CSVVIII* » pour les intimes. Dans la queue, tout le monde avait au moins un exemplaire des *Chroniques*, mais personne n'avait *Le Casier froid*, évidemment. En face, chez Borders, on pouvait lire : « CE SOIR, LECTURE DE CONNER JOYCE ! » Et pas la moindre file d'attente sur le trottoir.

À l'intérieur du magasin, le tableau habituel, aussi familier que déprimant. Des rangées dégarnies de chaises pliantes alignées sur un tapis gris lugubre, des piles de son livre, devant lesquelles personne ne faisait la queue, et une responsable qui tuait le temps en attendant la fermeture du magasin et son licenciement. Le public, effectivement, était un peu plus fourni qu'à Bloomington. Quinze, vingt personnes, à vue de nez. Mais rien, disons, qui puisse changer radicalement le cours des conversations avec Angie. Conner s'efforça de conserver sa concentration et son optimisme. Debout sur son podium, devant l'assistance, il sortit son baratin habituel puis répondit aux questions. Toujours le même numéro, m'avait-il certifié, qu'il y ait cinq ou cinq cents personnes. Il faut respecter les gens. Puis il sortit son stylo pour les dédicaces.

Dans la petite file qui s'était formée devant la table où il s'était installé, on retrouvait le mélange habituel :

quelques fans, des étudiants en littérature et des collec-
tionneurs, qui espéraient probablement que la valeur de
ses livres exploserait un jour. Ses dédicaces, il prit le
temps de les soigner. Le temps, ce n'était pas ce qui lui
manquait. D'après son planning, il ne lui resterait plus
ensuite qu'à rentrer à l'hôtel, dormir un peu jusqu'à six
heures du matin et prendre l'avion, direction LaGuardia.
Après quoi il récupérerait sa voiture, la ramènerait aux
Poconos, et discuterait sérieusement de la vente de la
maison avec Angie.

Au moment de partir, toutefois, en rebouchant son
stylo, il aperçut une dernière personne qui attendait avec
son livre. Il ne l'avait pas remarquée avant. Elle avait
dû arriver en plein pendant la lecture, sans quoi il s'en
serait souvenu.

« Quelqu'un que tu connaissais ? demandai-je.

— Non.

— C'était qui ?

— Un certain Pavel. »

8

Pavel portait des lunettes de soleil. C'était un type plutôt corpulent, un peu engoncé dans sa chemise et son pantalon noirs, ainsi que dans sa veste en tweed qui sentait la naphtaline. Rien qu'à sa dégaine et à sa façon de bouger, avant même qu'il ouvre la bouche et que son accent le trahisse, on voyait qu'il venait d'Europe de l'Est. Il aurait pu être l'un des gardes du corps de Poutine. Conner demanda donc à ce type à la carrure imposante qui feuilletait *Le Casier froid* de l'autre côté de la table s'il désirait une dédicace. Le type hocha la tête avec un sourire un peu sardonique, révélant, sous ses abords de brute épaisse et ses lunettes noires, quelque chose de l'ordre du sens de l'humour. Il avait une bosse à l'épaule, peut-être portait-il une arme.

Il lui tendit son exemplaire. « S'il fous plaît. » Le livre lui avait énormément plu. Bizarre, car il n'avait pas l'air d'un type qui lisait beaucoup. La surprise de Conner s'accrut quand l'individu lui expliqua ensuite à quel point il appréciait les détails dans ses romans, les descriptions précises des scènes de crime et des procédures médico-légales.

« Vous connaissez mon travail, répondit Conner.

— Oui.

— Alors, c'est pour qui, la dédicace ?

— Pour Dex.

— Très bien ». Conner signa et data le livre. Pavel fit ensuite glisser une douzaine de bouquins juste devant lui.

« Et ceux-là aussi.

— Je les signe tous ?

— Oui, vous pouvez mettre "Pour Dex", chaque fois.

— Vous êtes un vrai fan, vous.

— Dex est fan, oui. »

Conner s'arrêta.

« Dex, ce n'est pas vous ?

— Non. Mais il aimerait bien vous rencontrer.

— Dex ? Il est ici ? répondit Conner, tout en signant les livres que Pavel mettait devant lui.

— Non, mais je peux vous conduire à lui quand vous voulez.

— Désolé, je ne fais pas ce genre de choses.

— Dex non plus. » Pavel ôta ses lunettes de soleil et regarda Conner droit dans les yeux. Il lui fit penser au coyote sournois et solitaire du zoo du parc Lincoln, celui à l'œil scrutateur, sournois et solitaire.

« Vous ne serez pas déçu, dit Pavel. Je vous le garantis. »

Conner voulait en savoir plus. Pavel lui expliqua que Dex avait un genre de proposition à lui faire.

En général, les propositions que Conner recevait de la part d'étrangers en dédicace étaient soit bizarres, soit déprimantes, et souvent un peu des deux. Ça pouvait être un écrivain qui souhaitait son avis sur un texte, ou qui avait besoin d'une lettre de recommandation pour un agent ou un éditeur. De temps en temps, une femme, *a priori* pas très heureuse à la maison, lui demandait combien de temps il restait en ville, et s'il voulait aller boire un verre. Il restait ferme, mais toujours poli, sans jamais franchir une certaine limite. Il donnait aux écrivains dans ces cas-là le nom et l'adresse mail de son éditeur. Il expliquait aux femmes qu'il était occupé, ou même, quand c'était nécessaire, marié. En général, les conversations s'arrêtaient là. Mais Pavel ne se contenta pas du nom de son éditeur et de son agent.

« Cette proposition, Dex doit vous la faire en personne. » Conner faillit éclater de rire. Utilisait-il le verbe « devoir » comme une menace réelle, ou bien était-il juste mauvais en anglais ?

« Ah oui ?

— Oui. Ce soir. »

Et pourquoi ce Dex était-il aussi pressé ? Pavel sourit doucement.

« Vous prenez le vol de sept heures quarante-cinq demain matin pour LaGuardia, n'est-ce pas ? Donc, c'est ce soir. »

La voix de Conner perdit de son assurance.

« Sept heures quarante-cinq ?

— United Airlines, numéro de vol 110, pour être exact. C'est bien ça ? »

Conner se leva de sa chaise.

« Ou alors, ajouta Pavel, Dex peut vous rencontrer à votre hôtel. Vous êtes au Drake, je crois. »

Conner ne répondait pas.

« Dex serait ravi de vous retrouver au salon Coq d'Or. Ou dans le patio de l'hôtel. Voire, si vous préférez, ajouta-t-il avec un léger sourire, dans la suite "Écrivain", chambre 813.

— Comment est-ce que vous savez tout ça ? » demanda Conner. Mais il ne voulait pas entendre la réponse de Pavel. Il se dirigea vers la sortie. Son sixième sens l'alertait. Au moment de sortir, il entendit Pavel s'adresser au manager du magasin. « Je vais prendre tout le reste. Pouvez-vous les livrer au 680, North Lake Shore Drive ? »

Il se retourna. Pavel achetait tous les livres et sortait son téléphone pour passer un coup de fil.

9

Conner sortit du Borders et arrêta un taxi. Son plan ? Retourner à l'hôtel, prendre sa valise et s'en aller. Comment Pavel avait-il pu savoir où il logeait, et où il allait ? Un ami de son éditrice ? Ou alors quelqu'un qui travaillait pour un éditeur de l'ancien bloc soviétique, mais sans bien maîtriser encore certains des codes occidentaux ? En tout cas, Conner n'avait guère envie de traîner dans les parages pour en apprendre plus. Du temps où il avait travaillé comme reporter de guerre, il n'avait jamais hésité à l'idée d'interviewer des violeurs, ni de montrer sa carte de presse aux gardes de Rikers Island[1], ou encore de traîner autour des commissariats bien après minuit et de rentrer chez lui à pied. C'est d'ailleurs comme ça qu'il avait rencontré Angie, au croisement de la 100e Rue et du commissariat central 24. Longtemps, ils avaient fait le chemin ensemble pour rentrer à Hamilton Heights, chez sa mère et sa tante, où elle avait habité jusqu'à leur mariage. Mais à présent qu'il était père de famille, Conner préférait que ce soit ses personnages qui prennent des risques. Pendant ce

1. Rikers Island est une île à New York, qui abrite la plus grande prison de la ville et la deuxième plus importante prison aux États-Unis.

temps, il pouvait tranquillement se boire un thé ou une bière locale sur le perron de sa maison des Poconos, côté jardin.

Sur Diversey Avenue, la circulation était dense ; la rencontre avec Margot Hetley venait de se terminer et des flots de gamins et d'ados gothiques venus faire dédicacer leur livre se déversaient dans les rues. Une sorte de *flash mob* s'était formée, tandis qu'ils rejoignaient les stations de métro et les arrêts de bus, bousculant les badauds, en se balançant les uns les autres des panneaux « vampard ». Pendant ce temps, en limousine, Hetley quittait les lieux en trombe.

Conner sortit du Borders avant Pavel. Son taxi entama un demi-tour non autorisé en direction du sud, pour retourner à l'hôtel. Mais à peine l'avait-il terminé que Pavel sautait dans un taxi, lui aussi. À ce moment, Conner aurait bien aimé lancer un truc du genre « Appuyez sur le champignon ! » ou « Il faut les semer ! », l'une de ces phrases lues mille fois ailleurs, mais assez peu utilisées dans ses livres à lui. Il se contenta de contempler en silence les bateaux du lac Michigan, les voitures qui filaient le long de Lake Shore Drive, le zoo du parc Lincoln, à l'ouest, énorme masse noire et indistincte qui surmontait le lagon. Il songea au coyote solitaire, qu'il imaginait aboyant sur son promontoire de pierre gris. Puis, par la fenêtre arrière, il essaya de repérer le taxi de Pavel. Mais des taxis, il y en avait une douzaine au moins : impossible de rien distinguer.

En arrivant à l'hôtel, il salua le portier et les agents de sécurité de façon insistante – pour qu'ils sachent bien qu'il était là et se souviennent de lui, au cas où quelque chose arriverait. Typiquement le genre d'idées morbides et anxieuses qui ne lui auraient jamais traversé l'esprit avant qu'il devienne père. Deux par deux, il gravit les marches au tapis bleu, salua une poignée d'hommes d'affaires au bar, quelques touristes avec leurs sacs de l'Apple Store et des couples en costard et robe de soirée, probablement en route pour des mariages. Il avertit le jeune homme de la réception qu'il voulait partir tôt, lequel, du haut de ses vingt-cinq ans et de sa petite moustache, prit un accent anglais un peu affecté :

« Très bien, monsieur Joyce. »

Il pianotait sur son clavier pour sortir la note.

« Ah ! j'oubliais. Tout à l'heure des messieurs vous cherchaient.

— Des messieurs ?

— Oui, ils étaient deux. Ils vous ont laissé ça. » Il lui tendit un carton blanc, filigrané, sur lequel quelqu'un avait écrit à la main, d'une écriture très élégante : « Monsieur Joyce, je suis en bas, au salon Coq d'Or. Cordialement, Dex. »

Il rendit la note au réceptionniste avec un billet de 20 dollars. « Faites descendre mes bagages. » Le réceptionniste lui demanda si tout allait bien. Conner jeta un œil en direction de l'entrée : Pavel approchait. Conner s'éloigna et prit la première porte qui se présentait, celle des toilettes pour hommes.

Il attrapa une serviette blanche dans l'un des paniers à côté du lavabo et s'essuya le visage. Peut-être en faisait-il un peu trop ? De quoi avait-il peur ? D'un type d'Europe de l'Est qui lui avait acheté plein de livres et voulait le présenter à l'un de ses amis ? Certes, le type en question avait quelque chose de sinistre. Mais aux dernières nouvelles, il ne s'était pas fait agresser. Peut-être ce Pavel et son ami Dex ignoraient-ils qu'approcher un écrivain de cette manière, lui acheter d'un coup tous ses bouquins, et lui demander des rendez-vous spéciaux n'était pas quelque chose qui se faisait. Ce Dex, que Conner imaginait bien en mafieux russe et chauve, un roi du marché noir potentiellement spécialisé dans le trafic d'uranium, était peut-être incroyablement riche, et se croyait-il, du coup, au-dessus du protocole. D'un autre côté, le protocole était peut-être un peu idiot aussi. Passant en revue tous ces scénarios, Conner observait son reflet dans la glace. C'est alors que la porte des toilettes s'ouvrit et que Pavel entra.

À sa gauche, Conner aperçut une autre porte. « Vers le salon Coq d'Or », disait la plaque. Le visage encore humide, il franchit le seuil et entra dans le salon.

10

Je connaissais très bien le Coq d'Or. Mon père en avait été un habitué, de son vivant – c'est du moins ce que m'avait raconté ma mère. Quand il venait en ville pour ses affaires, il emmenait ses amis y boire des verres. C'est là qu'un beau soir il rencontra une jeune serveuse qu'il ramena dans sa suite. Et ainsi fus-je conçu. Après mes études, une fois parti de chez ma mère, j'avais écrit plusieurs nouvelles au Coq d'Or, dans l'espoir de me « connecter » à certains aspects de mon passé. L'atmosphère y était agréable, on y servait d'excellentes soupes – et le meilleur club sandwich de Chicago. Le personnel était habitué aux gens aisés et à leurs excentricités ; vous pouviez être mal habillé ou avoir la tête d'un type qui ne gagne pas un sou, on vous laissait tranquille pour la soirée.

Pour Conner, en revanche, pénétrer dans ce lieu, c'était entrer de plain-pied dans un monde qu'il ne connaissait qu'à travers les livres, ou des films sur des publicitaires des années 1960 peut-être : un piano-bar peuplé de nantis, de touristes amateurs de Martini et de quelques habitués issus de l'aristocratie de la Côte d'Or de Chicago, qui, pour certains, possédaient des appartements au Drake Hotel et, pour la plupart, étaient alcooliques. Quelques-uns venaient accompagnés d'escort-girls de luxe ; d'autres réglaient directement avec des cartes de crédit du Drake, un avantage réservé aux clients fidèles. C'était un univers de longues nappes blanches et d'alcôves tapissées de cuir. Derrière un grand bar en chêne, un serveur tout de blanc vêtu agitait son shaker. Des effluves de homard et de chaudrée de palourdes embaumaient les lieux. Ce soir-là, un pianiste en costard jouait *Stardust*, dans une version étonnamment bien interprétée. En d'autres temps, Conner aurait bien vu, ici, des femmes fumer de longues cigarettes, et des hommes tirer sur leurs cigares. Il aperçut un type. Aucun doute : il s'agissait de Dex Dunford.

« C'était son vrai nom ? demandai-je.

— Ça m'étonnerait. »

L'homme était assis à une table, seul. Costume rayé bleu foncé, pochette bleu clair, l'air élégant, presque distingué. Devant lui, plusieurs exemplaires du *Casier froid*, du *Fusil du diable* et des trois autres romans de Conner. Il buvait son rob roy *dry* avec des glaçons et un zeste de citron. Il aurait pu recevoir le prix du Cadre le mieux habillé des États-Unis, à l'époque où ce genre de distinction se décernait encore. Dex était un homme de petite taille, svelte, mais il en imposait. Sa chevelure blanche fournie empêchait Conner de savoir s'il se trouvait en face d'un quinquagénaire venu d'une autre époque ou d'un septuagénaire, mais en pleine forme. Une canne au pommeau sculpté – une tête de faucon à l'œil jaune – était posée contre le mur derrière lui.

« Qu'est-ce qui vous ferait plaisir, monsieur Joyce ? » demanda Dex.

Il s'exprimait avec un accent vaguement anglais, mais cela semblait plus une question de classe que de provenance géographique. Son ton affecté évoquait l'âge d'or d'Hollywood, des acteurs tels que

Clifton Webb ou Ray Collins, par exemple, qui ne prononçaient pas les *r* à la fin des mots.

Conner ne répondit pas à sa question. Il n'était pas sûr de vouloir boire quoi que ce soit.

De nouveau, Dex l'invita à s'installer.

« Qu'est-ce qu'il peut bien y avoir de dangereux dans le simple fait de s'asseoir pour boire un verre ? »

La réponse de Conner ne fut pas immédiate.

« Bon, continua Dex, après tout, vous avez peut-être raison. Le danger est partout. Il est vrai que c'est la première fois que nous nous rencontrons. Pourtant, j'ai l'impression de vous connaître, monsieur Joyce. »

Il expliqua à Conner combien il était fan de son travail. Il avait lu tous les livres de la série Cole Padgett. Il aimait particulièrement le dernier, *Le Casier froid* : l'un de ses meilleurs, selon lui. Il prisait son sens du détail, et le fait que les lieux soient si précisément décrits.

« Mais il n'est jamais simple, pour un écrivain, de survivre à un premier succès, n'est-ce pas ? »

Conner se détendit un peu. Il avait l'habitude de ce genre de conversation ; il la pratiquait avec son public lors des dédicaces, ou pendant les interviews d'émissions de radio publique.

« Vous êtes du métier ? lui demanda-t-il.

— Lequel ?

— L'édition.

— Pas vraiment, répondit Dex. Je suis collectionneur. »

Conner s'assit en face de lui, et, au serveur qui lui demandait s'il désirait manger ou boire quelque chose, commanda un verre d'eau glacée.

« Un collectionneur, hein. Vous aimez les premières éditions, c'est ça ?

— D'une certaine manière. On pourrait dire ça. »,
répondit Dex, qui lui demanda si *Le Casier froid* s'était
bien vendu, s'il avait fait mieux que ses deux romans
précédents. Il ne voulait pas être indiscret, lui assura-
t-il. Il se faisait vraiment du souci parce qu'il comprenait combien il était difficile, pour un écrivain, de faire
carrière et de s'inscrire dans le long terme.

« Ne le prenez pas personnellement, dit Dex. C'est
ce qu'ont fait mes deux derniers auteurs, malgré mes
recommandations.

— Des auteurs. Vous ne m'avez pas dit que vous
ne travailliez pas dans l'édition ?

— C'est vrai. Je l'ai dit.

— Vous êtes dans quoi, alors ?

— J'ai peur que nous ne nous éloignions quelque
peu du sujet. »

Il fit signe au serveur et commanda un autre rob roy.

Le temps s'écoulait. Une heure, peut-être. Le pianiste
termina sa prestation par un pot-pourri de Cole Porter
puis se dirigea vers le bar, où l'attendaient un Martini
et sa petite amie, vêtue d'une robe noire à paillettes.
Les hommes qui étaient arrivés avec des escort-girls
repartaient avec elles, pour l'une des suites de l'hôtel,
certainement, des chambres sans doute cent fois plus
classieuses que la suite « Écrivain ». Conner n'aurait
pas été jusqu'à dire qu'il se sentait plus à l'aise avec
Dex, mais tant qu'il restait dans ce bar, se disait-il,
rien ne pouvait lui arriver. Le programme du reste de
la soirée lui semblait clair. Une fois qu'il aurait quitté
le Coq d'Or, il récupérerait ses bagages, sauterait dans
un taxi, et filerait vers le Hilton d'O'Hare.

Son troisième rob roy achevé, Dex esquissa un geste
en direction du serveur. Il régla sa note puis posa ses
mains à plat sur la table.

« Bien, monsieur Joyce. Vous êtes prêt ?

— Prêt pour quoi ?

— J'aimerais vous montrer quelque chose. Mais, pour ça, j'ai bien peur qu'il ne vous faille venir avec moi. »

Le sixième sens de Conner l'alertait de nouveau.

« Vous ne pouvez pas juste m'en parler ?

— Ah ! mon ami, fit Dexter en sortant une enveloppe de la poche intérieure de sa veste, vous ne me croirez pas tant que vous n'aurez rien vu. »

11

D'un blanc immaculé, l'enveloppe renfermait une carte de visite où l'on pouvait lire, en lettres gaufrées et dorées : « *Dex Dunford, Collectionneur de premières éditions, 680 N. Lake Shore Drive* ». Ni numéro de téléphone, ni adresse mail.

« C'est vous ?

— C'est moi. »

Dex pointa l'adresse du doigt.

« Et c'est là que nous allons. »

Conner retira ensuite de l'enveloppe un chèque de 10 000 dollars, établi à son nom, « Conner Joyce », d'une écriture ronde et délicate de stylo à plume.

« Et ça, c'est quoi exactement ?

— Une avance.

— Pour quoi ?

— Oh ! rassurez-vous : rien de sordide. Rien qui puisse vous mettre en danger ou vous compromettre de quelque manière que ce soit. Mais il n'est pas utile que je vous en dise plus tant que nous ne serons pas chez moi. Car, je peux vous le garantir, vous n'allez pas me croire.

— Et qu'est-ce qui me dit que je vais revenir en un seul morceau ? demanda Conner.

— Ma parole devrait vous suffire. Hélas, il semblerait qu'une parole ne vaille plus grand-chose, de nos jours. Vous n'avez qu'à noter l'adresse de cette carte de visite et la laisser au réceptionniste à l'étage. Si jamais vous n'êtes pas revenu d'ici quatre-vingt-dix minutes, qu'il appelle la police et lui communique cette adresse. »

Dex conseilla en revanche à Conner de garder le chèque dans son portefeuille. Même s'il avait l'habitude de travailler avec ce réceptionniste depuis des années pour des transactions comme celle qu'il s'apprêtait à lui proposer, 10 000 dollars, c'était trop tentant pour pouvoir faire confiance à qui que ce soit.

« Visiblement, dit Conner, vous avez tout prévu.

— Tout, en effet. En fait, j'ai même pensé à une autre chose, pour que vous vous sentiez totalement en sécurité.

— Quoi ? »

Dex sortit un téléphone de sa poche et sélectionna la liste des numéros favoris.

« Pavel ? Tu peux nous rejoindre, s'il te plaît ? » dit-il, avant de remettre le téléphone dans sa poche. Puis, à Conner :

« Vous avez déjà rencontré mon garde du corps, je crois.

— Pourquoi avez-vous besoin d'un garde du corps ? »

Dex sourit.

« À propos d'un homme riche comme moi, un homme avec un passé, on devrait plutôt poser la question : pourquoi *un seul* garde du corps ? »

Pavel fit son entrée et s'installa à leur table. Il empestait l'après-rasage de supermarché, celui qu'on trouve également en solde dans les magasins *duty free* des aéroports.

« Oui, monsieur Dunford ? »

Pavel avait l'air amusé. En réalité, il savait parfaitement pourquoi on l'avait appelé.

« S'il te plaît, lui demanda Dex alors qu'il fouillait déjà dans sa veste serrée en tweed, donne ton arme à M. Joyce.

— Bien sûr. » Pavel déposa un 45 à canon court sur la nappe blanche, devant lui.

Le piano avait été refermé, mais le pianiste se trouvait toujours au bar avec sa petite amie à paillettes. Le serveur polissait des verres au torchon. Massés autour du bar, les autres serveurs regardaient une course de formule 1 sur un écran accroché au mur. Les tables avaient beau être presque toutes vides, Conner ne pouvait s'empêcher de se demander si quelqu'un les avait observés, si quelqu'un avait vu ce flingue qui brillait. Et à quoi avait-il servi, ce flingue, hein ? Que risquait-il à le saisir ? Y laisser ses empreintes, par exemple ?

Dex fit un signe du menton vers l'arme.

« Les personnages dans vos livres savent très bien s'en servir. Mais vous ?

— Moi aussi.

— Bien. Vous pourrez donc constater à son poids qu'il est chargé. Maintenant, mettez-le dans votre poche. »

Partagé entre le doute et la curiosité, Conner essayait de faire la part des choses. Les 10 000 dollars écrasaient un peu le doute. Ce serait quand même bien pratique. Quoi qu'il arrive, il pourrait rentrer à la maison et, quand Angie lui demanderait si la tournée s'était bien passée, il aurait une histoire à raconter et un chèque à encaisser – à condition, bien sûr, qu'il ne soit pas en bois.

Conner glissa le revolver dans une poche de sa veste. Dex lui tendit un stylo noir et or et une feuille blanche avec, dans un coin, son adresse de Shore Drive gaufrée en lettres d'or. « C'est pour quoi faire, ça ? demanda Conner.

— C'est pour la note que vous allez laisser au réceptionniste. C'est un bon stylo, vous pouvez le garder. Et quand vous reviendrez à l'hôtel, d'ici une heure et demie, vous pourrez garder aussi les 10 000 dollars, que vous acceptiez ou non ma proposition. Vous êtes prêt ? »

Dex et Pavel se levèrent, et Conner les suivit. En sortant du Coq d'Or – Dex venait de laisser 50 dollars de pourboire sur la table –, Conner se dirigea vers les marches tapissées de moquette bleue qui menaient à la véritable entrée de l'hôtel, tandis que Dex et Pavel gagnaient l'entrée principale. Arrivé à la réception, Conner gribouilla une note : « Je pars avec Dex Dunford au 680 N. Lake Shore Drive. Si je ne suis pas de retour dans quatre-vingt-dix minutes, appelez immédiatement la police et envoyez-la à cette adresse. »

Il tendit la note au réceptionniste. Juste devant lui, sur le comptoir, un téléphone. Comme le sien n'avait pratiquement plus de batterie, il demanda au réceptionniste s'il pouvait passer un coup de fil.

12

« Et ça, mec, c'était hier soir, quand je t'ai passé le premier coup de fil. »

Au bord de notre piscine du Hilton de West Lafayette, dans l'Indiana, le mercure avait déjà grimpé de dix degrés. Allongés sur des chaises longues en plastique blanc, nous sirotions des Pepsi Diet : Conner en plein soleil et moi à l'ombre d'un parasol Hilton qui, un jour, avait dû être blanc lui aussi.

Je m'en voulais un peu de n'avoir pas pu lui parler la nuit précédente. Mais il fallait le reconnaître, je ne voyais pas bien quels conseils utiles j'aurais pu lui donner. Personnellement, jamais je n'aurais suivi un homme mystérieux et son garde du corps d'Europe de l'Est dans un voyage sans but vers le 680 N. Lake Shore Drive. Je ne suis pas casse-cou. Jamais non plus je ne serais monté dans une voiture avec un étranger. Pas plus à quarante ans qu'à quatre. En même temps, j'avais entièrement confiance en la capacité de Conner à s'en tirer. Et, quel que soit le danger encouru, j'avais toujours envie d'entendre son histoire.

« Évidemment, tu y es allé, lui dis-je.

— Oui.

— Et que s'est-il passé ? »

Dex et Pavel l'attendaient devant l'hôtel Drake, à l'entrée de la rue Walton. En les rejoignant, Conner avait trouvé les rues étonnamment vides. Pour lui, Chicago avait toujours été l'équivalent d'un petit Manhattan. En réalité, il était bien plus vaste. Et plus étendu, aussi.

Chicago n'était pas une ville qui ne dort jamais ; l'heure du coucher se situait plutôt vers les dix heures du soir. Dehors, dans la chaleur écrasante de cette nuit d'été – les nuits ne devenaient jamais aussi fraîches ici que dans l'Indiana –, les restaurants semblaient tous fermés, les réceptions des hôtels, vides, et les trottoirs seulement peuplés d'une poignée de citadins nerveux qui rentraient chez eux en marchant le plus vite possible, et de touristes – ceux qui se croyaient dans un petit New York – qui ne se rendaient pas compte qu'ils devaient se déplacer plus rapidement.

Conner chercha un véhicule qu'il imaginait du genre Volga noire affreuse, avec une brochette de trafiquants d'armes à l'intérieur. Mais il ne vit rien de tel.

« La voiture, où est-elle ? »

L'expression de Dex passa de la perplexité à la désapprobation.

« Personnellement, je ne me sentirais pas à l'aise à l'idée de monter dans une voiture avec des inconnus. J'imagine qu'il en va de même pour vous. Marchons donc un peu. L'air est agréable, la soirée charmante, et nous n'irons pas très loin. »

Conner cheminait entre Pavel et Dex. Ils se dirigeaient vers l'est. Ils passèrent devant des bâtiments sombres à portiers et des restaurants fermés depuis plusieurs heures. On n'entendait que le ronronnement des voitures roulant à vive allure sur le Drive, le fracas du lac noir sur sa rive et le bruit de leurs pas. Devant eux, sur

Navy Pier, la grande roue clignotait tel l'œil d'un dieu électrique.

« Alors, dites-moi, Conner, ça fait quoi ?

— Ça fait quoi *quoi* ?

— De tenir cette arme. Cette arme que tant d'individus remarquables ont tenue entre leurs mains avant vous. »

Conner laissa échapper un petit rire nasillard :

« Vous pensez à qui, par exemple ?

— Eh bien, Norman Mailer. Saul Bellow, aussi. Il était très âgé à ce moment-là. Ses mains tremblaient et j'ai bien cru que j'allais devoir la lui reprendre avant qu'un accident se produise. »

Les deux hommes obliquèrent vers le sud. Conner les suivit. Ils passèrent devant des immeubles noirs et dépouillés. Des entrées lumineuses toutes vides, des étages d'obscurité. Dex continuait l'énumération des écrivains célèbres censés avoir tenu l'arme entre leurs mains, celle que Conner avait désormais dans sa poche : John Updike, Jaroslaw Dudek, Robert Stone, Truman Capote, et même Harper Lee.

« Vous plaisantez », dit Conner.

Dex s'arrêta net.

« Il faut que vous sachiez quelque chose, si nous devons faire affaire ensemble. J'aime l'humour et je l'apprécie dans votre travail, bien qu'il soit assez rare. Mais à titre personnel, je ne raconte jamais de blagues. Et je ne plaisante jamais en affaires.

— Faire affaire ensemble ? Je n'avais pas compris ça.

— C'était une possibilité. Ça dépendra de vous. »

Dex reprit sa marche en avant, se propulsant avec sa canne à tête de faucon. Conner et Pavel durent hâter l'allure pour le rattraper. Bientôt, Conner put apercevoir l'adresse vers laquelle ils se dirigeaient, un appartement dans une grande tour au 680 N. Lake Shore Drive.

13

Malgré presque quinze ans passés loin de Chicago, dont presque la moitié chez *Lit* à New York et l'autre dans le centre de l'Indiana à m'occuper de notre maison, je me souvenais bien de cette adresse, le 680 N. Lake Shore. Il y avait un Furniture Mart, ici, autrefois. Et l'adresse d'origine était le 666. Mais bientôt les promoteurs, inquiets à l'idée que le numéro 666 effraie les acheteurs en raison de sa connotation satanique, changèrent l'adresse en 680. Au rez-de-chaussée, du temps où j'habitais encore à Chicago, un bar à cocktails avait connu son heure de gloire, le Gold Star Sardine Bar, avec chanteuses de cabaret, cigarettes gratuites à toutes les tables et surtout, pas de droit d'entrée. L'endroit parfait où emmener un rendez-vous – pas une rencontre sérieuse, plutôt le rendez-vous d'un soir. Ce genre de lieu, avec cigarettes à volonté et chansons de cabaret, c'était peut-être ce que préférait ma mère à mon âge, mais moi, je ne m'y étais jamais senti à l'aise. Pendant mes quelques années passées chez CBS, en tant à la fois que rédacteur et chercheur de sandwiches chez White Hen Pantry pour John Cody et le reste des journalistes, je suis allé plusieurs fois traîner au Gold Star. J'y ai emmené des stagiaires et quelques secrétaires de rédaction de DePaul et Loyola.

Je leur payais des verres, allumais leur cigarette, et les regardais en général repartir avec des mecs plus âgés et plus friqués. Je n'y ai jamais traîné Sabine. Elle aurait trouvé l'endroit prétentieux et la musique insupportable.

L'immeuble du 680 N. Lake Shore ressemblait à ceux qu'on peut trouver partout dans l'Upper East Side de Manhattan. Portier en uniforme à l'entrée, sol en marbre, lobby cuivré, chandeliers en cristal, épicerie de luxe au premier étage ouverte tard le soir, et club de sport avec vues imprenables, à Chicago, c'était plutôt rare. Et, comme avec le Coq d'Or ou le personnage de Dex Dunford, ça ressemblait à un vrai saut dans le passé.

Le portier, veste rouge foncé à épaulettes et pantalon à rayures dorées assorties, était de petite taille, soixante-dix ans environ, et possédait des dents de devant proéminentes. Il salua Dex et Pavel.

« Bonsoir, monsieur Dunford. Ravi de vous revoir, monsieur Bilski. »

Cette manière discrète et professionnelle de saluer laissait entendre qu'il savait garder les confidences de ses hôtes. Il esquissa un large sourire lorsque Dex présenta Conner en mentionnant son nom de famille.

« Conner Joyce ? Vous voulez dire, comme l'écrivain ? »

Il raconta alors combien il avait adoré *Le Fusil du diable*.

« Du tonnerre, monsieur Joyce. Vraiment du tonnerre. Vous avez écrit d'autres choses ?

— Oui et non », répondit Conner, avant de suivre Pavel et Dex dans le hall d'entrée.

Ils arrivaient près de l'ascenseur. Conner observa son reflet dans le miroir. Il fut surpris de découvrir un homme qui paraissait bien plus sûr de lui qu'il ne l'était en réalité. Il constata qu'il était plus grand que Dex, plus mince et, de toute évidence, plus souple que Pavel. Dans cet ascenseur qui les emmenait au dernier étage, il essaya de se détendre en se souvenant de la note qu'il avait laissée à la réception du Drake. Puis, en sortant de l'ascenseur pour se diriger vers l'appartement de Dex, il se rappela le pistolet dans sa poche. Il avait laissé des traces. Il y avait des témoins. Dans l'un de ses livres, ce genre de détails aurait aidé le personnage, lui aurait donné un surcroît d'assurance. Mais ce soir, pour Conner, ça ne marchait pas vraiment. Il voulait juste retourner à son hôtel, dormir, prendre son avion, et retrouver Angie et Atticus.

« Et alors, lui demandai-je, c'est comment, chez Dex ?

— Charmant, mais…

— Mais quoi ?

— Très bizarre.

— Pas ce à quoi tu t'attendais ?

— Non. En même temps, j'aurais dû m'attendre exactement à ça, si j'avais fait un peu plus attention. Et laisse-moi te dire que ce que j'ai vu là-bas, tu es le seul, je pense, à qui ça plairait. »

En pénétrant dans l'appartement, Conner fut surpris de sa classe. Il remarqua les tapis orientaux dans la pièce principale, la vue sur le lac Michigan. Puis il s'arrêta devant un petit trou dans le mur blanc du couloir. Un trou de la taille d'une pièce de 50 cents, assez profond et derrière lequel on devinait du ciment gris sous une couche de plâtre effritée. Des fissures partaient du trou, comme les pattes d'une araignée. Conner saisit son revolver.

« Ah ! fit Dex, je vois que vous l'avez trouvé.

— Quoi donc ?

— Ce que j'ai de plus précieux. Savez-vous ce que c'est ?

— Un impact de balle.

— Exactement. Devinez qui l'a fait ? »

Conner secoua la tête.

« Mailer, répondit Dex.

— Norman Mailer ? »

Dex fit oui de la tête. L'auteur avait emprunté le même itinéraire que lui. Ils avaient eu la même conversation. Ils s'étaient rencontrés au salon de l'hôtel Drake. Dex avait dit à Mailer qu'il avait une proposition à lui faire. Il lui avait donné un chèque et un flingue, puis l'avait amené ici. Mais Mailer n'avait pas cru que le pistolet était chargé. En entrant dans l'appartement, il s'était exclamé : « Voyons un peu ce qu'il a dans le ventre », avant de tirer dans le mur.

« C'est là qu'il a compris que je ne me moquais pas de lui, poursuivit Dex. C'était il y a des années, mais je n'ai jamais pu me résoudre à reboucher ce trou. »

Dex conduisit Conner dans la pièce suivante.

« Je devenais fou, m'expliqua Conner. J'ai pensé qu'il allait me montrer un cadavre, des flingues, ou bien une mallette débordant de billets – l'argent de la drogue, quoi, tous ces trucs débiles. Je ne savais plus à quoi m'attendre.

— Mais alors, demandai-je, il y avait quoi ?

— Des livres. »

14

« Dex possédait la plus belle petite bibliothèque personnelle que j'aie jamais vue. Si j'avais du fric, je m'en ferais une exactement pareille.

— Elle était comment ?

— Merde. Je ne suis pas sûr de pouvoir assez bien la décrire.

— Essaie. »

Au centre de la pièce trônait une grande table en chêne laqué, éclairée par des lampes de bureau en verre, de couleur verte. Tout autour, des fauteuils de lecture XVIIIᵉ restaurés, avec des ornements en filigrane doré. Contre le mur, une petite bibliothèque en bois remplie de manuscrits derrière une vitrine fermée à clé.

Conner s'arrêta devant en essayant de deviner quel type de livres elle pouvait renfermer. Dex sortit une clé et ouvrit les portes :

« Allez-y, jetez un œil. »

Conner s'approcha. Manifestement, il s'agissait d'originaux, rédigés à la main ou tapés à la machine. Ils avaient été écrits par des auteurs célèbres que Conner, pour la plupart, chérissait – ceux à qui, plus jeune, il avait envoyé des lettres. J. D. Salinger en faisait partie. Jaroslaw Dudek également. De même, il y avait là des originaux de Thomas Pynchon, de Harper Lee, de Margot Hetley, de B. Traven, de Truman Capote et, effectivement, de Norman Mailer. Cependant, Conner ne reconnaissait aucun des titres. Ils évoquaient plutôt des romans policiers, pas vraiment le genre de prédilection de ces auteurs, pour la plupart. *Plus puissant qu'un fusil*, de Norman Mailer. *L'Échappée de Varsovie*, de Dudek. *Le Verre manquant*, de Salinger. Et sur chaque page de garde figurait la même et immuable dédicace, celle que lui-même avait apposée sur une dizaine d'exemplaires du *Casier froid* : « Pour Dex ».

Conner observait ces manuscrits et essayait de comprendre, cependant que Dex restait derrière lui et que Pavel, depuis le couloir, le surveillait du coin de l'œil. Il attrapa celui de Mailer, l'ouvrit au hasard, jeta un œil et le reposa. Puis il prit le Dudek. De ces écrivains, il pensait tout connaître, mais une chose était sûre : ces livres-là, il ne les avait jamais lus.

« Ce sont de vrais romans ?

— Que voulez-vous dire ?

— Je n'en ai jamais entendu parler. »

Dex s'assit à sa table. Dans son dos, la vue s'ouvrait sur Lake Shore Drive et le lac noir derrière.

« C'est exact, répondit-il. Certaines personnes collectionnent des œuvres d'art. D'autres, des autographes. Moi, je collectionne les histoires – romans, mémoires... –, qu'importe le nom, il n'y a guère de différence. Tout dépend de la bonne volonté de l'auteur et de mon désir. Vous l'aurez certainement remarqué, j'ai une préférence pour les romans policiers. Mais vous avez parfaitement raison : ces livres, vous ne les trouverez nulle part ailleurs. Ils ne figurent dans aucune des biographies de leurs auteurs, ni dans leur autobiographie, ni dans leur bibliographie. Le seul endroit où vous les trouverez, c'est ici. »

Conner saisit un autre volume. Un Margot Hetley cette fois. *Brillance sanglante : Une fable de sorciers, de vampires et de vampards.*

« Ah ! oui, fit Dex. Le livre de lady Hetley. Personne ne la connaissait à l'époque, elle n'avait écrit qu'un seul roman, mais je savais qu'elle était douée. C'est sans pitié, mais quel talent ! Dommage que vous ne puissiez pas le lire. »

Dex rangea le manuscrit de Hetley à sa place. Conner s'arrêta sur *Le Verre manquant.*

« Non, celui-là, vraiment, ce n'est pas…

— Pas quoi ? demanda Dex.

— Je pensais qu'il avait…

— Arrêté de publier ? »

Conner fit oui de la tête.

« De fait, il a bien arrêté. Mais ça ne veut pas dire qu'il a cessé d'écrire. Vous avez entendu dire qu'il tenait à rester à l'écart du public, n'est-ce pas ? Eh bien, c'était prévu dans notre accord. Tout le monde est capable de fixer un prix. Même les plus riches et les plus reclus des auteurs. Chaque écrivain ici représenté a défini les termes de son propre contrat, et fixé un prix, que j'ai payé. Tout cela fera également partie de notre accord, Conner, si vous décidez de travailler pour moi. »

Pendant que Dex et Pavel continuaient de le dévisager, Conner commença à se dire que tout cela devait avoir un sens. Visiblement, Dex avait commandé des livres à ces écrivains. Mais quelle sorte de livres ? Et pourquoi n'en avait-il jamais entendu parler avant ? Quelle valeur pouvaient avoir ces ouvrages, s'ils étaient authentiques ? Un roman original et inédit de J. D. Salinger, de Harper Lee ? De Jaroslaw Dudek ?

Conner parcourut la première page du manuscrit de Salinger. Immédiatement, il reconnut le style de son auteur favori. Comme une empreinte digitale inimitable. Mais, avant même qu'il ait pu comprendre de quoi il était question, une ombre apparut sur la page : Pavel se tenait à son côté, paume offerte. Conner se tourna vers Dex qui, d'un signe du menton, lui fit comprendre qu'il devait rendre le manuscrit à Pavel. Ce qu'il fit. Le garde du corps rangea le livre à sa place. Dex referma l'étagère et glissa la clé dans sa poche.

« C'était l'un des termes de mon accord avec ces écrivains, expliqua Dex, et ce sera l'un des nôtres également. »

Il invita Conner à s'asseoir en face de lui, de l'autre côté de la table.

« Aucun autre lecteur que moi. » Il regarda Pavel, qui veillait sur l'étagère. « Pavel peut lire, mais personne d'autre. »

À mesure que Conner progressait dans son récit, moi, dans ma chaise longue, au bord de la piscine, fasciné par l'évocation de ces œuvres inconnues, je me sentais à la fois excité et terriblement jaloux. On demandait à Conner d'ajouter son nom à cette liste, et moi, je restais là, une fois de plus, coincé dans l'Indiana, à écouter l'histoire d'un autre au lieu de raconter la mienne. L'idée d'avoir à écrire une histoire, d'être payé pour ça sans la partager avec personne – et donc sans se fâcher avec personne – me rendait encore plus envieux.

« J'aimerais pouvoir t'en dire plus sur le livre de Salinger, ou sur celui d'un autre, continua Conner. Mais pas moyen d'y avoir accès. »

Pourquoi étais-je si enclin à le croire ? On pourrait se poser la question. Pourquoi acceptais-je d'emblée l'idée, pratiquement sans poser de question, que Conner Joyce, en tournée littéraire au milieu des États-Unis, avait rencontré un type possédant des originaux commandés à J. D. Salinger, à Jaroslaw Dudek, et à tous les autres, et que ce type lui avait demandé dans la foulée de rejoindre leurs rangs ? Je suis du genre bon public. Sans doute ce trait de caractère ferait-il de moi un bien mauvais juré, mais il s'était avéré fort utile au moins une fois dans ma vie quand il s'était agi de rédiger des portraits d'auteurs. Les écrivains adoraient me raconter leur histoire parce que, non seulement je les écoutais sans les interrompre, mais, en plus, je les croyais. Bien sûr, jamais je n'aurais prêté foi aux racontars du premier abruti venu s'il m'avait servi une histoire telle que celle de Conner Joyce. Pourtant, lui, je le croyais. Parce que c'était un type encore plus candide que moi ; j'étais pratiquement sûr qu'il n'avait jamais menti.

« Donc, dit Conner à Dex, comme s'il venait de rassembler les morceaux d'un puzzle, vous me demandez d'écrire un livre.

— Vous avez tout compris. Et un livre qui n'aura qu'un seul lecteur : moi.

— Mais pourquoi ?

— Est-ce si difficile à comprendre ? N'est-ce pas ce que n'importe qui voudrait se payer, s'il en avait les moyens ? »

15

Dans cette petite pièce parfaite, qui ressemblait à la salle de lecture de l'une des plus grandioses bibliothèques du monde, Dex se pencha en avant et posa ses mains sur la tête de faucon qui ornait sa canne. Il regarda Conner avec un sourire.

« Dites-moi, Conner. Quel est votre écrivain préféré ? »

Conner sourit, amusé, puis se tourna de nouveau vers les manuscrits que Dex lui avait montrés, bien à l'abri derrière leur vitrine.

« Vous les avez presque tous ici. J'ai écrit des lettres à certains d'entre eux : Salinger, Pynchon, Dudek, Capote...

— Des lettres, répéta Pavel. C'est charmant. Ch'aime ça.

— Effectivement, fit Dex en se retournant vers Conner. Nous projetons tous nos propres aspirations sur nos écrivains préférés, non ?

— Comme quoi, par exemple ? demanda Conner.

— Que l'auteur nous parle à nous, qu'il n'écrive que pour nous. Que nous soyons seul sur terre à entretenir un tel lien avec lui. Chaque fois que je lis un livre qui me plaît, c'est ce que je me plais à imaginer : quelle que soit la période à laquelle il a été écrit, quelle que soit la personne qui l'a écrit, il a été écrit à ma seule intention. »

Conner réfléchit deux minutes. Il devait bien l'admettre : lui aussi avait déjà eu cette impression. Enfant, avec Rudyard Kipling et Robert Louis Stevenson, adolescent, avec *L'Attrape-Cœurs*, adulte, avec Graham Greene et John Le Carré, il s'était demandé comment un auteur pouvait le comprendre si parfaitement et, oui, il avait imaginé que ses livres préférés n'avaient été écrits que pour lui. C'était d'ailleurs un peu la teneur des lettres qu'il avait ensuite adressées à Salinger, à Dudek, à Capote, et à Harper Lee – lesquelles étaient restées sans réponse. Mais c'était précisément cela, aussi, qui rassemblait les lecteurs. Les gens réalisaient qu'ils n'étaient pas seuls, que d'autres partageaient leurs espoirs, leurs rêves et leurs peurs.

Ces considérations philosophiques mises de côté, restait la question de l'argent. L'écriture était un business. Impossible de gagner de l'argent avec des livres conçus pour une seule personne. Mais, avant qu'il ait eu le temps d'exprimer cette réserve à voix haute, Dex intervint.

« À votre place, je ne me ferais pas trop de souci pour la rétribution.

— Pourquoi ? Combien vous payez pour ce genre de chose ? »

Dex fit un geste à Pavel, qui sortit de sa poche quelques pages agrafées pliées en trois et, au-dessus de la table, les tendit à Conner.

« C'est quoi, ça ?

— Votre contrat et vos droits d'auteur. »

Ils avaient calculé la somme que Conner avait touchée pour cinq livres, en incluant les frais d'agence, les impôts, etc. Soit environ 1,25 million de dollars.

Une jolie somme. Mais pas aussi impressionnante que Conner l'aurait pensé, considérant ses dix années de carrière. Si on divisait par le nombre d'années et que l'on déduisait les frais d'assurance santé à partir du moment où Angie avait quitté la police de New York, cela équivalait grosso modo au salaire annuel de son père avant qu'il prenne sa retraite de capitaine des pompiers, ou à celui d'un maître de conférences à l'université de ma femme, sans les avantages ni la cotisation retraite.

« Ce chiffre vous paraît-il juste ? » demanda Dex.

Conner procéda à quelques rapides calculs.

« C'est à prendre ou à laisser, poursuivit Dex.

— Il faudrait que je rentre chez moi, dans mon bureau, pour examiner ça de plus près.

— Nous avons déjà tout examiné soigneusement, Conner. Mais pour que vous vous sentiez plus à l'aise par rapport à cette décision, nous allons doubler ce chiffre. Qu'en dites-vous ?

— Deux fois 1,25 million ?

— Ce qui nous amènerait à 2,5 millions de dollars. »

Conner n'ouvrit pas la bouche en grand, et ne s'étouffa pas non plus. Son cœur ne s'emballa pas, ses joues ne s'enflammèrent pas subitement. Il n'eut aucune des réactions qu'il avait l'habitude de décrire dans ses livres. Il avait du mal à croire ce qu'il entendait, voilà tout, autant qu'il avait du mal à croire en l'authenticité des manuscrits qui lui avaient été montrés. Et cependant, cet appartement était bien la preuve que son propriétaire avait les moyens de ses promesses. Et même s'il ne pouvait pas être certain que le manuscrit qu'il avait feuilleté était bien de Salinger, ça ressemblait parfaitement à ce qu'il aurait pu écrire.

« Deux millions et demi. » Conner ne pouvait s'empêcher de répéter ce montant. « Vous n'y allez pas de main morte.

— Premier tiers à la signature du contrat. Deuxième à la remise du livre. Et le dernier après validation.

— Validation basée sur… ?

— Sur la capacité du livre à satisfaire mes, disons, exigences artistiques. Vous n'avez pas signé ce même type de contrat avec votre éditeur ?

— Si. »

Dex se dirigea vers un vieux bureau et en ouvrit le bord coulissant avec une petite clé, dévoilant un autre chèque. Il le prit, le rapporta à la table, et le posa devant Conner : 833 333,33 dollars, à son ordre. Sur le talon du chèque, il avait écrit « À signature », de la même graphie ronde et déliée que celle ornant le chèque de 10 000 dollars que Conner avait dans son portefeuille.

Conner ne s'était jamais considéré comme un homme vénal, mais il lui était difficile de ne pas penser à la sécurité qu'une telle somme pourrait leur assurer, à lui et à sa famille. Payer les études d'Atticus et le remboursement de la maison, mettre un terme aux disputes incessantes avec Angie sur le remboursement en question : tout cela devenait possible. Il avait intérêt à ne pas être en bois, ce chèque. Et les manuscrits dans la vitrine avaient intérêt à être authentiques.

« D'où vient l'argent ? »

Le sourire de Dex se contracta.

« Qu'est-ce que ça change pour vous ?

— J'estime être en droit de le savoir.

— Et pourquoi donc ? Est-ce que vous savez qui achète vos livres ? Quand vous rencontrez vos lecteurs, est-ce que vous leur demandez ce qu'ils font dans la vie ? Ils paient vos livres 24,95 dollars : est-ce que vous leur demandez d'où proviennent ces 24,95 dollars ? Est-ce que vous estimez être "en droit" de le savoir ?

— Non, évidemment. Mais là, on parle de bien plus que de 25 dollars.

— Le principe est le même. »

Conner ne savait pas quoi répondre. Il ne savait pas qui achetait ses livres, en effet, ni comment les acheteurs trouvaient leur argent. C'était peut-être des saints, peut-être des criminels, et ça ne le regardait pas, de même que ça ne me regarde pas de savoir comment vous gagnez votre vie. Quelques années auparavant, Conner avait attiré l'attention des critiques parce qu'une scène du *Fusil du diable* avait paraît-il inspiré le vol d'une banque à Trenton, dans le New Jersey. Mais cette rumeur ne le concernait en rien. Il avait écrit un livre, quelqu'un avait commis un crime, il n'existait aucune connexion entre ces deux événements. J. D. Salinger avait-il connu John Hinckley et Mark David Chapman avant qu'ils achètent ou empruntent ses livres à la bibliothèque ? Avait-il rendu les droits perçus sur ces exemplaires-ci ? Et quand bien même : cela aurait-il changé quelque chose ?

« Allons. Il n'y a aucun mystère. Tout est limpide. Peut-être même un peu trop. Je vous ai dit que j'adorais votre travail. Je vous ai demandé de m'écrire un livre. Je vous ai expliqué pourquoi.

— Et quel genre de livre suis-je censé écrire ? »

Dex se tourna vers Pavel.

« Montrez les contrats à M. Joyce. »

16

La piscine du Hilton était bondée, désormais. Un bus entier d'étudiants en tee-shirts Valparaiso University venait d'arriver, et les nouveaux venus foutaient un souk de tous les diables. Retranchés dans la chambre « Jerome Salinger », Conner et moi nous sommes déshabillés, douchés et rhabillés, avant de nous installer à la table qu'il avait coincée entre les deux lits. Les chèques de Dex étaient bien en évidence, avec l'adresse du 680 N. Lake Shore Drive et des montants respectifs de 10 000 et 833 333,333 dollars. L'écriture de Dex était très élégante et à l'ancienne.

J'imagine qu'à la place de Conner j'aurais été bien plus inquiet que lui. Ce mystérieux Dex Dunford et son armoire à glace de Pavel Bilski n'avaient rien de rassurant. D'un autre côté, le contrat qui lui était proposé symbolisait peut-être l'avenir de la littérature. Les ventes de livres s'effondraient, les éditeurs mettaient la clé sous la porte, la lecture plaisir comme loisir devenait un luxe rare : les écrivains devaient désormais se montrer plus créatifs. Voilà à quoi allait ressembler le futur : l'auteur serait dorénavant payé pour écrire le livre d'un lecteur unique, lequel mesurerait son statut à l'aune de ce qu'il pourrait s'offrir. Moins de lecteurs, mais plus riches. Demain, Donald Trump commanderait son prochain roman à Joyce Carol Oates ; Warren Buffet paierait Don DeLillo pour écrire ses Mémoires ; Dex demanderait à Jaroslaw Dudek, à Harper Lee, à Conner Joyce et à tous ceux qui le pourraient de lui écrire des livres, qu'il rangerait ensuite dans sa bibliothèque personnelle à laquelle personne n'aurait accès, sauf lui et Pavel Bilski. Et qui m'en commanderait un, à moi ? Le préparateur de burritos du Laughing Planet ? Le chef tamales de Feast ? Le brasseur du Uptown Café ? Peut-être en serais-je réduit, ultime vanité, à me payer moi-même ? Ou bien je pourrais m'y prendre comme ces agriculteurs financés par le gouvernement pour ne *pas* cultiver de terres : convaincre ma mère et tous ceux qui sont susceptibles de me poursuivre en diffamation de me payer pour *ne pas* écrire d'autre livre.

Écrire pour un lecteur, écrire pour des milliers : la différence n'était peut-être pas si grande. Dans une vie antérieure, entre deux réécritures pour la radio et mes cours à l'université de Chicago, j'arrondissais mes fins de mois avec un petit spectacle de *stand-up*, dans des clubs un peu minables de Lyons ou de Rosemont, du genre Poil au menton ou La Dernière Blague. Un soir, je m'en souviens, je m'étais avancé devant un public hostile, une vingtaine de poivrots qui étaient restés sans broncher à me dévisager pendant tout le spectacle. Seul un gros barbu, au premier rang, s'était marré tout du long. Je ne lui ai jamais parlé, à ce gros type souriant. Mais rien que pour lui, cette soirée en avait valu la peine : j'avais réussi à toucher un être humain. Peut-être qu'écrire pour un lectorat varié était une idée un peu ridicule et égoïste. Peut-être la seule chose importante, en définitive, était-elle d'arriver à communier avec quelqu'un. Un gros gars souriant, voilà tout ce dont l'écrivain ou le comédien avaient besoin.

Un Dex Dunford valait sans doute autant qu'un million de lecteurs. J'ai demandé à Conner s'il avait signé le contrat.

« Pas encore. Je voulais demander conseil à un ami. J'ai tout de suite pensé à toi.

— Pourquoi moi ?

— Ne fais pas le modeste.

— Je t'assure que ce n'est pas le cas.

— Ne sois pas non plus si naïf.

— J'essaie. Bon, et alors ça donne quoi ?

— Le contrat ? Rien à redire. Tiens, regarde. »

J'examinai le contrat de la même façon que Conner l'avait fait chez Dex : plein d'espoir, de frayeurs et de rêves. Pavel lui avait montré les documents que les autres avaient signés : Salinger, Mailer, Hetley, Capote et Dudek. À quelques détails près, tous étaient plus ou moins identiques. Assis au bureau avec, derrière la fenêtre, cette vue plongeante sur le lac Michigan, Conner demanda à Dex de quel genre d'histoire il avait envie. Il s'était attendu à des critères hyperstricts qui lui rendraient la tâche difficile, voire impossible. Mais Dex resta vague. Il aimait les romans policiers, expliqua-t-il, surtout ceux dans son style, soigneusement documentés et agrémentés d'innombrables détails. Il fallait que Conner écrive avec autant de soin que d'habitude. Dex désirait une histoire originale, avant tout. Pas un autre thriller avec Cole Padgett, si possible, même si cela ne serait pas stipulé par écrit. Ne serait-ce pas libérateur pour lui d'écrire quelque chose de nouveau ? Plus les questions de Conner étaient précises, cependant, plus les réponses de Dex se faisaient vagues. Agacé, Dex finit par répondre qu'il n'était pas écrivain. Mais bon, si Conner voulait vraiment une idée, pourquoi ne pas essayer la suivante :

« Imaginons qu'un jour je perde tout mon argent et que j'essaie de le récupérer. Vous pourriez écrire l'histoire d'un type qui, ayant perdu 2,5 millions de dollars, trouve une manière très originale de voler cette somme ? J'aimerais bien voir ce que vous feriez d'une histoire de ce genre. »

Ça, c'était ce que Dex avait répondu à Conner. Mais rien, dans le contrat, ne figurait à propos du sujet du livre. Il stipulait simplement que Conner devait écrire un roman d'une longueur moyenne et qu'il serait payé en trois fois pour ça. Quelques petits détails très spécifiques y figuraient aussi, mais rien de nature à le mettre en péril. Par exemple, Conner devait écrire à la main ou à la machine à écrire, et ne faire aucune copie ou photocopie de ses pages. S'il prenait des notes, il lui faudrait ensuite les détruire ou les brûler. Idem pour les brouillons, qui devaient rester dans un tiroir fermé dont lui seul aurait la clé. Un accord de confidentialité en annexe précisait qu'une fois le contrat signé Conner ne pourrait parler du livre qu'avec Dex, Pavel, ou les auteurs qui avaient précédemment travaillé pour Dex. Ce qui risquait assez peu de se produire, à moins que Norman Mailer ne sorte de sa tombe. Conner n'avait pas encore signé ; il n'était donc pas encore contractuellement lié, et rien ne semblait s'opposer à ce qu'il m'en parle. Dans le doute, cependant, il préférait ne prendre aucun risque. D'où le Hilton de West Lafayette.

« Je devrais peut-être montrer ça à mon agent ou à mon avocat », dit Conner à Dex.

Ce dernier secoua la tête.

« Pas d'agents. Ni d'avocats. C'est une affaire entre vous et moi uniquement. Si vous en parlez à qui que ce soit d'autre que ceux qui sont mentionnés dans le contrat, celui-ci deviendra nul et non avenu, et vous devrez me rendre toutes les sommes que je vous aurai versées. Est-ce bien clair ? »

Ça l'était, en effet. Mais il faudrait tout de même que Conner en parle à sa femme, à un moment ou un autre.

« Ni à votre femme ni même à votre fils. »

Cela fit rire Conner : « Voyons. Mon fils n'a qu'un an.

— Un an et trois mois, corrigea Dex. Et vous ne parlerez jamais de notre accord. Ni à un an, ni à vingt et un. Si vous le faites, et peu importe quand, vous devrez rendre tout l'argent.

— Et comment pourriez-vous le savoir, si je lui en ai parlé ou non ? Vous allez me mettre sur écoute ? Ma maison et mon téléphone vont être mis sur écoute ?

— Vous tenez vraiment à risquer de perdre 2,5 millions de dollars pour le savoir ?

— Je suppose que non. Je suis censé commencer quand ?

— Quand vous aurez encaissé mes chèques. Dex consulta sa montre. Vous devriez retourner à votre hôtel avant qu'on pense qu'il vous est arrivé quelque chose. Vous avez jusqu'à la fin de la semaine pour me rendre le contrat signé. »

Conner enchaîna :

« Et quand j'aurai terminé le livre ? Comment est-ce que…

— Ne vous en faites pas pour ça. Je saurai où vous trouver. »

Il tendit la main à Conner, qui la lui serra : « Je me réjouis vraiment de faire affaire avec vous. »

Conner ramassa les contrats, le stylo Montblanc et les chèques. Il rendit l'arme à Pavel, qui proposait de le raccompagner à l'hôtel, déclina son offre et prit un taxi. De retour dans sa suite « Écrivain », il m'appela pour me demander de le rejoindre le lendemain matin à West Lafayette. Et à présent il se tenait là, devant moi, et il me demandait ce que j'en pensais.

« Alors ? Je le fais, ou pas ?

— Pourquoi tu me demandes ça à moi ?

— Je te l'ai déjà dit : parce que tu es le seul qui puisse comprendre. Donc, tu en penses quoi ? Je le fais, non ?

— Je ne vois pas comment tu pourrais refuser.

— Moi non plus. »

Il décapuchonna le stylo à plume et commença à signer.

« Tu as un beau stylo. »

Conner sourit.

« Il a appartenu à Salinger. »

II

À remise du texte

Un jour, j'ai cru regarder par la fenêtre. Le jour suivant, j'ai cru regarder un miroir. Ce matin, j'ai compris qu'entre les deux il n'y avait aucune différence.

CONNER JOYCE, *Manuscrit sous embargo*

17

Je regardai Conner signer son contrat. Une fois rentré chez lui, dans les Poconos, il le renvoya, encaissa les chèques et se retrouva avec presque un million de dollars sur son compte. Il ne raconta rien à personne, pas même à Angie. Il inventa une histoire. Même quand il berçait son fils, même quand il bavardait avec lui, il prenait bien garde à ne rien mentionner du projet. Que Pavel et Dex puissent surveiller les conversations qu'il avait avec son fils d'un an, il avait du mal à y croire. Mais Dex avait raison : inutile de risquer 2,5 millions de dollars pour vérifier.

Il se passa du temps avant que je reçoive de ses nouvelles. À plusieurs reprises, il avait essayé de m'appeler, mais soit je ne connaissais pas le numéro qui s'affichait, soit je n'avais pas le temps de lui parler ou de le rappeler. Du coup, je ne répondais pas à ses appels.

À cette époque, j'avais mes propres problèmes. Le lien entre écriture et vie personnelle était devenu un sujet particulièrement délicat pour moi, encore plus qu'à l'époque où j'avais publié *Neuf Pères* et perdu à jamais la confiance de ma mère.

Mais il ne s'agit pas vraiment de mon histoire ou, disons, pas encore. Je ne vous ennuierai donc pas avec les circonstances qui nous amenèrent, ma femme et moi, à quitter notre mode de vie confortable. Qui plus est, j'ai l'interdiction légale de m'étendre sur ce sujet. Si je ne reste pas un peu vague, je pourrais nous mettre encore plus en danger, Sabine et moi. Contentons-nous de dire qu'un changement de régime intervint au sein de l'École des affaires internationales. Spag, alias Joel Getty, le directeur de département à la coule, fumeur de joints et joueur de reggae, celui qui avait dit un jour à Sabine qu'elle ressemblait à Uma Thurman dans *Pulp Fiction*, celui qui, « tel le berger », était censé la guider vers la titularisation, Spag avait obtenu un meilleur poste à Princeton. La rumeur voulait qu'il fût devenu une figure incontournable du paysage académique, et qu'il le devait moins à son CV qu'aux fêtes qu'il organisait avec les membres de son groupe, les Rastabators, dans le Jacuzzi du presbytère de Deer Park.

Peu de temps après avoir annoncé son départ de la direction, Getty fut remplacé par l'un de ses collègues, Lloyd Agger, un docteur en statistiques parfaitement lisse – pur produit des écoles du Midwest qui, de toute évidence, visait une position supérieure au sein de l'administration. Étant donné que je ne connais toujours pas la différence entre un recteur, un président ou un doyen d'université, je ne pourrais dire avec certitude lequel de ces postes il convoitait, ce docteur Agger. Quoi qu'il en soit, il tenait à montrer qu'il n'avait pas peur de faire des sacrifices pour maintenir la rentabilité du département, et que cela passait notamment par le fait de prendre des décisions difficiles, comme de préconiser la réduction des coûts. Manque de chance, l'élection de ce docteur Agger à la direction du département se produisit l'année même où Sabine demandait sa titularisation. Manque de chance *aussi*, Sabine ne pensa pas à effacer son disque dur le jour où ils remplacèrent son vieux Dell croulant. C'est ainsi que l'un des sbires d'Agger, un certain Duncan Gerlach – fouineur patenté du service informatique –, tomba sur l'intégralité des posts de Buck Floomington.

Sur la liste des erreurs qu'un employé peut commettre, rédiger des commentaires puérils sur les inclinations sexuelles de ses collègues, leurs indiscrétions professionnelles, leurs collections d'armes et leurs règles d'hygiène douteuse, ne se situe pas vraiment en haut de liste. Par rapport au fait de, au hasard, sortir avec des étudiantes ou les harceler à la caisse du supermarché bio Bloomingfood, ou d'attribuer des postes d'assistant contre de petites gâteries prodiguées les soirs sans lune dans un endroit appelé « la cachette d'Herman » – une clairière dans les bois du campus. (Enfin, c'était une rumeur.) Mais il fallait le reconnaître : pour une docteure de l'université Columbia de New York et son boulet de conjoint, rédiger ces articles sur l'ordinateur du bureau n'était certainement pas la chose la plus intelligente à faire. Et la vérité, c'est que cela n'aurait pas été si grave si Duncan Gerlach n'avait pas envoyé à chacun des membres du comité du personnel des copies de ces articles juste avant la réunion du comité – réunion au cours de laquelle, bien entendu, la demande de titularisation de ma femme devait être étudiée.

Un jour, lorsque le délai de prescription aura expiré, quand l'accord de confidentialité sera devenu caduc, ou quand je me déciderai enfin à raconter ma vie et non pas celle de Conner, je ferai le détail de toutes les lettres, de tous les soutiens qu'il nous a fallu solliciter pour faire appel. À ce moment-là, peut-être parviendrai-je à décrire l'état de stress dans lequel nous nous trouvions, à présent que, de toute évidence, nous n'étions plus du tout en sécurité dans cette ville. Je parlerai des insomnies de Ramona alors, ou des crises de Béatrice, ou des nouvelles allergies de notre chien Hal.

C'est ainsi qu'avant que j'en apprenne plus au sujet de Conner un difficile automne passa, suivi d'un hiver plus rude encore. Nous étions suspendus à la décision de l'université. D'ordinaire pragmatique et acharnée, Sabine devenait morose. Nous restions tous les deux debout jusqu'à dix heures, dix heures et demie avec Ramona, avant de discuter et de passer en revue ce qu'il conviendrait de faire si jamais nous devions déménager. Les universités ne recrutaient pas. Et, même si elles l'avaient fait, à qui aurions-nous pu demander une recommandation pour Sabine ? Au docteur Ellsworth Crocker, que j'avais affublé du sobriquet de « taupe du Projet "Cointelpro" à la retraite » ? Au docteur Baynard Ruttu, tellement maniaque qu'il recouvrait intégralement la cuvette des toilettes avec du film plastique avant de les utiliser, mais n'enlevait jamais ledit plastique maculé de pisse en partant ? Quant à moi, j'aurais vraiment aimé travailler à plein temps, mais le milieu du journalisme et celui de l'édition étant à l'agonie, qui aurait voulu d'un écrivain qui n'avait écrit qu'un seul livre, avec un trou de cinq ans sur son CV et un carnet d'adresses obsolète ?

Nos conversations tournaient péniblement en rond. Chaque soir, nous nous promettions de nous reposer plus. Chaque matin, l'une de nos filles, quand ce n'était pas les deux, se réveillait à six heures et nous nous retrouvions épuisés avant même que la journée ait commencé, à nous frotter les yeux devant la machine à café. Une fois les filles amenées à la crèche et à l'école, on se remettait à peaufiner nos CV et à remplir des cartons d'objets et de vêtements pour en faire l'offrande à Goodwill[1] la Bonne Fortune.

Afin de faire face à tout ce stress et à toutes ces incertitudes, je sortais Hal le matin pour de longues promenades. Parfois, il m'arrivait même de conduire jusqu'à Nashville, Indiana, pour faire de petites randonnées le long des sentiers de la forêt de Yellowwood jonchés de douilles. Ou alors je faisais trente kilomètres vers Spencer, et Hal m'aidait à trouver des salamandres et des merlebleus dans la forêt de Hoot Woods et dans le parc McCormick's Creek. Ces derniers temps, nous avions exploré les sentiers aux alentours du Griffy Lake, un réservoir artificiel idéal pour la pêche à la truite. Les chemins n'étaient pas particulièrement escarpés, mais ils offraient des points de vue spectaculaires et nous marchions sur d'épais tapis de feuilles mortes. Le temps semblait s'arrêter. Parfois, on y croisait des ragondins, des renards, des troupeaux de daims ; de temps à autre, aussi, je tombais sur un crinoïde ou un fossile que je rapportais à Ramona pour sa collection de minéraux. Et comme j'étais pratiquement toujours seul, aux heures de bureau, sur ces sentiers de randonnée, je pouvais rester autant de temps que je le souhaitais, assis tranquillement sur un banc, à caresser Hal.

Un matin que je roulais, au volant de notre monospace Volvo, sur l'I-46 en direction du Griffy Lake, je remarquai dans le rétroviseur une Nissan Sentra argentée. La rocade était très fréquentée, et ce modèle restait assez courant, mais le conducteur me collait dangereusement au train, et j'étais forcé d'accélérer dans les virages et les

1. Goodwill : association caritative américaine dont le site d'enchères en ligne, shopgoodwill.com, permet d'acheter toutes sortes d'objets qui ont fait l'objet d'un don.

côtes pour ne pas me faire emboutir. Sur le parking où j'avais trouvé une place, la Nissan se gara juste à côté de moi. Conner en descendit. Avec sa barbe de trois jours, ses lunettes de soleil, son jean et son tee-shirt marron délavé des Phillies, je ne le reconnus pas tout de suite. Il avait l'air amaigri, presque menaçant : on aurait dit un hippie, ou un vendeur de meth. Quand il s'approcha, Hal aboya par la fenêtre.

Conner ôta ses lunettes de soleil et m'offrit un sourire fatigué, laissant apparaître ses fossettes.

« Désolé de te tomber dessus comme ça, mec. Mais c'est dur de te choper. »

Il passa sa main à travers la vitre. Après quelques caresses et une petite gratouille derrière les oreilles, Hal arrêta d'aboyer. Conner aimait bien les chiens, évidemment.

« Qu'est-ce que tu fais ici ? lui demandai-je.

— Je te cherche. »

Je n'avais pas répondu à ses appels, expliqua-t-il, et il n'avait pas osé me déranger à la maison, avec femme et enfants. Il était venu plusieurs fois chez moi, m'avait suivi de loin tandis que je déposais les filles à l'école ou à la crèche, et m'avait traqué jusqu'ici.

« Ça fait un peu peur.

— Je sais. Désolé.

— Tu veux venir te promener avec Hal et moi ?

— Oui. »

De cette hauteur, ajouta-t-il, il pouvait s'assurer que personne ne le suivait.

« Qui te suivrait ? Dex Dunford ?

— Lui ou Pavel. Si ça se trouve, personne ne me suit, et tout va bien. Mais on ne sait jamais. Je ne suis plus sûr de rien. »

18

J'avais l'habitude, lors de ces promenades avec Hal, de choisir les sentiers de randonnée les plus faciles, ceux avec le plus de bancs. Ils me permettaient de me reposer, d'admirer le panorama, de m'occuper un peu du chien et, surtout, de faire le point. Mais cette habitude, ces derniers temps, ne m'avait pas mené bien loin. Je me retrouvais là, au milieu de nulle part, avec un pauvre roman à mon actif, deux enfants et une histoire personnelle qui n'était intéressante que dans la mesure où je n'en connaissais pas tous les détails. Les histoires de *Neuf Pères*, en elles-mêmes, étaient plutôt ennuyeuses. Ce qui les rendait dignes d'intérêt, c'était le fait qu'elles auraient pu être vraies.

Je dois le confesser : en tant que fils unique d'une mère célibataire qui ne rentrait jamais avant dix heures du soir, je chérissais ma petite vie sans histoires, avec ma maison de l'Indiana du Sud, ma femme, mes deux enfants et mon chien. Mais je n'avais jamais trop réfléchi à ce qu'il m'en coûterait de maintenir un tel standing. Chaque fois que j'essayais de justifier mon existence, ces derniers temps, Jack Lemmon surgissait comme dans *Glengarry*, faisant mal le poids face à Alec Baldwin : *Un gars gentil ? Un père en or ? Foutez le camp alors. Vous pourrez jouer avec vos gosses.*

Et cependant, la piètre opinion que j'avais de moi-même ne suffisait pas à me faire changer de comportement. Par exemple, je n'avais toujours pas réussi à boucler une seule histoire. Et je persistais à choisir les sentiers « faciles » ou « modérés » au détriment des « escarpés ».

En présence de Conner, j'avais un peu honte de mon manque de condition physique. Je sélectionnai donc l'itinéraire « Points de vue », de niveau de difficulté « modéré à ardu ». Le sentier était rocailleux, d'abord, avec un fort dénivelé ; il serpentait ensuite le long des racines de grands chênes pour aboutir à un promontoire boueux d'où l'on apercevait le lac étroit et gris et ses bateaux de pêche. Une marche ardue, mais tant que je pouvais m'accrocher à la laisse du chien, un animal plein de vigueur qui me tirait jusqu'en haut des montées les plus difficiles, tout allait bien. De temps à autre, Conner me demandait si j'avais besoin d'un coup de main ou si je voulais faire une pause. Je répondais que non, bien sûr, que je venais marcher ici tout le temps. La vérité, c'est que j'en mourais d'envie. Arrivé au point culminant de la randonnée, Conner se tourna vers moi.

« J'espère que ce n'est pas trop flatteur pour moi. Et je ne veux surtout pas que tu le prennes mal. Mais plus j'y pense, plus je me dis qu'on a beaucoup de choses en commun.

— Comment ça ?

— Tu sais bien. Il y a un truc entre nous. Tu es la seule personne à qui je puisse parler, la seule à qui je fasse confiance. Je m'en rends compte aujourd'hui.

— Merci », répondis-je. Mais je ne comprenais pas trop ce qui me valait ces éloges. Était-ce parce que j'avais écrit un article flatteur sur lui ?

« Tu as fait tout ce chemin depuis la Pennsylvanie pour venir me dire ça ?

— Non. Je dois rentrer à Chicago. Disons que tu te trouvais sur le chemin du retour.

— Tu as vu Dex ?

— Ouais.

— Tu lui écris son livre ?

— En quelque sorte.

— Et tout se passe bien ? »

Une toux sèche le secoua. Il se racla la gorge, amer. « Je ne dirais pas ça. »

Il s'était arrêté de marcher. Soudain, il se frotta le visage jusqu'à ce que ses joues rougissent sous sa barbe.

« Putain, mec. *Putain de merde.* »

Il tremblait un peu. Il se laissa tomber sur le banc branlant. Je m'assis à côté de lui.

« Eh bien, lui dis-je, au moins, ici, tu es sûr que personne ne nous a suivis. Personne ne peut nous entendre.

— On ne peut jamais être sûr de ça. Jamais. Maintenant, je le sais.

— Tu es sûr de vouloir me raconter tout ça ? Dex ne va pas te réclamer tout l'argent s'il se rend compte que tu m'en as parlé ? Il avait dit ça, non ?

— Avec toi, c'est différent.

— Pourquoi ?

— Fais-moi confiance. Je te le dis. »

Voilà donc comment Conner se mit à me raconter tout ce qui lui était arrivé depuis la dernière fois que je l'avais vu à West Lafayette. Ou plutôt, tout ce qu'il voulait que je sache. Sur cette montagne de Bloomington, Indiana, tandis qu'un ciel gris semblait refléter le lac en contrebas.

19

Son histoire commençait au Hilton Garden Inn, quelques heures après que nous nous fûmes quittés. J'étais reparti à Bloomington en voiture, et il avait emprunté l'I-65 en direction de l'aéroport. Le temps d'y arriver, sa décision était prise : il allait croire Dex sur parole et faire ce qu'il lui demandait. Encaisser l'argent, si le chèque n'était pas en bois, écrire ce livre du mieux qu'il le pourrait, et se féliciter que ce projet lui soit tombé dessus. Cela avait convenu aux autres écrivains ? Ça lui conviendrait à lui aussi. Il était temps que la roue tourne.

À LaGuardia, tout revigoré par la perspective de la nouvelle histoire qu'il allait devoir inventer, il sauta dans sa voiture en direction des Poconos. Il ne s'était pas senti aussi enthousiaste depuis le jour de sa rencontre avec Angela – celui où elle lui avait dit qu'elle détestait les romans policiers contemporains parce qu'ils lui paraissaient trop invraisemblables. Il lui avait promis qu'il en écrirait un auquel elle pourrait croire, alors. Et il lui avait dédié *Le Fusil du diable*, dont le titre lui avait été inspiré par la marque du pot d'échappement de sa Suzuki[1].

1. Le Shotgun est un modèle de pot d'échappement pour moto de la marque Devil.

Comme ça avait été excitant, à l'époque, d'écrire jusqu'à l'aube pendant qu'elle dormait dans son lit jusqu'à ce qu'il soit l'heure pour elle de se lever et de se préparer pour aller travailler !

En ces temps bénis, il ne s'agissait pour lui ni de faire de l'argent ni de conquérir un large public, ni même d'essayer de rembourser les avances qu'on lui avait versées. Il n'avait écrit ce livre que pour forger une relation plus profonde avec la femme qu'il aimait et qu'il souhaitait épouser. Certes, publier un roman était un rêve qu'il avait déjà caressé, mais jamais il n'aurait pensé que *Le Fusil du diable* serait celui-là. Ça, c'était avant qu'Angela, qui venait d'accepter sa demande en mariage, ne le lise et ne lui dise que ce texte était trop bon pour ne pas être partagé. Tout ce qui s'ensuivit – l'agent qu'il avait engagé pour vendre son livre, le contrat qu'il avait signé chez Schreiber & Sons dans la collection de Shascha, l'adaptation cinéma et la série des Cole Padgett, ensuite, la possibilité de quitter son boulot au *Daily News*, d'acheter une Porsche 911 et une grande maison des années 1920 avec vue sur une propriété de deux hectares, la plomberie à refaire et un accès privatif par un petit chemin au fleuve Delaware –, tout cela n'avait été que du bonus. Car rien n'aurait vraiment compté si Angela n'était pas tombée amoureuse de lui, ne l'avait pas épousé et n'avait pas été d'accord pour venir vivre avec lui en Pennsylvanie et fonder une famille. Aujourd'hui encore, il aurait donné tout ce qu'il avait écrit, jusqu'au dernier mot, rien que pour le bonheur de revivre ces premières années avec elle.

Angela De La Roja avait toujours été la muse de Conner. Pour chacun de ses livres. En premier lieu, c'est sa beauté et son honnêteté qui l'avaient attiré.

« Parfois, lui avait-il dit un jour, j'ai l'impression qu'on est les deux seules personnes honnêtes qui restent sur terre. »

Quand, des années auparavant, il était venu la trouver en tant que jeune reporter de terrain, il avait été frappé par le nombre et la qualité des informations confidentielles qu'elle lui avait fournies – tous ces menus détails qu'aucun autre policier n'avait jamais songé à lui divulguer. Et il savait qu'elle n'avait pas fait tout ça pour l'impressionner, ni pour se moquer de ses collègues. Simplement, elle était incapable de mentir et elle le considérait comme un journaliste intègre, le seul qu'elle avait jamais rencontré. Car le métier de journaliste la rendait sceptique, tout comme celui de flic, d'ailleurs, et c'était certainement l'une des raisons pour lesquelles elle s'était méfiée de moi. La vie n'avait pas été tendre avec elle. Son père était mort en prison alors qu'elle n'était âgée que de douze ans, après qu'on lui eut fait porter le chapeau, apparemment, pour une histoire de drogue à laquelle il était étranger. Entrer dans la police, pour elle, était avant tout une façon de faire son deuil et de venger son père des mensonges qui avaient ruiné sa vie. Pas de temps à perdre avec les malhonnêtes, donc. Lorsque deux policiers de sa connaissance accusés d'avoir passé des adolescents à tabac pour obtenir leurs aveux avaient été blanchis, Angela avait raconté toute l'histoire à Conner, et son reportage avait permis de rouvrir l'affaire. Tous les petits détails de la vie d'un policier, les secrets peu glorieux de ses collègues machos qu'ils se gardaient bien de raconter à leurs épouses – les corvées ingrates, la paperasserie abrutissante, l'intolérance et les mensonges de ses supérieurs, et peu importait leur origine –, elle les lui livrait sans retenue.

Le plus excitant pour Conner, lorsqu'il avait écrit *Le Fusil du diable*, avait été la certitude de savoir qu'elle lui donnerait un avis franc et sans détour, et qu'elle relèverait tout ce qui pourrait sonner faux. En refusant de lui dire ce qu'il aurait préféré entendre, elle l'avait obligé à donner le meilleur de lui-même et à accéder à cette sincérité à laquelle aspire tout écrivain.

Et là, au volant de sa Porsche, sur la route du retour tandis qu'il s'apprêtait à prendre la sortie Delaware Water Gap qui le ramènerait chez lui, il se demanda s'il n'était pas en train de retrouver l'excitation des débuts. Il n'y avait plus de lectorat à satisfaire, désormais, et même l'avis de Dex importait peu. Parce que, même si son employeur détestait le roman qu'il s'apprêtait à écrire, ses deux premiers paiements lui resteraient acquis. Et c'était bien assez pour vivre longtemps. Il s'agissait d'essayer de ne pas considérer Dex comme un ennemi potentiel mais comme un authentique bienfaiteur, plutôt, un Laurent de Médicis régnant sur une cour remplie d'écrivains.

Au moment où, garant la voiture, il aperçut Angela qui berçait Atticus devant leur maison, il sut qu'il avait pris la bonne décision. Sa femme avait planté un panneau « À vendre, direct propriétaire » sur la pelouse. Conner l'arracha et le brisa en deux. Et quand elle se serra contre lui puis l'emmena dans leur chambre, où ils firent l'amour pendant qu'Atticus dormait dans son berceau, il sut qu'il avait raison. Il ne regrettait qu'une chose : avoir à lui mentir, pour la première fois.

Mais ce mensonge, la seule chose impardonnable aux yeux d'Angie, se révéla, de manière surprenante, un exercice particulièrement simple. Il lui expliqua qu'il travaillait à l'adaptation de l'un de ses romans pour une maison de production hollywoodienne. Depuis que *Le Fusil du diable* avait été massacré par un scénariste, Angie avait perdu tout intérêt pour le cinéma. Elle ne demanda donc pas à savoir ni ce qu'il écrivait, ni par quel miracle c'était soudain devenu si lucratif.

Ils essayèrent de se montrer prudents. Ils n'achetèrent pas de deuxième Porsche. En fait, ils *vendirent* la Porsche et achetèrent à la place une Subaru Outback avec de l'espace pour ajouter des sièges supplémentaires. Ils parlaient de faire un deuxième enfant. Ils mirent un peu d'argent de côté sur le compte d'Atticus pour financer ses études. 10 000 dollars partirent dans les frais de plomberie pour mettre fin aux fuites d'eau dont la maison souffrait toujours. Ils déposèrent 50 000 dollars sur leur compte courant et le reste sur un compte épargne. Comme ils n'avaient pas pris de vacances depuis la naissance d'Atticus, ils s'en offrirent, mais sans opter non plus pour un endroit hors de prix. Leur choix s'arrêta sur un petit cottage en bord de mer, dans le Maine du Nord, au sein d'une modeste bourgade de pêcheurs de homards, et ils passèrent quelques jours à marcher le long des côtes glissantes jonchées d'algues, de rochers noirs et de coquilles de moules. Ils firent marcher leur fils dans l'eau et le regardèrent trottiner sur le sable noirâtre. Le soir venu, après qu'Angie avait couché Atticus, Conner s'asseyait devant sa machine à écrire, à une table tournée vers l'océan. Il écoutait les cris des goélands et le bruissement mousseux des vagues. Il débordait d'idées. Les mots coulaient comme de l'or.

« Ça ressemble à la perfection, ce que tu décris, dis-je à Conner, sur notre banc du Griffy Lake.

— Ça y ressemblait, en effet. Il y avait juste une chose qui n'allait pas.

— Quoi ?

— Je n'écrivais pas ce qu'il fallait. J'avais des idées pour toutes sortes de livres, mais pas la moindre pour un thriller. »

20

Plus tard seulement, je réaliserais que j'aurais dû être jaloux de Conner, et que c'était un peu gonflé de sa part de m'assommer comme ça avec ses malheurs. Ses soucis, quand j'y pense, n'étaient rien comparés aux miens : lui au moins, il avait 800 000 dollars à claquer. La récession était là, ou allait bientôt frapper – tout dépendait du journal que vous lisiez –, et la Bourse n'avait pas encore plongé mais, étant donné que Sabine et moi avions investi dans un fonds politiquement correct et « socialement responsable » géré par des mennonites de l'Indiana et que tous ces fonds étaient partis en fumée, l'avenir s'annonçait sombre. Mon fonds de retraite, aussi maigre soit-il, avait été réduit de moitié. Depuis notre installation dans l'Indiana, en vérité, je ne faisais plus partie des « actifs ». Je ne possédais pas les compétences en HTML ou en montage audionumérique ou tous ces trucs à la con qui m'auraient permis de revenir au journalisme. Les facs et les universités auprès desquelles Sabine postulait se faisaient toutes racheter et instauraient des gels de recrutements. Ma femme et moi ne nous battions pas tant pour retrouver du travail et notre train de vie d'antan que pour garder notre protection sociale et ses allocations. Aurions-nous touché ne serait-ce qu'un vingtième de ce que Dex

Dunford avait déjà versé à Conner que nous aurions déjà mieux respiré.

Or à présent, perché sur ce promontoire au-dessus du Griffy Lake, tout ce que je pouvais voir c'était une étendue d'eau calme et finement ridée, avec deux petits bateaux de pêche dessus, et aucun Dex Dunford à l'horizon, sans même parler d'un homme de main d'Europe de l'Est. Et je n'avais qu'une envie : écouter mon ami me raconter une histoire.

Conner semblait croire que je pouvais l'aider, et je voulais être à la hauteur. D'ailleurs, j'espérais un peu que, s'il m'avait suivi, c'était parce qu'il voulait que je finisse son bouquin à sa place. Il avait eu tellement de fil à retordre avec. Peut-être que je pouvais l'écrire, moi, ce thriller fourmillant de détails et de documentation. Oui, j'étais certain d'y arriver si le prix était honnête.

« Tu as peut-être besoin d'aide ? Besoin qu'un écrivain vienne à ta rescousse ? Il te faut un regard extérieur ? Quelqu'un à qui soumettre des idées, et qui pourrait te donner son avis ? »

Conner sourit.

« Merci, mais c'est un peu tard. Je l'ai terminé, ce fils de pute. Seulement, il ne ressemble pas vraiment à ce que je pensais écrire.

— Tu as écrit un thriller ?

— En quelque sorte », répondit-il, triste et résigné.

Les nuages couleur charbon commençaient à déverser une pluie fine.

« Vraiment, tu aurais dû me voir, juste avant que je m'y mette. J'avais le feu sacré, pendant ces quelques semaines ! J'étais prêt à écrire tout ce qu'on peut imaginer. Une histoire d'amour, un livre pour enfants. J'ai voulu écrire un livre pour Angie, un pour Atticus.

Putain, mec, j'ai même pensé à un bouquin sur l'amitié, les pères et les fils. Je voulais te le dédicacer. Je déconne pas !

— Mais ce n'est pas ce que Dex voulait.

— Han-han. Il voulait un thriller, et c'est le seul genre dans lequel je n'avais plus envie d'écrire.

— Tu as abandonné ?

— J'y ai pensé, pendant un petit moment. Je me disais : rien à foutre. J'ai essayé de t'appeler pour avoir ton avis, mais tu n'étais pas joignable. Alors j'ai suivi mon instinct. J'ai écrit le livre que j'avais envie d'écrire, histoire de voir où ça me mènerait. Je me disais que, peut-être, je pourrais le transformer en thriller. »

Mais il n'y parvint pas. Son humeur était trop légère pour ça. De plus en plus frustré, il passa un mois avec Angie et Atticus dans le Maine, et envisagea de rendre l'argent à Dex. Il n'aurait qu'à lui dire qu'il était à sec, et aller trouver Shascha ensuite avec toutes ses nouvelles idées pour lui vendre un autre livre. Peut-être qu'une histoire romantique lui plairait, ou le texte qu'il avait écrit pour son fils.

Il se sortit le thriller de la tête et prit rendez-vous avec Shascha.

« Tout ce que je voulais, c'était lui proposer une super histoire, la meilleure que j'avais jamais écrite. Jamais je n'aurais imaginé qu'elle allait me donner l'idée d'une histoire à propos d'un crime parfait. »

21

Jamais je n'avais rencontré Shajilah Shascha Shapiro, mais je connaissais sa réputation. La sollicitude qu'elle témoignait à ses auteurs était à la mesure de l'hostilité qu'elle était capable de manifester dès lors qu'il s'agissait de se montrer en public. Elle n'apportait jamais sa contribution au cirque mondain de l'édition new-yorkaise, ne draguait ni les journalistes ni les aspirants écrivains. À l'époque où je travaillais pour *Lit*, pour mon portrait de Conner, j'avais appelé son bureau, dans l'espoir de recueillir de sa part une ou deux formules chocs ; elle ne m'avait jamais rappelé. Courtney Guggenheim, son assistante, avait par la suite été chargée de m'envoyer deux phrases si chiantes, évasives et standardisées que je n'avais même pas daigné les utiliser – ce qui était sans doute le but initial de Shascha. De fait, elle n'avait jamais été interviewée que par le *New York Times*.

Shascha possédait tout ce qu'on est en droit d'attendre d'une éditrice responsable de sa propre collection au sein d'une grande maison d'édition new-yorkaise. La prospérité dont témoignait son héritage était de nature à la fois matérielle et intellectuelle : son père était un gros bonnet de la finance internationale, sa mère flûtiste au Philharmonique de New York. Ses parents siégeaient au comité de direction de toutes les institutions culturelles et caritatives de la ville. Son propre CV avait de quoi intimider : scolarité à l'école Chapin, diplômée de Harvard en trois ans, plus jeune éditrice jamais embauchée chez Schreiber & Sons, plus rapide à avoir obtenu sa propre collection.

Contester sa beauté aurait été difficile. Et cependant, sur la poignée des photos officielles qu'elle avait bien voulu laisser publier, elle évoquait plus une certaine idée de la beauté qu'une belle femme en tant que telle. Avec ses longs cheveux noirs et lisses, ses yeux verts pétillants, sa peau hâlée et son imposante stature – même avec des chaussures sans talons, elle approchait le mètre quatre-vingts – elle dégageait une intimidante impression de puissance. Sculpturale, au vrai sens du terme. Taillée dans le marbre plutôt que dans la chair.

Ce qui la rendait exceptionnelle, si l'on mettait de côté son indéniable charisme, ses goûts raffinés et ses instincts affûtés d'éditrice, toutes qualités partagées par nombre de ses collègues, ce qui la démarquait vraiment des autres, c'était sa propension à considérer les écrivains et leurs œuvres comme un tout, sa capacité à déterminer non seulement si un livre était bon, si son thème était vendeur, mais aussi la façon dont il se comporterait au fil du temps, comment l'auteur serait perçu et comment on pouvait les vendre ensemble, *packagés*. Mi-éditrice, mi-devin.

Totale vacuité, le premier opus des *Chroniques de sorciers vampires* de Margot Hetley, avait été rejeté par quinze maisons d'édition. Shascha ne se contenta pas de mettre trois millions sur la table pour ce roman et ses deux premières suites : elle remodela le personnage de Hetley. D'une petite frappe mal dégrossie, ancienne toxico et groupie rock'n roll qui avait fait de la prison pour vol et n'avait écrit en tout et pour tout qu'un mémoire, elle avait fait un genre de modèle branché et sarcastique pour ados, qui cartonnerait sans peine chez Oprah, Ellen DeGeneres et *The View*. Une fois que ses stylistes en eurent fini avec elle, la jeune fille, avec son joli look coquin, commençait à ressembler à Helen Mirren à ses débuts. Et son accent fruste du Yorkshire lui donnait un côté madame-tout-le-monde à la Susan Boyle. Shascha avait perçu quelque chose chez Margot Hetley, et, pour des dizaines de millions de lecteurs, elle était *devenue* ce quelque chose.

Lorsque Shascha avait acheté *Le Fusil du diable*, elle avait tout de suite songé à une série complète de thrillers. Avec des paysages urbains en couverture, des tons feutrés, des photos de l'auteur en noir et blanc, elle avait positionné Conner comme un auteur cérébral, à ranger aux côtés d'un Michael Connelly ou d'un Dennis Lehane. Contrairement à la plupart de ceux qu'elle avait faits, cependant, ce pari n'avait pas rapporté autant qu'espéré.

Pour ce qui était de sa vie privée, Shascha restait remarquablement discrète. Dans la rubrique Style du *New York Times*, on l'avait vue sortir avec à peu près tout le monde : du chef d'orchestre Gustavo Dudamel à l'acteur Paul Giamatti, en passant par Condoleezza Rice. Les rumeurs les plus fantaisistes circulaient : c'était une nympho enragée, une transsexuelle, une vierge qui se réservait pour le mariage – mais aux dernières nouvelles, elle était toujours célibataire. Pendant toutes ces années, elle était restée fidèle à Conner. Bien plus qu'à d'autres écrivains aux ventes tout aussi fluctuantes. Peut-être rêvait-elle en secret d'une aventure avec lui. Après tout, il était le seul mâle de son écurie.

Le jour de son rendez-vous avec elle, Conner s'était rendu en voiture à Scranton, Pennsylvanie, puis il avait pris un bus pour le centre-ville. Le trajet lui avait permis de réfléchir, au calme, à ce qu'il allait lui dire. Qu'il voulait changer de cap. Qu'il avait bien plus à offrir que des romans de Cole Padgett.

Il existait plusieurs points communs entre la tour Schreiber & Sons de la Septième Avenue et Schapiro. Toutes deux étaient grandes, imposantes, élégantes, et très froides. Quarante étages d'acier et de verre, avec un hall d'entrée qu'aurait pu filmer Leni Riefenstahl si elle avait choisi l'édition plutôt que les athlètes olympiques et les nazis comme sujet pour ses films. Schreiber avait publié les plus grands. Leurs œuvres, pour la plupart, trônaient dans la vitrine à trois étages du vestibule d'entrée – c'était notamment le cas des livres de Margot Hetley – qui se trouvaient dans celles donnant directement sur la Septième Avenue.

Conner gagna d'un pas confiant les portes tournantes de l'entrée. À la vue des deux voitures de police et de la limousine noire aux vitres teintées garées juste devant, il eut un mouvement de recul. Deux types en uniforme bleu marine parlaient dans leurs micros. Ils dévisagèrent Conner tandis qu'il s'approchait des portes.

« Tout va bien, messieurs ? »

Pas de réponse. Bizarre, se dit-il. Mais bon, Schreiber & Sons publiait les œuvres de personnalités politiques éminentes. Bill Clinton ou Henry Kissinger était peut-être dans le coin.

Conner passa devant deux autres policiers qui erraient dans le hall et se dirigea vers l'accueil, où Steve Kaczmarak, l'indéboulonnable chef de la sécurité, était installé.

« Comment ça va, Steve ? »

Curieusement, Steve avait perdu son sens de l'humour. Il le considéra, le regard vide.

« Puis-je voir vos papiers d'identité, s'il vous plaît ?

— Mes papiers ? Conner était interloqué. Mais vous me connaissez. Ça fait sept ans que je viens ici !

— On m'a demandé de vérifier l'identité de tout le monde sans exception, monsieur.

— Mais qu'est-ce qui se passe, ici ? Le Président est dans les murs ? demanda Conner en riant.

— Désolé, monsieur Joyce, je ne peux rien vous dire. »

Conner allait demander à Steve pourquoi il l'appelait « monsieur Joyce », mais il décida de laisser tomber. Il attendit que Steve lui confirme son rendez-vous avec Courtney Guggenheim. Steve lui remit un pass et l'accompagna à l'ascenseur.

Lors de ses premières visites à Shascha, à l'époque du *Fusil du diable*, il s'était senti important, plein d'assurance, riche d'un potentiel prometteur. Avec chacun de ses romans suivants, toutefois, ce sentiment s'était amenuisé, jusqu'au jour où il ne s'était plus senti le bienvenu, mais juste un invité toléré. Aujourd'hui, cependant, l'ancienne sensation de confiance était de retour. Il avait plus de 800 000 dollars sur son compte. Il était venu parler livres, mais les enjeux n'étaient plus du tout les mêmes.

Courtney Guggenheim l'attendait devant les portes en verre. Personne chez Schreiber n'avait encore réussi à savoir si elle comptait au nombre des héritières Guggenheim, mais son patronyme, pour ne rien dire de son look, de son ambition féroce et de son passage par l'Ivy League, n'avait pas dû être étranger à l'obtention du poste qu'elle occupait à présent, et il ne faisait aucun doute que ce n'était qu'un début.

Courtney prit Conner dans ses bras et lui fit la bise. Elle portait une robe magenta, et une rose dans les cheveux assortie à ses talons hauts. Sur la moquette grise, elle glissait comme si elle avait été chaussée de baskets.

« Qu'est-ce que c'est que toute cette sécurité en bas ? » lui demanda Conner en essayant de la suivre.

Elle sourit, comme quelqu'un qui aurait promis de ne rien révéler et tirait une certaine autorité du simple privilège de détenir des informations précieuses.

« Shascha est bien là en ce moment ? » poursuivit Conner. Ils marchaient à vive allure le long des postes de travail où des assistants d'édition s'épuisaient face à leur écran sur des préparations de copies. Dans les bureaux fermés, quelques éditeurs grimaçants, stylo rouge dans la bouche ou serré dans un poing, charcutaient méticuleusement des manuscrits.

« Elle est en rendez-vous, répondit Courtney.

— Qui ça ? »

Courtney adorait qu'on lui réclame des informations ; elle capitulait toujours à contrecœur, comme si on ne lui laissait pas le choix. Cette fois-ci, son sourire s'agrandit. Elle n'avait rien d'autre à offrir que ce petit air connu : « di-da-di-da-di... »

La porte du bureau de Shascha était close. Conner s'arrêta donc au bureau de Courtney, où des piles de manuscrits soigneusement ficelés étaient alignées, décorées de Post-it « rejeté ». À côté, des lettres d'agents étaient classées dans des pochettes par codes couleur. Même l'écran d'ordinateur était soigneusement ordonné, les dossiers rangés par ordre alphabétique. Ce qui attirait surtout l'attention de Conner, cependant, c'était un paquet de photos de vingt par vingt-cinq centimètres de Margot Hetley dédicacées – Margot avec ses cheveux blonds bouclés et ses grands yeux noirs.

« C'est avec elle que Shascha est en rendez-vous ?

— Di-da-di-da-di…

— Elle ne serait pas en train de livrer son dernier bouquin ou un truc du genre ?

— Dou-da-dou-da-dou… »

Toutes les grandes maisons d'édition ont une superstar à la Margaret Alexandra Hetley au catalogue. Ce sont elles qui paient les salaires de toutes les Courtney Guggenheim du monde, elles qui permettent de verser des avances pour les romans de tous les Conner Joyce – ainsi que pour *Neuf Pères*, accessoirement. Chez Doubleday, c'est Dan Brown. Chez Little, Brown, James Patterson. Chez Merril Publishers, c'est Blade Markham. Si ces auteurs tenaient leurs délais, les éditeurs touchaient des bonus en fin d'année. S'ils rendaient leur bouquin en retard, et que le compte de résultats était déficitaire, des divisions entières étaient sabrées. Les jeunes éditeurs, ceux dont les goûts littéraires étaient moins altérés que ceux de leurs aînés, ceux à qui il restait encore quelques idéaux, se plaignaient en secret (et parfois sur Twitter, mais sous pseudo) de la pauvreté du style de leurs auteurs vedettes. En dénigrant leur syntaxe, en se moquant de leur orthographe, ils accusaient leurs patrons de se prostituer. Mais Shascha Schapiro et consorts se gardaient bien de leur emboîter le pas. Car ils le savaient : sans une poignée de Margot Hetley, le monde de l'édition ne pouvait survivre. C'est pourquoi on leur accordait à peu près tout. Déjeuners dans des restaurants gastronomiques, suites exécutives, voyages en classe affaires et chauffeurs attitrés, c'était le minimum syndical. Les éventuels écarts de conduite, quant à eux, étaient immédiatement pardonnés – à supposer qu'on les ait simplement relevés.

Voilà pourquoi, lorsque la porte du bureau de Shascha Schapiro s'ouvrit sur Margot Hetley en chair et en os et que cette dernière demanda sans ambages à Conner Joyce : « Putain, mec, tu veux ma photo ou quoi ? », avant de se prendre les seins et de les secouer en disant « T'as jamais vu de nichons ? », personne ne sentit le besoin de la réprimander et encore moins de s'excuser auprès de l'interpellé. Conner avait simplement prévu de saluer Margot et de lui dire combien sa femme aimait ses livres. Courtney frappa dans ses mains en gloussant, comme si Mlle Hetley avait raconté une blague hilarante. Shascha, elle, la serra chaleureusement dans ses bras, lui disant combien elle avait été heureuse de la revoir, et lui souhaitant un agréable vol de retour pour Londres. À quoi Margot répondit : « Prenez bien soin de mon bébé » ; avant d'ajouter : « … Vous avez dû sacrément allonger pour ce petit loulou. »

Personne ne se donna la peine de faire les présentations entre Margot et Conner.

Ce dernier tenta un sourire.

« Ma femme adore vos bouquins.

— Elle fera la queue comme les autres, ta pétasse. »

Sur quoi elle adressa un signe de tête à ses gardes du corps, avant de s'en aller parader dans le couloir, sur les talons de Courtney Guggenheim. Conner suivit Shascha dans son bureau ; Shascha ferma la porte.

22

La petite bruine qui tombait sur l'itinéraire « Points de vue » s'était muée en une pluie battante. Bien qu'un peu à couvert sous les ramures des tulipiers, nous commencions à être trempés. Hal, qui n'appréciait guère l'humidité, grognait et me tirait en avant. Avec les flaques, le chemin du retour s'annonçait périlleux. Le temps que nous rejoignions les voitures, mon pantalon et mes baskets étaient tout crottés. Hal était dans un sale état, lui aussi, sa queue était noire de boue – il n'avait pas l'air content.

Je suggérai à Conner de poursuivre la conversation dans un café, mais il n'avait pas envie d'aller quelque part où nous pourrions être entendus. Je lui proposai d'aller chez moi. Il me remercia, mais déclara qu'il ne voulait pas déranger ma petite famille. Nous prîmes donc place dans ma Volvo, à contempler la pluie dégouliner sur le pare-brise, brouillant notre vue du Griffy Lake. Ma voiture sentait le chien mouillé et l'eau de Cologne. Bientôt, les vitres furent pleines de buée. Dès que je baissais la mienne, ma manche se mouillait et Hal se mettait à gémir. Je finis donc par la remonter, en m'efforçant de ne pas céder à la claustrophobie.

« Comment s'est passé ton rendez-vous avec Shascha ?

— Comme j'aurais dû m'y attendre.

« — Ce qui veut dire ?

— Oh, tu peux deviner, non ?

— J'imagine. »

On aurait pu s'attendre qu'un éditeur du calibre de Shascha occupe un bureau d'angle avec vue imprenable sur l'Hudson. Et en effet, son bureau était bien situé dans un coin de l'immeuble. Pour ce qui était de la vue, en revanche, c'était plus difficile à juger... Les stores étaient baissés. Pour la lumière, elle s'en remettait aux néons et aux lampes. Contrairement à toutes celles de ses collègues et assistantes, sa table était immaculée, vierge de tout manuscrit ou correspondance. Un téléphone, un ordinateur et son clavier : voilà pour le travail. À quoi on pouvait ajouter un portrait encadré de la maîtresse des lieux serrant la main du Président lors d'un dîner à la Maison-Blanche, une photo du mariage de ses parents et une petite boîte à bijoux bleu turquoise de chez Tiffany, à l'intérieur de laquelle brillait une minuscule clé USB monogrammée, incrustée de petits diamants. Chez tout autre éditeur, ce dépouillement aurait évoqué l'image d'une éditrice paresseuse et toute-puissante, déléguant l'essentiel de ses tâches à des assistants sous-payés afin de pouvoir planifier vacances et déjeuners tout en se plaignant sans vergogne d'un emploi du temps de dingue et de l'état catastrophique de l'édition, dans un monde où plus personne ne lisait. Mais chez Shascha, c'était une marque de discrétion, destinée à vous faire oublier qu'elle travaillait *aussi* avec d'autres auteurs. Quand vous entriez dans son bureau, vous aviez l'impression qu'elle était votre unique lectrice. Une qualité qui n'était donc pas l'apanage exclusif de Dex Dunford.

Assis en face d'elle, Conner lui fit longuement part de sa frustration quant à la série des Cole Padgett. Il avait envie de donner une nouvelle orientation à son travail. Il lui fit le résumé de quelques-unes des histoires qu'il avait en tête, espérant retrouver ainsi l'esprit dynamique de leurs échanges d'antan. Cette fois cependant, et il s'en rendait douloureusement compte, elle ne l'interrompait pas. Elle l'écoutait d'une oreille, tandis qu'elle vérifiait ses mails sur son iPhone, consultait les ventes de ses auteurs sur Bookscan, ou lisait les gros titres du *New York Times* et du *Publishers Lunch*. Conner commençait à se sentir dans la peau d'un criminel à son procès, un criminel qui n'aurait été autorisé à parler au juge et aux jurés qu'*après* le verdict.

« Bon fit-il, pour mettre un terme à son monologue. Voilà ce que je pense faire : me diversifier. Mais je ne sais pas si je ferais mieux de commencer par ce livre pour enfants ou par le roman sentimental ? Tu crois que je devrais écrire une nouvelle histoire de Cole Padgett ? Si tu penses que c'est une bonne idée, je peux réessayer. »

Il laissa la question en suspens, attendant une réaction de Shascha. Elle avait toujours été douée pour les avis fermes et francs, lui disant exactement quoi faire pour, par exemple, rendre ses personnages plus sympathiques, ou pimenter ses histoires d'un peu de romance à l'intention de son lectorat féminin.

Mais, ce jour-là, sa réponse fut laconique.

« Ton futur éditeur saura mieux que moi à quoi ressemble le marché, j'en suis convaincue. Et je pense que tu pourras te fier à son opinion. »

Il y avait quelque chose de tragique dans ses mots. Ils sonnaient comme une condamnation. Mais Conner n'était pas sûr de comprendre.

« Mon futur éditeur ? »

Shascha sourit d'un air grave. À son regard mélan-colique, on pouvait voir qu'elle était déçue. Déçue de ce qui aurait pu advenir, mais n'était pas advenu et n'adviendrait jamais.

« Publier moins pour vendre plus. C'est notre nouveau mantra. Si on estime, d'entrée de jeu, qu'un livre va s'écouler à moins de cent mille exemplaires, on ne peut plus se permettre de s'y intéresser. Tu as du talent, tu as donné tout ce que tu avais et nous, on a fait tout notre possible. Mais à présent, nos marges sont trop réduites.

— Donc, poursuivit Conner, à moins de s'appeler Margot Hetley…

— C'est dur. Mais c'est le business. »

Elle se redressa sur sa chaise, tandis que Conner s'affalait dans la sienne. Son attention était entièrement concentrée sur le seul élément incongru du décor : la clé USB incrustée de diamants, emmitouflée dans du papier de soie au fond de sa boîte Tiffany. Il restait les yeux rivés sur cette boîte, réalisant peu à peu ce que signifiait le MAH monogrammé : Margaret Alexandra Hetley.

Les mots de Hetley, au sortir du bureau de Shascha, lui revinrent en mémoire : « *Prenez bien soin de mon bébé ; vous avez dû sacrément allonger pour ce petit loulou.* »

Il était là. Devant lui. Le prochain opus des *Chroniques de sorciers vampires – CSVIX*. Un texte sans prix, sauvegardé dans un tout petit appareil, une clé de la taille d'un caillou.

« Est-ce que c'est ce que je pense que c'est ? » demanda Conner. Shascha s'abstint de répondre. D'un geste ferme, elle referma la boîte, tourna la clé, puis se leva pour raccompagner Conner à la porte.

« Navrée, Conner, mais il faut vraiment que je te laisse : j'ai un déjeuner. »

Elle dit qu'elle l'appellerait la prochaine fois qu'il serait dans le coin et lui demanda de saluer Angela de sa part. Est-ce qu'il voulait prendre quelques livres ? Non, il ne voulait pas. Elle lui effleura la joue d'une bise sèche et referma la porte.

Lentement mais inexorablement, Conner se rapprochait de la sortie. Probablement la dernière fois qu'il voyait ces murs, réalisa-t-il. Du coup, il se concentrait sur de petits détails. Et l'endroit lui paraissait triste, soudain, aseptisé, une boîte comme une autre, en définitive – si loin des idéaux littéraires de la grande époque, J. D. Salinger, Harper Lee et les autres. Il n'avait jamais réalisé à quel point les murs étaient blancs, à quel point les bureaux étaient silencieux. Tout ce qu'on entendait, c'était une sorte de ronronnement électronique, et le bruit léger des doigts pianotant sur les claviers. Personne ne vint le saluer. Personne ne se donna la peine de le raccompagner. Courtney Guggenheim était occupée à lire un manuscrit sur sa tablette. Un moment, il crut qu'il était devenu invisible, que les éditions Shascha l'avaient fait purement et simplement disparaître. Il s'imaginait dans un film de James Bond. « Vous n'existez pas, monsieur Bond. Vous n'avez jamais existé. Nous avons effacé votre identité. » Plus d'éditeur, plus de maison d'édition. Il conservait bien un agent, mais que pourrait-elle lui dire, à présent ? La seule perspective qui lui restait, c'était ce projet de livre pour Dex Dunford, celui-là même qu'il n'avait jamais réussi à commencer à cause de toutes ces nouvelles idées qu'il avait eues – ces idées prétendument meilleures. Il avait cru en avoir fini avec les polars. Mais, tandis qu'il sortait de l'ascenseur et traversait le hall d'entrée, où le service de sécurité de Margot Hetley ne se trouvait déjà plus, et que Steve Kaczmarak, le chef de la sécurité, le saluait de nouveau en l'appelant par son nom, il se dit que, peut-être, il tenait enfin une idée de polar.

« Je savais exactement ce qu'il fallait que j'écrive, me dit-il en prenant place dans la voiture. Une nouvelle histoire de hold-up.

— Le vol d'une clé USB, par exemple ?

— T'as tout compris, mec. Le vol d'une putain de clé USB incrustée de diamants. »

23

Il s'était arrêté de pleuvoir, mais Conner n'était toujours pas très chaud pour aller où que ce soit. Nous finîmes par errer dans les rues perdues de Bloomington, le long de réserves naturelles d'abord, puis de magasins de grandes chaînes, de fast-foods paumés aux abords du campus, pour échouer à travers ces quartiers calmes et chaleureux où j'avais cru un jour que mes enfants pourraient grandir. Ces lieux ne m'étaient pas spécialement chers, mais j'éprouvais maintenant à leur vue une certaine forme de nostalgie. Aucune ambition, ici, aucune attente particulière. Conner avait peut-être eu raison de venir me débusquer dans ce lieu. Même si on nous avait entendus, personne n'aurait pu croire que cet endroit voyait se tramer ici des histoires de gros contrats, de manuscrits inédits de J. D. Salinger, de complots louches et de machinations minables.

« Mais comment est-ce qu'on s'y prend pour voler cette clé, au juste ?

— C'est facile. Tellement facile, mon pote ! En tout cas, ça le deviendrait vite si tu devais écrire un truc sur le sujet. »

Les maisons d'édition ont toujours prévu des protocoles bien précis pour leurs manuscrits les plus importants. À la vieille époque du tweed et des cigares, des machines à écrire et du papier carbone, les critiques ou les journalistes désireux de jeter un œil à un texte important *avant* sa sortie – un roman d'Ernest Hemingway, par exemple, ou de J. D. Salinger – ne pouvaient en parcourir les épreuves que dans le bureau de l'éditeur, sous la surveillance d'un assistant chargé de s'assurer qu'ils ne fichaient pas le camp avec. Dans certains cas, les journalistes n'étaient même pas autorisés à prendre des notes. Ou alors, il leur fallait les soumettre à l'éditeur avant de partir.

Quand je travaillais pour *Lit*, j'ai eu la chance un jour de visiter l'imprimerie J. R. Kenworth à Lancaster, Pennsylvanie, et d'interviewer Mitch McGauthey, son directeur historique. Parfois, m'expliqua-t-il, lorsqu'un livre particulièrement controversé partait à l'impression, des romans comme *Lolita* ou *Portnoy et son complexe*, des mesures particulières devaient être prises. Dans le cas de ces deux livres, en effet, certains employés avaient préféré quitter leur travail plutôt que de participer à la production d'œuvres prétendument pornographiques. Ce type de manuscrits arrivait donc à l'imprimerie sous une fausse couverture et affublé d'un titre bidon destiné à le faire passer pour un ouvrage universitaire ou la biographie soporifique d'un président américain. Certaines éditions des *Versets sataniques* avaient été réalisées dans cette imprimerie mais, en raison des menaces d'attentats proférées à l'encontre de tout associé à la publication ou à la fabrication du roman de Salman Rushdie, personne parmi les employés n'avait été mis au courant. Pour la série *Harry Potter*, de J. K. Rowling, le titre du troisième livre, *Harry Potter et le prisonnier d'Azkaban*, avait été transformé en *Manuscrit numéro 110*. Il fut imprimé le 4 juillet 1999, un jour férié donc, où l'imprimerie était censée être fermée, et les rares personnes qui avaient été autorisées à y entrer avaient dû se soumettre à des contrôles de sécurité rigoureux.

Ces derniers temps, à l'heure du piratage numérique galopant et des sites de partage où, en un clic, vous pouviez télécharger le fichier numérique de n'importe quel manuscrit, les enjeux et les risques étaient devenus plus considérables encore. C'était très certainement ce qui justifiait les procédures de sécurité mises en place autour de Margot Hetley. Et cela expliquait également la boîte à bijoux de chez Tiffany et sa petite clé USB incrustée de diamants, que Shascha gardait maintenant dans un tiroir sous clé.

Personne, à part peut-être Margot Hetley, ne connaissait mieux que Shascha la valeur du neuvième opus de la série des *Chroniques de sorciers vampires*. En bref, on tenait là l'objet de convoitise parfait pour un roman à suspense tournant autour d'un vol. La liste des suspects paraissait infinie – des suspects originaux, pour une fois : éditeurs, auteurs, membres du personnel de sécurité. Tous les gens qui travaillaient dans l'immeuble Schreiber & Sons, tous les employés de Shascha avaient une bonne raison de commettre ce vol. De fait, tout le monde pouvait être soupçonné : Steve Kaczmarak, le gardien soi-disant dévoué ; Courtney Guggenheim qui, comme la plupart des assistantes éditoriales, rêvait certainement d'écrire ses propres livres et qui, c'était certain, en avait assez d'obéir aux ordres, et même, et c'était encore le plus probable, un type dans le genre de Conner Joyce, un écrivain fraîchement débarqué, que Hetley aurait insulté, et qui chercherait un nouveau moyen de subvenir aux besoins de sa famille.

Dès que la clé aurait disparu, tout irait très vite. Le ou les voleurs monteraient un site Internet, à l'étranger, sans doute, ils annonceraient sur Twitter et consorts que des copies pirates de *CSVIX* étaient disponibles, puis ils prendraient les commandes par carte de crédit, rassembleraient l'ensemble des adresses mail et cliqueraient sur « envoyer à tous », après quoi ils récupéreraient l'argent avant de fermer le site. Combien pourraient-ils se faire ? Deux millions et demi ? C'était une estimation qui paraissait prudente.

À l'époque où il travaillait sur sa série des Cole Padgett, Conner avait déjà réfléchi à la meilleure manière de commettre un crime. Il s'était toujours dit que l'idéal était de vivre l'existence la plus honnête possible – le genre d'existence qu'il menait avec Angie – et de tout miser sur un coup unique. Plus il y pensait et plus il songeait qu'il aurait presque était plus intéressant de commettre ce crime plutôt que d'écrire. *Presque.* Aurait-il été une autre personne qu'il y aurait sans doute sérieusement réfléchi. Quoi qu'il en soit, ce serait bien de lui-même qu'il s'inspirerait pour son personnage de voleur. Car il était bien le suspect le plus plausible.

Oui, se dit Conner tandis qu'il se dirigeait vers Penn Station pour prendre son train. Il y avait réellement là matière à écrire une bonne histoire policière.

24

Retranché dans son bureau dans les montagnes, Conner s'était donc mis à écrire six heures par jour. Il tapait sur sa Smith-Corona, vestige de son enfance, et corrigeait avec le vieux stylo Montblanc de J. D. Salinger. Il expliqua à Angie qu'il travaillait sur ce fameux « projet pour Hollywood » mais qu'il ne tenait pas à en parler, de peur que ça lui porte la poisse. Peut-être se posa-t-elle quelques questions, mais elle les garda pour elle.

Le travail avançait rapidement. Conner maîtrisait le contexte : la situation de départ, le vol, les suspects potentiels. Dex aimant les détails, il décida de ne pas lésiner, il en mit donc plein. Dans la mesure où seuls Dex et, peut-être, Pavel et le fantôme de Truman Capote le liraient, il ne risquait guère de froisser qui que ce soit. Il se permit donc d'utiliser les vrais noms et les véritables adresses. En temps ordinaire, le travail de recherches était colossal. Dans le cas présent, il était superflu. Conner connaissait ces gens. Il connaissait leurs excentricités et leur lieu de travail. Il en savait long, aussi, sur ce qu'un écrivain frustré pouvait ressentir en tournée de promotion, essayant de garder son enthousiasme devant un public de douze personnes, dans quelque succursale d'une chaîne de librairies d'un centre commercial en instance de liquidation. Le sentiment qu'éprouve celui qui se dispute avec sa femme, il le connaissait aussi : lorsque chacun se sent dépassé par son rôle de parent et ne sait plus de quoi demain sera fait. Le moindre centimètre carré du vestibule de Schreiber & Sons lui était familier, même chose pour l'étage où travaillaient Schascha et les autres. Il savait à quoi ça ressemblait d'attendre devant son bureau, pendant que son rendez-vous avec Margaret Alexandra Hetley s'éternisait. À quoi ça ressemblait, d'avoir l'impression de se trouver au fond du trou. Et, soudain, d'apercevoir un tout petit objet d'une valeur inestimable, un objet susceptible de les sauver, lui et sa famille.

Il savait ce qui pouvait subitement transformer un homme honnête en criminel – comme toujours dans ses romans.

Le seul problème que posait le roman, c'est qu'il n'était pas spécialement captivant. Contrairement à celle de ses héros, J. D. Salinger, Jaroslaw Dudek, B. Traven, Harper Lee et consorts, l'histoire de sa vie n'était guère excitante. Ni couteaux ni flingues : juste un document de valeur, un mot de passe et une clé USB volée. Il en fut donc réduit à embellir – ce qu'il n'avait presque jamais fait avec Cole Padgett. Ce narrateur à la première personne, obstinément sérieux, sa femme fidèle, leur jeune fils adorable, leur jolie maison des Poconos : tout ça était trop sain, trop terne. Il transforma donc ce type en salaud : un salaud affublé d'une moustache en guidon de vélo, de jeans serrés, de chemises à fleurs ouvertes jusqu'au torse, d'un tiroir plein de chaînes en or et d'une dangereuse addiction au sexe. Les chapitres sur les lectures étaient fort éloignés de sa propre expérience. Son personnage séduisait les libraires et les coureuses d'autographes, ramenait ces dernières à l'hôtel et les prenait sauvagement dans des suites bien plus classe que les vraies.

Conner appliqua le même traitement aux autres personnages du roman. Il étoffa leur personnalité, prodiguant à chacun encore plus de motifs crédibles de voler la clé. Angie, la femme du narrateur, était devenue une pure nymphomane, virée de la police de New York pour usage de cocaïne. Shascha Schapiro couchait avec Condoleezza Rice et Gustavo Dudamel, et sa collection était sur le point de disparaître, tandis que son père venait de se faire pincer pour délit d'initié. Courtney Guggenheim n'était pas une « vraie » Guggenheim ; en vérité, elle s'appelait Corey Podmolik, et c'était une petite arnaqueuse originaire de Greenpoint, Brooklyn, qui avait déjà fait de la prison pour des chèques en bois, et n'attendait qu'une occasion pour faire tomber sa patronne. Steve Kaczmarak, le chef de la sécurité, avait quant à lui un problème de dépendance au jeu, et la mafia lui laissait trente jours pour rembourser un prêt embarrassant. En résumé, les mecs étaient tous devenus des connards fourbes, et les nanas des salopes vénales. Certains personnages n'avaient même pas besoin d'être « embellis ». C'était le cas de Margot Hetley, notamment, dont il dut même adoucir les propos agressifs et les insultes. (« T'as jamais vu de nichons ? » « Elle fera la queue comme les autres, ta pétasse. ») Il faut parfois édulcorer la réalité pour la rendre plus vraisemblable.

Comme Dex l'avait prédit, écrire ce livre se révéla libérateur pour Conner. Il savait qu'Angie ne le lirait jamais – chaque soir, suivant en cela les instructions de son commanditaire, il rangeait son manuscrit dans un tiroir fermé à clé – et cela lui permettait d'explorer des aspects de lui-même qu'il avait toujours gardés privés jusque-là.

Il pouvait se laisser aller à ses fantasmes les plus fous, désormais, vivre toutes les vies qu'il n'avait pas vécues sans avoir peur des conséquences et des répercussions – un peu comme celui qui imagine qu'il a neuf pères différents, au fond. Le narrateur, ce n'était pas lui, assurément. C'était celui qu'il aurait pu devenir dans une autre vie, si ses parents avaient divorcé, par exemple, ou s'il n'avait jamais connu son père. Tout en écrivant, il remerciait en silence Dex de lui avoir offert l'opportunité d'écrire ce qu'il voulait écrire, sans crainte d'être jugé. Ce devrait être la chance de tout écrivain, décida-t-il. Chacun devrait avoir le droit de coucher ses pensées, aussi déraisonnables soient-elles, sur le papier, sans avoir à se soucier de ce qu'un critique ou un psychanalyste pourrait en dire, sans se demander si des gens allaient l'acheter, ou si des pères ou des mères de famille allaient se mettre en colère. À présent, il comprenait pourquoi tant d'écrivains avaient accepté la proposition de Dex. C'était un peu comme si on les payait pour rêver. Qui aurait pu dire non à une telle proposition ?

Certainement pas moi, pensai-je, en roulant à travers Walnut Creek en écoutant l'histoire de Conner, attentif, en même temps, aux panneaux « À vendre » qui défilaient sous nos yeux. J'avais cru pouvoir acheter l'une de ces maisons, naguère. J'aurais donné n'importe quoi pour qu'on me paie pour écrire mon premier roman sans que personne le lise. Oh ! j'aurais tout donné pour remonter le temps, surtout, et faire en sorte que personne ne lise le blog que Sabine et moi alimentions. Pour moi, il était trop tard, mais pas pour Conner. Du moins, c'était ce que je croyais.

25

Le manuscrit final avoisinait les trois cents pages, exactement comme *Le Fusil du diable*, mais, chaque épisode ayant gagné en complexité, il était bien plus court que toutes ses suites. Quand il eut fini de le taper, Conner détruisit tous les brouillons. Et, un soir où il cuisinait du saumon pour le dîner, il fit brûler ses notes sur le barbecue. Il relut trois fois son texte, le corrigea et le retapa. Il l'aimait un peu plus à chaque lecture. Les personnages étaient vivants, les dialogues bien ciselés, les descriptions dosées mais efficaces. À l'idée que personne d'autre que Dex et Pavel ne le lirait jamais, Conner se sentait à la fois triste et soulagé. Une fois dans les mains de Dex, ce roman n'existerait plus que dans sa mémoire et dans une vitrine étrange de Chicago, aux côtés d'autres volumes tout aussi confidentiels, réservés à la seule intention de Dex et de Pavel.

Manuscrit sous embargo – c'est le titre qu'il lui avait donné – fut glissé dans une enveloppe en papier kraft, puis rangé dans le tiroir du milieu de son bureau. Il s'agissait maintenant de le remettre à Dex. Où, quand, comment ? Jamais ils n'avaient discuté de ce point. Dex avait seulement précisé qu'ils resteraient « en contact » et qu'aucune date limite n'était imposée.

Quelques jours plus tard, alors qu'il s'apprêtait à ramasser son journal, Conner remarqua une enveloppe sans inscription qui dépassait de la boîte aux lettres. Il l'ouvrit ; elle contenait un billet de train pour Penn Station, et une petite carte de Dex à en-tête, où l'on pouvait lire, toujours de cette écriture déliée, si particulière : « *Restaurant Keens, demain 13 h, Dex.* »

Le Keens. Dex lui faisait-il une blague ? C'était dans ce même restaurant que Shascha l'avait emmené fêter la signature du contrat du *Fusil du diable*. Sûr que c'était bien son genre d'endroit, ça, le Keens – autant que le Coq d'Or ou l'ancien Gold Star Sardine Bar. Des restaurants d'affaires vieille école, avec leurs belles nappes blanches, leurs banquettes de vieux cuir brun, leurs steaks saignants, leurs serveurs à l'allure germanique (qui en avaient même parfois l'accent), et leurs clients bien en chair, vêtus de costumes sombres et qui, dès midi, en étaient à leur troisième scotch.

Le jour suivant, Conner se présenta donc au Keens à treize heures pile, son manuscrit dans une serviette en cuir noir. Dex et Pavel sirotaient des cocktails. Un maître d'hôtel allemand, à la mine sinistre, le conduisit à leur table, où une bouteille de champagne attendait au frais dans son seau en étain. Dex se leva, sourit et serra la main de Conner. L'expression de Pavel était, comme d'habitude, plus difficile à cerner.

« Je crois que nous avons quelque chose à fêter », fit Dex. Conner ne lui demanda pas comment il était au courant.

Il attendit que le serveur ait pris la commande, débouché le champagne et rempli les flûtes, pour extirper le manuscrit de sa serviette. Il le tendit à Dex, qui contempla le titre un certain temps. Pavel fut le premier à émettre un commentaire.

« *Manuscrit sous embargo*. Chaime vraiment, vraiment beaucoup ce titre. »

Dex lança un regard à Pavel et jeta un œil aux deux premières pages. Puis il sirota son champagne, rangea le manuscrit dans un attaché-case resté contre sa chaise, et referma ce dernier.

« Vous travaillez vite.

— J'ai eu l'inspiration.

— Est-ce l'histoire qui vous a inspiré ? Ou l'argent ?

— Les deux, je crois.

— C'est comme ça que ça marche.

— Et que se passerait-il si jamais vous égariez…

— Quoi, l'argent ?

— Le livre.

— Je ne le quitterai pas des yeux. Et Pavel ne me quittera jamais des yeux. »

Dex glissa une main au fond de sa poche et en sortit un chèque de 833 333,33 dollars. « À remise du texte », avait-il inscrit sur le talon.

« J'aimerais quand même bien savoir d'où vient votre argent, fit Conner.

— Vous seriez déçu.

— La vérité serait-elle moins intéressante que ce que je pourrais imaginer ?

— Elle l'est toujours. »

Conner plia le chèque et le rangea dans son portefeuille. Il s'efforçait de garder un air décontracté.

« J'imagine que vous allez me demander d'apporter quelques corrections au texte ?

— C'est bien possible.

— Et comment me le ferez-vous savoir ?

— Nous en déciderons le moment venu.

— Mais comment saurai-je si vous avez aimé ?

— Vous le saurez quand je vous aurai payé.

— Donc, vous allez le lire bientôt ?

— Du calme, Conner. Je ne suis pas un lecteur lent, mais j'aime bien lire à mon rythme. J'aurai fini quand j'aurai fini. Ne vous tracassez pas pour ça. J'ai toujours payé mes auteurs. Et je m'en suis toujours tenu à un nombre raisonnable de corrections, dans un laps de temps lui aussi raisonnable. C'est vraiment tout ce que vous avez besoin de savoir. »

À cet instant, Dex fit clairement comprendre à Donner qu'il voulait changer de sujet. Il se mit à évoquer les repas au champagne qu'il avait offerts aux autres écrivains, les restaurants à l'étranger où il avait mangé des steaks avec Truman Capote et John Updike.

« Et les livres qu'ils ont écrits, reprit Conner, que vont-ils devenir, après ? »

Il s'interrompit. Il regrettait d'avoir demandé cela.

« Après ma mort, vous voulez dire ?

— Par exemple.

— Ils seront brûlés.

— Brûlés ? Pourquoi ?

— Parce que c'est ainsi. Ce qui est privé doit rester privé. Vous prendrez un dessert ? »

Arrivés à ce stade du récit, Conner et moi avions écumé à peu près toutes les rues de Bloomington. L'après-midi déclinait, et il pleuvait encore un peu. Nous regagnâmes le parking du parc naturel du Griffy Lake, où ne se trouvait plus que sa Nissan de location. Plus de bateaux. Les hangars étaient verrouillés.

« Et c'était il y a combien de temps, ce déjeuner ?

— Environ trois mois. Je suppose qu'il est inutile de te raconter la suite.

— Eh bien, si.

— Tu ne lis pas beaucoup les journaux.

140

— Je n'en ai pas trop eu l'occasion, ces derniers temps. » Et c'était vrai. Sabine et moi étions tellement occupés que des piles entières d'éditions du *New York Times* et du *Bloomington Times Herald* s'empilaient devant notre porte, vieilles de plusieurs semaines. Parfois, nous ne les ramassions que pour les jeter dans la poubelle « papiers et emballages ». Le seul usage que nous semblions capables d'en faire consistait à tapisser le fond du seau à compost, ou d'organiser des ateliers papier mâché avec Béatrice et Ramona.

« Donc… », reprit Conner. Il semblait prêt à me raconter la suite, mais un coup d'œil jeté à l'horloge de la voiture me confirma que je n'avais pas le temps de l'écouter. Pas maintenant, en tout cas. Il fallait que j'aille chercher les enfants, et je n'avais même pas encore songé au dîner.

« Ce soir, alors ?

— D'accord, mais tard. »

Ces dernières semaines, il nous avait fallu encore plus de temps que d'habitude pour coucher les filles, et je ne pouvais tout simplement pas abandonner Sabine sans au moins la prévenir. Elle avait des copies à corriger, des conférences à préparer, des lettres de motivation à rédiger. Qui plus est, Conner avait l'air de tenir ma disponibilité pour un fait acquis. J'avais beau ressentir un grand besoin d'amitié, je ne pouvais pas chambouler tout mon emploi du temps pour lui.

« Je ne comprends toujours pas pourquoi tu me racontes tout ça.

— Mais si.

— Crois-moi : si c'était le cas, je ne te poserais pas la question.

— Bon. Tu te souviens de cette phrase du bouquin de John Le Carré dont je t'ai parlé un jour : *"Promets-moi que si j'ai un jour le courage de penser en héros,*

toi tu auras celui de te comporter en être humain digne
de ce nom ?"

— Bien sûr que je m'en souviens.

— Bientôt, il va falloir que j'agisse en héros. Si ça arrive, je te demanderai de te comporter comme un homme.

— Qu'est-ce que je devrai faire ? Dans quoi tu essaies de m'impliquer ?

— C'est moi qui suis impliqué, pas toi. Toi, tu ne cours aucun risque. C'est moi qui, en venant te parler, en prends.

— Qu'est-ce que tu attends de moi ?

— Que tu racontes mon histoire. Tout simplement. De la manière la plus honnête possible. Comme tu l'as fait pour *Neuf Pères*.

— Ne peux-tu pas la raconter toi-même ?

— Je n'en suis pas certain. Ces derniers temps, j'ai eu l'impression que je ne vivrai pas assez longtemps pour ça. Tu es la seule personne en qui je puisse avoir confiance. Tu comprends ça ?

— Oui. »

Mais la vérité, c'est que je ne comprenais pas. Pas vraiment. Longtemps, j'ai eu auprès de mes amis la réputation d'être un type particulièrement honnête, doté d'un sens moral à toute épreuve. C'est flatteur mais inexact. Je suis doué pour écouter, et c'est une qualité qui inspire confiance. Conner, qui était un homme sincère et moralement irréprochable, croyait distinguer les mêmes qualités chez moi. Mais je n'étais pas à la hauteur de l'idée qu'il se faisait de moi. Si je l'écoutais, ce n'était pas par empathie ou parce que je partageais ses opinions, mais parce que j'aimais les bonnes histoires. L'amitié qu'il me portait me flattait, mais quand bien même cela n'aurait pas été le cas, je n'arrivais pas à lui dire non.

« C'est juste pour ça ? lui demandai-je. Parce que tu me fais confiance ? »

Conner réfléchit un instant.

« Ça, et le fait que personne ne te connaît. Personne ne sait que nous sommes amis. Et même si Dex le savait, je suis certain qu'il ne voudrait pas te causer d'ennuis.

— À moi ?

— Oui, à toi.

— Je pense que tu te trompes de type.

— Non, mon pote. Crois-moi. »

26

Je dis à Conner que je pourrais le retrouver après avoir lu une histoire à mes filles – *Lyle, Lyle, Crocodile* pour Béatrice, et un chapitre d'*Une très grande famille* pour Ramona. L'histoire du soir avant d'aller se coucher était devenue mon moment préféré de la journée. Ces instants étaient les seuls où j'avais l'impression de faire quelque chose d'utile. Qu'elle soit lue ou inventée, l'histoire provoquait un véritable enchantement chez mes enfants. Parfois, tout ce dont une histoire a besoin, c'est d'une personne pour la lire et d'une autre pour l'écouter.

Mais, à mesure que la soirée avançait, je me sentais moins tranquille. Que savais-je de Conner, au fond, à part ce qu'il m'avait confié en interview ? Me revenait en mémoire la réaction spontanée de Béatrice, quand elle avait vu sa photo dans un rayon du Borders – lequel, désormais liquidé, était devenu une franchise de Fireworks City. Elle avait eu peur. Son instinct devait être pris en compte. Autant que celui de mon chien, d'habitude plutôt paisible, qui avait grogné et aboyé à l'approche de Conner. Que voulait-il dire, quand il déclarait vouloir agir en héros ? Quand il me demandait de me comporter comme un homme digne de ce nom, et de raconter son histoire ? Peut-être était-il devenu fou.

Peut-être m'avait-il choisi pour l'écouter non parce que Dex ne s'en prendrait jamais à moi – qu'est-ce que ça pouvait bien vouloir dire, ça ? –, et non plus parce qu'il me faisait confiance ou qu'il avait besoin de protéger ses arrières, mais parce que, au fond de lui, il savait bien que j'étais le seul suffisamment candide pour le croire.

On s'était donné rendez-vous au cinéma Starlite Drive-in, à une demi-heure de la ville, sur la Old State Route 37, à mi-chemin entre Bloomington et Indianapolis, où Conner devait ensuite prendre son avion. Dans la stéréo de ma Volvo, traversant le terri-toire du Ku Klux Klan en direction du nord, j'avais mis *Ascenseur pour l'échafaud* de Miles Davis à fond. Un mec seul au drive-in ? À vrai dire, j'avais peur d'attirer l'attention en montant dans la voiture de Conner ou en le laissant monter dans la mienne – qu'on nous prenne pour deux mecs venus se donner des branlettes.

Mais personne ne nous prêta attention. Je trouvai un emplacement, Conner gara sa Nissan sur la place d'à côté, ouvrit ma portière passager, me donna une tape sur l'épaule et me serra la main.

« Salut, mec. C'est quoi, le film ?

— J'en sais rien. Je n'ai même pas pensé à regarder. Voyons voir. »

Mais le générique avait fini de défiler depuis un bout de temps, et le film était déjà bien entamé. Une histoire de flics et de salauds, bourrée de motos et d'armes automatiques, dotée d'un héros taiseux et musclé du genre The Rock ou Vin Diesel, que je n'avais jamais vu dans un autre film.

Nous commençâmes à discuter comme d'habitude – la crise, le boulot de parent, la littérature –, puis, quand nous en eûmes terminé, Conner me raconta la suite de son histoire. La violence qui déferlait à l'écran ne faisait que rehausser, en un sens, la pudique élégance de son étrange histoire de clé USB volée et de manuscrit sous embargo. Mais une fois encore, et comme je l'avais dit à Conner, je n'avais pas lu les journaux ces derniers temps, et je n'avais donc aucune idée de là où elle allait nous mener. Au final, il n'était pas impossible qu'elle finisse par ressembler à celle que nous étions en train de voir à l'écran.

« Je m'attendais à recevoir des nouvelles de Dex au bout de quelques semaines, commença Conner. Un mois grand maximum. »

Son visage clignotait dans les ténèbres, reflétant les images du film. Le livre qu'il avait écrit n'était ni long ni compliqué – le genre qui s'achète à l'aéroport et se lit d'une traite sur un vol New York-Chicago. Durant les quelques semaines qui avaient suivi sa remise du texte, Conner s'était inquiété du silence de Dex. Il ne cessait de penser aux révisions que ce dernier allait lui demander, aux détails qu'il lui faudrait certainement rajouter – ça commençait à tourner à l'obsession. Peut-être Dex détesterait-il le roman et lui demanderait-il d'écrire autre chose.

Conner commençait à craindre de ne jamais en voir la fin. Et si Dex lui demandait de réécrire le livre sans cesse ? Et s'il se retrouvait condamné à travailler sur la même histoire des années et des années durant ? Et s'il ne publiait plus jamais aucun livre, qu'il se retrouvait forcé de mentir à Angie pour le restant de ses jours ? Et tout ça pour 1,66 million de dollars. Certes, sur le papier, il s'agissait d'une grosse somme. À l'échelle d'une vie entière, cependant, elle paraissait bien moins impressionnante. N'était-ce pas pour cette raison, en vérité, que Salinger, Dudek et Harper Lee avaient finalement arrêté de publier ? Peut-être avaient-ils passé le restant de leur existence à écrire et à réécrire pour Dex Dunford. Rien, dans les contrats que Conner avait eus sous les yeux, ne permettait d'exclure une telle hypothèse. Rien ne disait que ces écrivains avaient jamais souhaité vivre en reclus. Peut-être s'étaient-ils tout simplement cachés pour échapper à Dex.

Deux mois s'écoulèrent. Aucune nouvelle de Dex ni de Pavel. Conner commençait à moins penser au *Manuscrit sous embargo*. Les travaux de la maison l'occupaient largement : poser du Placo, réviser la plomberie, repeindre la table à langer. À ses heures perdues, il emmenait Atticus se balader le long du fleuve Delaware. À d'autres moments, il écrivait des petites histoires pour lui et sa mère sans jamais se préoccuper de savoir s'il les publierait un jour.

Angela et lui recommençaient à faire l'amour plus souvent. Ils parlaient même de faire un deuxième enfant. Angie, qui venait d'une famille nombreuse d'Hamilton Heights, avait peur qu'Atticus ne se sente seul dans les Poconos. Cela lui ferait du bien d'avoir un petit frère ou une petite sœur, décréta-t-elle.

Et c'est à ce moment-là, au moment même où la vie commençait à sembler plus belle et à nouveau pleine de promesses, que Dex réapparut.

« Et alors quoi ? Il s'est juste pointé chez toi ?

— Je ne l'ai pas vu, non. Mais il m'a fait savoir qu'il était là. Tu n'as vraiment pas lu le journal ? »

Le drive-in Starlite jouait deux films. Le deuxième était un film d'horreur – un truc avec un serial killer qui massacrait des lycéens. Les films d'horreur m'ont toujours fichu la trouille. Un jour, ma mère m'avait emmené voir *Laura* au Carnegie Theatre avec un de ses mecs. Avant le film, une bande-annonce pour *La Dernière Maison sur la gauche* avait été diffusée. Elle m'avait traumatisé *vraiment*, à tel point que, pendant tout le film, j'avais surveillé le mec de ma mère, persuadé qu'il était le méchant du film. Même sans le son, que nous n'avions pas allumé, et même sans regarder l'écran, je ne pouvais empêcher, de temps à autre, qu'une image épouvantable pénètre dans mon champ de vision périphérique – un homme masqué sortant un couteau, puis plongeant la lame dans un corps. Du coup, et c'était plus fort que moi, je regardais.

Conner, lui, semblait ne même pas voir le film. Il était bien trop préoccupé par sa propre histoire.

« Il a fait beau, ici, avant-hier ?

— Il a plu toute la semaine.

— Bon sang, il a fait tellement beau dans les Poconos. Le premier vrai beau jour de printemps. Le ciel était bleu, sans nuage. J'ai entendu des fauvettes, des piverts, des sittelles, tous ces oiseaux magnifiques qui chantaient. C'était une belle journée, comme celle du 11 Septembre, tu t'en souviens ?

— Oui. »

Je travaillais à *Lit*, alors. Nos bureaux se trouvaient à deux kilomètres du World Trade Center. Plus tard ce jour-là, et jusque dans mon appartement dans le nord, l'odeur de fumée et de métal fondu m'avait poursuivi. Mon chien haletait et gémissait, sans répit. Assis derrière le volant, au drive-in, j'essayais de chasser ce souvenir de mon esprit. Et de ne pas trop prêter attention aux cris qui sortaient des autres voitures.

« Ouais. Une journée si paisible. On se doutait presque que ça n'allait pas durer. »

C'était arrivé un matin. Conner s'était réveillé de bonne heure, avant Angela et Atticus, pour aller prendre l'air et couper du bois. Même quand il choisissait de se lever tôt, le journal était toujours là, à l'attendre. Conner, cependant, le lisait rarement avant la fin de journée. Cette fois-ci, on ne sait pas pourquoi, il décida de le déballer. Sa hache dans une main, le journal dans l'autre, il s'installa sur la balancelle, sous le porche, pour le déplier et lire la première page. Margot Hetley faisait la une en couleurs. Défaite, des poches sous les yeux. DES PIRATES INFORMATIQUES METTENT LA MAIN SUR LE DERNIER TOME DES *CHRONIQUES DE SORCIERS VAMPIRES*. L'AUTEUR ET L'ÉDITEUR VONT PERDRE DES MILLIONS.

« Merde, songea Conner en parcourant l'article. Il l'a fait. Le putain d'enfoiré. Il y est allé et il l'a fait. »

Assis sur sa balancelle, il leva les yeux pour vérifier que personne ne l'avait vu. Atticus et Angela étaient à l'intérieur, le voisin le plus proche se trouvait à un kilomètre. C'est alors qu'il remarqua une enveloppe qui dépassait de la boîte aux lettres. Il était tôt pour le courrier, bien trop tôt, et il était certain d'avoir ramassé celui de la veille.

Il se releva, laissant tomber sa hache au sol, et retourna le journal sur la balancelle.

Il avait chaud, et ses jambes étaient si faibles qu'il put à peine atteindre la boîte aux lettres. Il n'avait pas envie de l'ouvrir. Il savait déjà ce qu'elle contenait.

III

À validation

« Un crime, un seul crime, ne fait pas de toi un délinquant », lui avait appris Cole Padgett. « C'est au deuxième que tu commences vraiment à changer. »

CONNER JOYCE, *Revers de fortune*

29

Le générique de fin défilait sur l'écran du cinéma en plein air. Conner avait pris tout son temps pour me raconter son histoire et, à présent, le film d'horreur était terminé. Sur le parking du Starlite, il ne restait que deux voitures : la mienne et celle de Conner.

« Qu'est-ce qu'il y avait, dans l'enveloppe ?

— En la déchirant, je pensais trouver une lettre à l'intérieur. Mais non. Juste un chèque. »

Un chèque de 833 333,33 dollars, établi à son nom, sur le talon duquel Dex avait écrit : « À validation ».

« Putain de merde !

— Tu l'as dit. Mais il y avait autre chose.

— Quoi ?

— Une clé USB.

— Avec un monogramme ? »

Conner prit une longue et profonde respiration…

« Oui, mon pote. Avec un monogramme. »

Conner tenait cette clé USB dans ses mains et la contemplait, assis sur son perron. Que s'était-il passé ? Que devait-il faire ? Soudain, la porte s'ouvrit sur Angie, qui tenait Atticus dans ses bras. Conner fut pris de panique. Il ne l'aurait pas été s'il avait été un peu plus doué pour le mensonge. Quand elle lui avait demandé ce qu'il était en train de regarder, il aurait pu répondre : « Oh ! rien de spécial. » Quand elle lui avait demandé ce qu'il lisait, il aurait pu dire : « Un article sur mon ancien éditeur. Un peu flippant. » Et concernant la clé USB qu'il tenait dans sa main : « Ça ? Ce sont les mecs d'Hollywood qui me l'ont donnée. » Il aurait pu la glisser dans sa poche, puis embrasser sa femme, et lui demander ce qu'elle voulait pour le petit déjeuner. Au lieu de quoi il avait rapidement attrapé le journal pour dissimuler les gros titres et avait foncé dans la maison en criant : « Bordel, mais y a pas moyen d'être un peu tranquille, le matin ? » Ensuite il avait couru s'enfermer dans la salle de bains, avait lâché la clé USB dans les toilettes et, sans la moindre discrétion, avait tiré la chasse d'eau.

Il avait à peu près fait tout de travers, maintenant qu'il y repensait. La clé USB et le message de Dex l'avaient pris complètement de court. Il avait paniqué en découvrant l'article dans le journal… Et quand Angie lui avait demandé : « Putain, mais c'est quoi ton problème, C. J. ? », il avait beaucoup trop essayé de paraître normal. Il s'était embrouillé dans ses explications, évoquant ce « quelque chose de bizarre » qu'il avait avalé au dîner et qui l'avait fait courir aux toilettes. Et puis, juste après, il avait réservé un vol pour Chicago – plutôt étrange, dans la mesure où il était censé rencontrer, comme il le répétait sans cesse, ces « types d'Hollywood ». Sans compter qu'il n'avait pas arrêté de parler après ça de son « projet d'écriture », à propos duquel les susnommés se montraient tellement « exigeants ».

Peut-être aurait-il dû rester tranquille, tout simplement. Peut-être aurait-il dû lire son journal, détruire la clé, encaisser le chèque et vivre sa vie. Dex et Pavel s'étaient servi de son roman pour voler cette clé, c'était assez clair. Mais rien ne le reliait au crime. Le jour où l'on avait retrouvé dans la poche de Mark Chapman, qui venait d'assassiner John Lennon, un exemplaire de *L'Attrape-Cœurs*, personne n'avait songé à accuser J. D. Salinger de complicité. Conner n'avait fait qu'écrire une histoire très bien documentée, c'était sa marque de fabrique. Dex avait-il tout prévu depuis le début, se demandait-il, ou avait-il simplement lu son livre et trouvé l'idée bonne ? Il se sentait à la fois responsable du vol et un peu impressionné par sa propre idée. Ce genre d'histoires où des gens transformaient leurs rêves en réalité, il en avait déjà lu. C'était un thème récurrent dans les romans de Jaroslaw Dudek, dans ses poèmes, ses Mémoires. Dex avait-il utilisé tous ces écrivains dans ce seul but ? Avait-il commandé des histoires de crimes à tous ceux qu'il avait rencontrés à seul fin de commettre les crimes en question, ou Conner était-il le premier ? Dans tous les cas, il fallait qu'il le revoie. Pour obtenir des réponses à ces questions d'abord, mais pour répondre aussi à celles qu'il se posait à propos de lui-même. Qui était-il vraiment ? Quelle différence existait-il entre concevoir les détails d'un crime et le commettre ? Était-il doué pour ça ?

Une fois qu'il eut décidé qu'il se rendrait à Chicago, Conner ne prit même pas la peine de boucler un sac. Il acheta juste un billet, enfourcha la vieille moto d'Angie, celle avec les pots d'échappement *Fusil du diable*, et fonça droit sur l'aéroport de LaGuardia. Son idée était de se rendre directement à l'appartement de Dex, au 680 N. Lake Shore Drive. S'il n'était pas là, il lui laisserait un message et irait faire un tour au salon Coq d'Or. Mais dans l'avion, après avoir bouclé sa ceinture, il remarqua soudain un type baraqué, en veste de tweed et pantalon froissé, dont le corps massif s'avançait dans l'allée, et qui vint prendre place à côté de lui. L'homme tenait une trousse de toilette en cuir noir, et empestait l'après-rasage.

« C'était qui ? Dex ?

— Pavel. »

Conner laissa échapper une bordée de jurons.

« Merde, qu'est-ce qui s'est passé ? C'est quoi ce bordel ?

— Je sugchère que fous abordiez ces suchets directement avec Dex, répondit Pavel.

— Où est-il ? » Conner était prêt à déboucler sa ceinture, à passer par-dessus Pavel et à aller en découdre directement avec Dex, là où il devait se trouver, c'est-à-dire en première classe. Mais Dex n'était pas dans l'avion.

« Il nous retrouvera à l'aéroport », annonça Pavel.

Il tendit sa trousse de toilette à Conner.

« Vous n'afez pas de bagaches », lui fit-il remarquer.

Dex lui avait réservé une chambre à l'hôtel Drake.

« Non, je ne reste pas. Je veux juste clarifier quelques points avec Dex, et après je rentre chez moi.

— Bien sûr. C'est vous qui voyez. »

Pavel ajouta que *Manuscrit sous embargo* lui avait beaucoup plu. C'était son livre le plus fort, depuis *Le Fusil du diable*. On sentait bien que son écriture avait eu un effet libérateur.

« Mais merde, vous êtes qui ? Un genre de critique littéraire ? » Fou de rage, Conner allait se remettre à jurer, mais une curiosité soudaine l'arrêta.

« Attendez… Vous l'avez lu ? »

Pavel approuva.

« En entier ?

— Voilà.

— Vous les avez tous lus ?

— Voilà. »

Tous : le Dudek, le Lee, le Hetley, le Mailer, le Capote et le Pynchon.

« Et le Salinger ?

— Oui.

— Il parlait de quoi ?

— Ce sujet doit rester confidentiel. C'est dans les contrats, vous comprenez. »

Pavel attira l'attention de Conner sur les hôtesses de l'air, qui commençaient leurs démonstrations de sécurité. Quand elles en eurent terminé, il ferma les yeux. Il dormit pendant toute la durée du vol.

« Autant te dire, ajouta Conner, que pour ma part je n'ai pas dormi du tout. »

Tourné vers le hublot, il regarda les lumières de la ville s'estomper et laisser place aux ténèbres. Puis de gros nuages gris apparurent, qui persistèrent jusqu'à Chicago, de sorte qu'il eut tout le loisir de contempler son reflet. Qui était-il ? Qu'était-il en train de devenir ? Un homme riche, pour commencer. Et il pourrait le devenir plus quand il déposerait le dernier chèque de Dex. Mais n'admettrait-il pas sa complicité, par ce geste ? N'était-ce pas pour cette raison que Dex lui avait envoyé la clé USB ? Pour lui faire comprendre à quel prix il avait gagné cet argent, et les risques qu'il encourait si jamais il en parlait à qui que ce soit ? Conner observa les autres passagers de l'avion. Chacun, à y bien réfléchir, n'était-il pas complice d'un crime ou d'un autre ? Tout le monde payait des taxes ou des impôts, par exemple : tout le monde finançait des opérations militaires douteuses, ne serait-ce qu'indirectement. Payer un billet d'avion, c'était donner de l'argent à une compagnie aérienne, cela revenait donc à soutenir ses constructeurs, lesquels fabriquaient très certainement des armes de guerre effrayantes. Le fait de vivre au XXIe siècle dans une société prospère ne faisait-il pas de nous tous des coupables par défaut ? Chaque fois que nous mangions au McDo, chaque fois que nous faisions le plein à une station BP ou que nous achetions des Nike, nous commettions un crime, n'est-ce pas ? Au moins, le crime dont Conner avait facilité l'exécution n'avait pas fait couler le moindre sang. Et seules deux personnes très riches avaient été touchées. Bien sûr, c'était une façon de s'arranger avec la logique, mais il y avait bien là-dedans une forme de vérité, non ? D'une manière ou d'une autre, tout le monde dans cet avion était coupable de quelque chose. Tout le monde travaillait pour Dex.

« Et ça, c'était hier ?

— C'était hier. »

Un pick-up blanc tournait sur le parking du cinéma en plein air Starlite. Il nous fit deux appels de phares avant de se garer à côté de nous. Un agent de sécurité d'une soixantaine d'années, coiffé d'un chapeau de policier, baissa sa vitre et m'invita à faire de même :

« On ferme bientôt, là. Vous ne pourrez plus sortir.

— On termine juste notre conversation, répondit Conner. Encore combien de temps ?

— Je ne sais pas. Un quart d'heure, une demi-heure.

— On peut rester encore un peu d'ici là ? »

Le flic haussa les épaules puis repartit patrouiller tandis que Conner continuait son histoire.

30

Une fois sortis du terminal, Pavel et Conner retrouvèrent Dex, qui les attendait sur un banc de la station de métro aérienne O'Hare. Comme à son habitude, l'homme portait des vêtements élégants mais démodés et s'appuyait sur sa canne au pommeau à tête de faucon.

« Transports en commun, maintenant ? Pas de limousine ? Je suis sûr que vous pourriez vous en payer une, quand même. » Conner était fatigué des vieux rituels de politesse compassés qui semblaient devoir régir chacun de leurs échanges – tous ces « Heureux de vous voir, mon cher » et autres « Venez, venez donc, monsieur Joyce ».

« Il me faudrait trouver un chauffeur en qui j'aie confiance, rétorqua Dex. Une relation de confiance requiert du temps. L'anonymat est moins dangereux.

— Dex est très *particulier* avec ses employés, ajouta Pavel. La trahison n'est qu'une question de tarif.

— Et vous, alors ? demanda Conner à Pavel. Comment se fait-il qu'il vous fasse autant confiance ? Comment vous tient-il, hein ? Vous avez des problèmes de papiers ? Vous ne parlez pas assez bien l'anglais pour vous en sortir tout seul ?

— Il m'a donné ce que je voulais, monsieur Joyce. Comme à vous.

— Donné quoi ? demanda Conner.

— Ce que tout le monde désire. La possibilité d'être libre.

— Vous ne m'avez pas l'air très libre. »

Le métro arrivait. Les portes s'ouvrirent, et Conner suivit les deux hommes dans un compartiment aux trois quarts vide. Il prit une place côté fenêtre, Dex s'assit à côté de lui, et Pavel juste derrière eux. Le train accéléra en sortant du tunnel. Il filait vers l'est, le long de l'autoroute 90, en direction du centre de Chicago et de ses lumières clignotantes. Conner n'avait contemplé ces lumières qu'une seule fois auparavant. Ce soir, elles lui paraissaient sinistres. Il se sentit happé par l'obscurité.

« Quelque chose a changé en vous, dit Dex.

— Ah oui ?

— Vous avez l'air en colère.

— Bien sûr que je suis en colère.

— Mais pourquoi donc ? s'enquit Dex. Parce que je vous ai demandé d'écrire un livre et que ce livre m'a donné une idée ? Allons, n'est-ce pas pour cette raison que les écrivains écrivent ? Pour donner des idées à leurs lecteurs ? »

Conner ne trouvait pas ça drôle.

« Je ne plaisante pas, reprit Dex.

— Moi non plus. Vous m'avez menti. Les yeux dans les yeux.

— Moi ? Allons donc. Je méprise les menteurs. Je les exècre autant que vous. Autant que votre femme.

— Ça veut dire quoi, ça ?

— Vous savez très bien ce que ça veut dire. Ne vous faites pas plus bête que vous ne l'êtes, c'est une autre forme de mensonge. En réalité, vous savez très bien que je ne vous ai jamais menti.

— Alors, disons que vous m'avez induit en erreur.

162

— Vous vous êtes laissé faire. Autant que Salinger, Dudek, Pynchon, Capote et tous les autres.

— Mon cul, ouais. Vous avez fait pareil avec tous les autres ?

— Absolument, mon cher. Dès lors que leur texte prenait la direction que je souhaitais.

— Et c'est arrivé souvent ?

— La plupart du temps.

— Et personne n'a protesté ?

— Si, un ou deux.

— Et les autres ?

— Peut-être avaient-ils quelques objections. Ils ne m'en ont jamais fait part.

— Pas même Salinger ?

— Il a eu quelques réserves, si.

— Et ?

— Il a exigé que nous apportions quelques amendements au contrat.

— Et vous avez accepté ?

— Bien sûr. Il était tout de même mon préféré – il l'est toujours aujourd'hui. Mais vous savez déjà tout cela. Je vous ai montré les contrats, vous les avez lus.

— Et qu'est-ce qu'il a dit, après que vous avez accepté de modifier son contrat ?

— Il a dit ce qu'il devait dire.

— À savoir ?

— Ce que tout le monde voulait.

— Mais *quoi* ?

— Il a signé son contrat et il a déposé son chèque.

— Dudek aussi ?

— Je possède des copies de chaque chèque encaissé. Je ne vous laisserai pas lire les livres qu'ils ont écrits, mais je vous ai montré leurs contrats et je peux vous montrer les reçus aussi, si c'est ce que vous désirez.

— Vous n'avez pas encore le mien. Mon chèque, je veux dire.

— Pas encore, en effet.

— Je pourrais le déchirer.

— Et à quoi cela servirait-il ? Faites un don à une association caritative. Donnez-le à un autre écrivain. Aidez une famille dans le besoin. Ne le déchirez pas, voyons. C'est absurde. »

Conner s'apprêtait à rétorquer quelque chose à propos de l'intégrité. Mais il était un peu tard pour ça.

« Donc, vous êtes en train de m'expliquer que, de tous ceux qui ont écrit pour vous, je suis le seul à avoir soulevé des objections vraiment sérieuses ? Tout le monde a honoré son contrat sans rien dire ?

— Si vous m'aviez écouté, vous sauriez que ce n'est pas ça que je viens de dire, mon cher. Deux d'entre eux ont fait un scandale. D'autres ont exigé quelques modifications. Salinger a ajouté une clause supplémentaire, vous avez dû le voir. Un auteur a même totalement violé les termes de son contrat.

— Qui ça ?

— Mme Margot Hetley, de fait. Elle a signé son contrat, écrit son livre, déposé les chèques… puis elle a retourné sa veste. Elle a réécrit le même livre, l'a vendu, fait publier, pour en vendre une demi-douzaine d'autres ensuite. La suite de l'histoire, vous la connaissez.

— Ça n'a pas trop nui à sa carrière, on dirait.

— Pas encore.

— Qu'est-ce que vous entendez par là ?

— À votre avis, Conner, pourquoi croyez-vous qu'elle s'entoure de tous ces gardes du corps ? Vous pensez vraiment qu'elle est "populaire" à ce point ? » Dex soupira. « Quoi qu'il en soit, ce n'est pas là où je désirais en venir. Chacun a fini par encaisser son chèque : voilà la vérité. Et j'ai tendance à penser que, lorsque mes auteurs ont appris ce qui s'était passé ensuite, ils ont fini par apprécier l'idée. Vous finirez par vous y faire, vous aussi. Et peut-être même que vous voudrez recommencer.

— Certainement pas.

— Cela ne vous apporte-t-il donc aucune satisfaction ? Même légère ?

— Quoi donc ?

— De savoir que votre idée a fonctionné. Que vous êtes capable d'écrire quelque chose qui puisse excéder le simple champ de la fiction.

— Mais ce n'est pas ce qui s'est passé. *Vous* avez changé l'histoire. Dans le livre, c'est moi qui vole la clé USB. Un personnage inspiré de moi, disons.

— C'est un détail.

— Qui l'a volé pour de vrai ? »

Dex se tourna vers Pavel, qui sourit modestement.

« Vous ? Mais comment avez-vous fait pour entrer dans le bureau de Shascha ?

— Ce n'était pas si difficile.

— Mais *concrètement* ?

— Je lui ai dit que j'étais écrivain et que j'avais une bonne histoire à lui vendre, répondit Pavel. Ah ! ces éditeurs. Tellement naïfs. Il suffit de leur raconter une histoire à laquelle ils ont envie de croire.

— Merde, s'égosilla Conner, mais moi, j'ai écrit la mienne parce que je *savais* qu'elle n'était pas vraie. Pas parce que je pensais qu'elle pouvait le devenir !

— Je n'en suis pas si certain, intervint Dex. S'ils avaient du talent, tous les criminels deviendraient des artistes, si j'en crois mon expérience. Et tous les artistes se feraient criminels s'ils en avaient le courage.

Moi qui vous parle, je suis devenu un criminel grâce au concours d'un artiste.

— Je ne sais pas comment je dois le prendre », fit Conner.

Dex jeta un œil par la fenêtre. Le trafic était fluide sur la voie express Kennedy. Les lumières de la ville clignotèrent une dernière fois avant de disparaître dans les ténèbres tandis que le train, accélérant vers l'est, s'enfonçait dans le tunnel menant au Loop de Chicago. Tout devenait plus bruyant, à l'intérieur, les roues crissaient, et l'éclairage balayait leurs visages par intermittence. Dans le wagon, il ne restait plus qu'eux. Comme dans l'avion, la vitre ne leur renvoyait que leurs reflets et, quand Conner contempla le sien, il ne fut pas sûr de le reconnaître.

Dex se tourna vers lui.

« À notre première rencontre vous m'aviez posé une question, et je vous avais répondu de façon un peu abrupte.

— Quelle question ?

— Vous m'aviez demandé d'où je tirais mon argent. Et je vous avais répondu que cela ne vous regardait pas. Vous vous souvenez de cela ?

— Oui. Mais en un sens, vous avez déjà répondu.

— Vous ne connaissez pas toute l'histoire.

— Je vous écoute.

— Eh bien, vous savez déjà comment j'ai gagné une certaine partie de ma fortune – quelques millions, disons. Et vous avez peut-être une idée de la manière dont j'ai pu en gagner quelques autres. Mais fut un temps où j'étais "propre", comme on dit, où je n'étais mêlé à aucune affaire. Fut un temps où je pouvais me dire simple lecteur amateur, et homme d'affaires.

— Quel genre d'affaires ?

166

« — Peu importe, en vérité. Ce n'était ni particulièrement excitant ni spécialement intéressant, et ça avait tendance à changer d'une année sur l'autre. J'achetais des choses, j'en vendais d'autres. J'investissais. La plupart du temps, ça rapportait. Mais surtout, c'était légal, entièrement légal. J'étais un criminel à la retraite, pourrait-on dire. Je l'ai été pendant presque trente ans.

— Que s'est-il passé ? Vous avez tout perdu ?

— En aucun cas. Mais il s'est passé autre chose.

— Quoi ?

— J'ai lu un livre qui s'appelait *Le Fusil du diable*. »

Conner renifla.

« C'est la stricte vérité. Les vols décrits dans ce roman étaient si bien pensés, si bien conçus, dans le moindre détail, qu'il me paraissait impossible de ne pas vouloir les imiter. Impossible que l'auteur n'ait pas lui-même *essayé*.

— Vous vous foutez de ma gueule.

— Vous croyez ? »

De sa poche intérieure, Dex sortit un article de journal découpé. VOL AUDACIEUX INSPIRÉ D'UN ROMAN ; COMMENT LA RÉALITÉ REJOINT LA FICTION. Conner eut du mal à déglutir. Il essaya de lire l'article, mais il lui fut impossible de se concentrer sur les mots : il butait sans cesse sur les premières phrases. Il avait eu vent de ces rumeurs de vol dans le New Jersey, un vol censément inspiré par *Le Fusil du diable*, mais il n'y avait pas beaucoup cru. Pour lui, il était difficile de concevoir qu'un livre, l'un des siens qui plus est, puisse donner à quiconque l'idée de commettre un crime. Mais lui, Conner Joyce, se comprenait-il seulement ? Dex semblait mieux le connaître qu'il ne se connaissait lui-même. Peut-être le lecteur était-il plus à même de comprendre un livre que son auteur. Peut-être en savez-vous plus sur moi-même en lisant cette phrase que je ne le pourrai jamais.

« Vous voyez ? fit Dex. Maintenant, vous savez que *Manuscrit sous embargo* n'est pas le premier livre qui m'ait inspiré.

— Comment saurais-je seulement si c'est vrai ? »

Dex haussa les épaules.

« Je pourrais bien exhiber quelques souvenirs en guise de preuve, mais ce n'est pas nécessaire.

— Pourquoi ça ?

— Parce que vous savez déjà que je suis honnête. »

Conner soupira. Il regrettait d'être venu à Chicago. Ce voyage n'avait fait que confirmer ses soupçons et aggraver ses craintes. Tout ce qu'il voulait maintenant, c'était rentrer chez lui. Voir sa femme et son fils. Dormir. Aller de l'avant. Encaisser son chèque, tout oublier, et partir loin – comme Salinger avant lui.

Le train marqua l'arrêt sous terre, à la station Washington Street. Conner avait du mal à marcher droit et à suivre Dex et Pavel à travers la gare. Ses tripes étaient nouées. De petites bulles transparentes dansaient devant ses yeux. Parfois, il voyait double. Il suivit les deux hommes tandis qu'ils gravissaient les marches qui débouchaient sur le Loop, un quartier bien plus sinistre et désolé que le New York de la nuit. Ils longèrent des enseignes de cinémas, éteintes à cette heure-là, des vitrines de grands magasins plongés dans la pénombre, des parkings en plein air désertés, un parc devenu bien plus noir que vert, un chanteur sans âge qui, devant son étui à guitare ouvert, jouait une chanson de Joni Mitchell, *Coyote*. Ils marchaient dans le halo ambré des lampadaires, puis retournaient à l'obscurité, et ainsi jusqu'au lac. La grande roue de Navy Pier clignotait, indifférente.

Ils arrivèrent au 680 N. Lake Shore Drive, et le portier salua Conner :

« Ravi de vous revoir, monsieur Joyce. »

La fatigue de Conner devait lui jouer des tours, parce qu'il aurait pu jurer qu'il y avait écrit « PYNCHON » sur le petit badge du portier. Quel âge pouvait-il bien avoir maintenant, Thomas Pynchon ? Le même âge que ce type, non ? Mais c'était de la folie, c'était le monde à l'envers.

Il suivit Dex et Pavel. Il se rappelait parfaitement ce sol en marbre, ces chandeliers tape-à-l'œil, cet ascenseur à miroirs qui menait au dernier étage, le couloir de l'entrée avec le trou laissé par la balle de Norman Mailer, la magnifique bibliothèque avec vue sur le lac, la vitrine fermée à clé derrière laquelle étaient rangés, par ordre alphabétique, plusieurs dizaines de manuscrits. Sur le dos de chacun, écrit à la main, le nom de l'auteur était bien visible : Capote, Dudek, Hetley, *Joyce*.

Dans la bibliothèque, Dex s'assit en bout de table. Pavel, lui, montait la garde dans l'entrée. Conner était resté debout.

« Sérieusement, vous en avez vraiment quelque chose à foutre, de ces livres, ou c'est juste pour vous la jouer ?

— Vous mésestimez votre propre travail. La grande littérature m'inspire, elle m'exalte, je vous l'ai déjà dit. J'adore ces livres, tous autant qu'ils sont. Je chéris chacune de leurs phrases.

— C'est pour cela que vous les gardez ? Par "amour" ?

— En partie, oui. L'amour qu'ils m'inspirent, les bons souvenirs qu'ils m'évoquent, et...

— Et ?

— Et quand bien même je ne les aimerais pas, il faudrait que je les garde. Comme gages de sécurité. Comme preuves.

— Preuves ? Preuves de quoi ?

— Eh bien, de cette façon, s'il vous prenait l'idée – vous ou un autre travaillant pour moi – de rompre l'accord que nous avons passé, je peux vous garantir que ces livres que vous avez écrits intéresseraient des gens. Et je n'hésiterais pas à aller les leur montrer. Un jour, Margot Hetley le comprendra. Et vous aussi, si vous violez les termes de notre contrat.

— Allez vous faire foutre.

— Écoutez, Conner, vous avez été grassement payé, plus que vous ne l'avez jamais été de toute votre vie. Vous avez assumé votre part du contrat ; j'ai assumé la mienne. Vous voulez un conseil ?

— Non merci.

— Je vais vous en donner un quand même. Rentrez chez vous. Allez retrouver votre femme et votre fils en Pennsylvanie. Déposez le chèque. Oubliez tout ça. Oubliez même que vous nous avez rencontrés. Rien ne vous relie à ce vol. Rien qu'un manuscrit que personne, à part Pavel et moi, ne lira jamais.

— Et une clé USB », ajouta Conner.

Dex regarda Pavel.

« Ça, c'était mon idée, fit celui-ci. Un petit souvenir.

— J'imagine de toute façon que vous vous en êtes débarrassé, fit Dex à Conner. Vous dormez au Drake ce soir ?

— Je veux rentrer chez moi.

— Je comprends. Mais, au cas où vous changeriez d'avis, sachez que nous avons réservé une chambre là-bas. N'hésitez pas. Elles sont bien plus confortables que celles que votre éditeur vous paie d'ordinaire – vous *payait*, devrais-je dire. La réservation a été faite sous un nom qui devrait vous plaire, car je crois que vous l'utilisez également.

— Lequel ?

— Voyons. Ai-je vraiment besoin de vous le dire ? »

31

Il n'y avait plus de vol pour LaGuardia. Conner finit donc par prendre la chambre que Dex lui avait réservée. Depuis la fenêtre, il pouvait voir quasiment la moitié de Chicago – le défilé incessant des voitures sur Lake Shore Drive, l'éclat rouge et blanc des phares montant et descendant sur la toile de fond noire du lac Michigan. Le zoo du parc Lincoln n'était qu'une sombre étendue ; quelque part, perché sur son rocher gris, un coyote solitaire devait hurler à la lune. Conner aurait aimé pouvoir faire la même chose. Il aurait aimé partager cette chambre avec quelqu'un. Cette solitude, c'était du gâchis. Cela étant, elle était vraiment confortable. Dex avait eu raison. Dex avait eu raison sur presque toute la ligne, à présent qu'il y repensait. Quant à ce conseil qu'il lui avait donné, rentrer chez lui, faire comme si rien ne s'était passé, déposer son chèque et passer à autre chose, raison ou tort, c'était difficile à dire. Mais ce n'était pas comme s'il avait eu le choix.

« Je m'étais résigné à faire comme si rien ne s'était passé, m'expliqua-t-il. J'avais écrit un bouquin, un crime avait été commis, aucun lien, voilà. Mais je ne savais pas encore que quelqu'un avait pris une décision à ma place. »

Il était plus de minuit quand Conner se mit au lit. Il avait prévu de se lever tôt le lendemain pour prendre le vol de 6 h 15. Mais avant ça, il voulait parler à Angie. Il l'appela sur son portable. Sans doute, dormait-elle déjà, mais il avait besoin de lui laisser un message pour s'excuser de s'être emporté. De lui dire « Je t'aime et à très vite ».

D'habitude, la messagerie vocale se déclenchait après trois ou quatre sonneries. Cette fois, il n'y en eu qu'une. Angie décrocha.

« J'ai lu le *Times*, Conner. T'es qu'un putain de menteur. » Elle raccrocha.

Il essaya de rappeler. Mais elle ne décrochait plus, malgré le nombre d'appels ou de messages laissés.

« Putain de merde, lâchai-je.

— Tu l'as dit, mec.

— Du coup, qu'est-ce que tu as fait ?

— La seule chose logique à faire.

— À savoir ?

— Je suis venu te chercher. »

L'agent de sécurité du drive-in semblait s'être endormi sur son Klaxon, et ses phares étaient braqués sur nous. Ce n'était pas une mauvaise chose : il fallait maintenant que je rentre chez moi. Conner, qui plus est, avait fini de me raconter son histoire – du moins, ce qu'il en savait. Il se trouvait maintenant sur le chemin du retour, en route vers la Pennsylvanie, et il allait devoir parler avec Angie. Comment avait-elle su ce qu'il avait fait ? Mystère. Mais elle était au courant, et deux options s'offraient maintenant à lui : continuer à lui mentir et mettre son mariage en péril, ou tout risquer sur un coup, et lui dire la vérité.

« Tu as toute ma confiance. J'espère que tu le sais, maintenant.

— Tu me l'as dit, oui.

— Bien. Alors qu'est-ce que tu ferais à ma place ?

— Tu veux dire : est-ce que je dirais tout à Angie ? »

Je réfléchis. Ce que j'aurais fait à sa place ? En vérité, j'avais sur ce sujet une idée bien arrêtée. Le problème, c'est que Conner ne voulait pas savoir ce que j'aurais fait *personnellement*. Ce qu'il voulait savoir, c'est comment j'aurais agi à sa place. En ce qui me concernait, évidemment, j'aurais été capable de faire n'importe quoi, pourvu que cela serve mes intérêts. Bien ou mal, cela m'importait peu, pourvu que ma famille reste unie. Signer tel ou tel contrat, être d'accord avec ceci ou cela, aucune importance, du moment que les factures étaient payées et les problèmes escamotés. Je n'avais même pas parlé à Sabine de mes conversations avec Conner, parce que je savais ce qu'elle m'aurait dit que je perdais mon temps au lieu de travailler à mes propres projets. Mais Conner ne me voyait pas tel que j'étais vraiment. Ce qui l'intéressait, c'était le reflet de lui-même qu'il discernait en moi. C'est pourquoi je lui dis exactement ce qu'il voulait entendre – ce que, selon moi, Conner Joyce devait faire.

« Je lui dirais la vérité.

— Tu ferais ça ?

— Cole Padgett ferait ça.

— Oui, mais Conner Joyce ?

— Lui aussi. Surtout lui, en fait.

— Et risquer de tout perdre ?

— Quelles sont tes autres options ? »

C'était une réponse un peu minable ; du vrai baratin, en réalité. Mais Conner sourit d'un air songeur et posa sa main sur mon épaule.

« Je savais que tu agirais en homme digne de ce nom.

— Peut-être bien que oui. Peut-être bien que non. »

Il rit – pensant que je plaisantais, sans doute, ou que je jouais le modeste. Inutile de le contredire.

Je lui serrai la main pour lui dire au revoir, puis lui souhaitai bon retour en Pennsylvanie, et bonne chance. Il s'installa au volant de sa voiture de location, quitta le parking du Starlite dans le halo persistant des phares du gardien, et prit la direction d'Indianapolis vers le nord. Bientôt, je sortis à mon tour, et virai à gauche en direction du sud.

Roulant à toute allure sur l'autoroute sans lumière, j'avais l'impression d'être suivi. Arrivé à la maison, pourtant, je fus bien obligé de constater qu'il n'y avait aucune voiture derrière moi.

32

Je savais bien que je ne tarderais pas à recevoir des nouvelles de Conner – et plus tôt que je ne le souhaitais, sans doute. Mais quand la chose arriva, bizarrement, j'avais déjà cessé de penser à lui. Le cœur de mes préoccupations, c'était mon avenir, pas le sien ; j'étais loin de me douter que les deux puissent être liés. Mes pensées se partageaient entre l'Indiana et Chicago. Le reste flottait un peu partout à travers les États-Unis, et si une infime portion de mon esprit restait liée aux Poconos, c'était bien malgré moi. Car pour le moment, et selon toute vraisemblance, Sabine, les enfants et moi allions être obligés de quitter l'Indiana.

Certes, personne n'aurait pu dire que l'appel de Sabine avait été couronné de succès mais, d'une certaine façon, les choses ne s'étaient pas aussi mal passées que nous l'avions craint. Le fond de l'histoire ne se bornait pas au vague sentiment de mécontentement que nous éprouvions tandis que nous faisions nos cartons, nous apprêtant à emménager chez ma mère à Chicago, ou chez les parents de Sabine, en Allemagne, dans leur maison près de Rastatt, où nous pourrions nous ressourcer un peu et réfléchir à la suite. L'université avait rejeté l'appel de Sabine en invoquant quelques évaluations d'étudiants assassines et une qualité de travail jugée « insuffisante » pour le département, ce qui signifiait en substance qu'on lui reprochait d'avoir préféré passer du temps avec ses enfants plutôt que dans le Jacuzzi de Spag Getty et des membres de son groupe de reggae, ou que son absence à la « conférence semestrielle » réservée aux adultes et organisée par son département dans la cave d'un vignoble pourri du coin, avait été remarquée. Aucune allusion au blog de Buck Floomington n'était apparue dans le rapport.

Tout cela rendait Sabine fataliste ; elle était allemande, le fatalisme était inscrit dans ses gènes. Les longs débats ne l'intéressaient pas, pas plus que l'idée de dépenser le peu d'économies qui nous restaient dans une bataille judiciaire perdue d'avance. Mais pour ma part, je refusais d'accepter la décision de l'université. Je perdais donc des heures entières quand je n'étais pas en train de passer l'aspirateur, de faire la cuisine ou la lessive, d'emmener les enfants à Wonderlab, au zoo d'Indianapolis ou au musée des Enfants, à rechercher des précédents judiciaires positifs à notre affaire et à envoyer des mails à des avocats bénévoles de la fac de droit. J'étais catastrophé par mon impuissance manifeste et je commençais à penser de plus en plus à la phrase de John Le Carré que Conner avait citée, mais en la prenant à l'envers :

Si, pour obtenir ce que vous désirez, vous aviez la possibilité de vous comporter comme le dernier des enfoirés, le feriez-vous ?

Oh que oui, putain.

Certes, ce n'est pas ce que j'aurais répondu à Conner. Mais pour mon cas personnel, ça convenait très bien.

Le marché en plein air des producteurs fermiers figurait au rang de mes distractions favorites à Bloomington. L'une des seules bonnes raisons de se lever avant midi un samedi matin. On y trouvait des familles amish vendant du fromage et des fraises, des petits enfants agitant des crécelles pour accompagner des airs de Hoagy Carmichael chantés par un couple qui s'était baptisé les Hoosier Hotcakes, ou encore de pleins barils de papayes juteuses. Je connaissais tous les vendeurs par les produits qu'ils proposaient : M. Sérieux, le vendeur de blettes, Mister Rigolo et son basilic produit hors sol ; Barbecue-fait-maison-man ; Mama pâtisseries italiennes ; Mme Champignons terreux ; sans oublier Miss Canon-à-dreadlocks, qui s'occupait du stand de tamales.

Ramona était à la bibliothèque avec Sabine ; moi, je promenais Béatrice le long d'une scène de musique acoustique où se produisaient les Fiddlin' Feet, un groupe de danse traditionnelle bluegrass. J'étais en train d'aider Béatrice à sortir de sa poussette pour qu'elle puisse mieux voir la scène quand je reconnus le docteur Lloyd Agger, le directeur du département de ma femme. C'était un homme chauve et musclé qui, à chaque pas qu'il faisait, semblait déterminé à prouver la pertinence du vieil adage liant la calvitie à la virilité. Père de cinq filles, il était connu pour flanquer des raclées à ses gendres au squash et au basket. Roulant des mécaniques avec son bermuda en toile, ses tongs et son tee-shirt blanc portant le slogan « BLOOMINGTON UNIE DANS LA DIVERSITÉ » imprimé en lettres aux couleurs de l'arc-en-ciel, il m'adressa un large sourire en me tendant la main et me demanda comment se passaient nos recherches d'emploi.

Je lui rendis son sourire et lui serrai la main, essayant de ne pas grimacer tandis qu'il me la broyait. Mes recherches se passaient bien, merci. Les Fiddlin' Feet jouaient *Take me Back to Tulsa*, de Bob Wills, et Béatrice marquait le rythme avec une paire de baguettes.

« Je suis désolé que cette histoire se soit mal terminée », continua Llyod Agger. En guise de réponse, je lui servis une banalité, par exemple que la fin d'une histoire pouvait aussi signer le commencement d'une autre – comme quoi il restait plein de chapitres à écrire.

« Ah, c'est l'écrivain qui parle. Il rit, et me flanqua une tape dans le dos. J'aime cette façon de voir les choses. Ça devrait vous mener loin. »

Je le remerciai pour le compliment tout en lui précisant que je pensais ce que je disais. Maintenant que le procès en appel était terminé, je pouvais me concentrer sur de nouvelles perspectives, ce que je n'avais pu faire avant. Par exemple, lui expliquai-je, et bien que cela m'eût d'abord mis en colère, j'étais très reconnaissant, au final, à Duncan Gerlach d'avoir exhumé les articles de notre blog et de les avoir transmis aux collègues de ma femme. Jamais, sans lui, je n'aurais pris conscience de leur force en tant qu'*écrits*. « C'est dingue, mais on peut parfois donner le meilleur de soi-même sans même s'en rendre compte. »

Agger souriait toujours, mais il était désormais manifeste que cela lui demandait un certain effort. Peut-être cette phrase de Buck Floomington où il était décrit comme un « pénis en tongs » venait-elle de lui revenir en mémoire. Quoi qu'il en soit, il m'écoutait : j'en profitais pour continuer.

« En fait, et ça vous intéressera sans doute, Lloyd, j'ai pris la liberté d'envoyer les textes à une amie qui travaille chez HBO. Elle a failli se pisser dessus. Elle était morte de rire.

— Morte de rire ?

— Je reprends ses propres mots. "Morte de rire." Elle pensait que ça pourrait devenir viral.

— Viral ?

— Oui, viral. »

Je lui expliquai que j'étais en train d'écrire un pilote pour une série télé qui s'appellerait *Buck Floomington*, dont les personnages seraient inspirés de nos connaissances de l'université – chose totalement impossible à envisager, évidemment, si nous avions dû rester dans la région.

« Bien sûr, nous ferons figurer la mention de circonstance *"toute ressemblance avec des personnes ou des situations existantes ou ayant existé ne saurait être que fortuite"*, même si personne n'y croit jamais. »

Je me forçai à ricaner.

Malheureusement, rien de tout cela ne recelait le moindre fond de vérité. Lloyd Agger, cependant, était suffisamment mégalo pour croire que HBO puisse plancher sur une série télé inspirée des coulisses d'un troisième cycle de sciences politiques section affaires internationales, et il ne semblait pas du tout se rendre compte que je lui racontais des salades.

« Vous savez tout de même, crut-il bon de préciser, que si vous vous êtes servis d'un ordinateur de l'université, tout ce que vous avez écrit avec nous appartient.

— Alors j'imagine qu'il faudra m'attaquer en justice ! » fis-je.

Sans me répondre, il s'éloigna du côté de Mister Rigolo, celui qui vendait du basilic, pour lui prodiguer quelques conseils paternalistes. Je pris place à même le sol à côté de Béatrice, pour regarder Fiddlin' Feet.

Quelques semaines plus tard, comme par miracle, Sabine se voyait offrir une année supplémentaire d'enseignement à l'université, pendant laquelle on l'autorisait à chercher un autre poste. Dans le même temps, on me proposait un poste de professeur en *creative writing* payé 8 000 dollars le semestre, en échange de quoi je devais m'engager, décharge à l'appui, à ne rien écrire de nature à nuire à la réputation d'un employé de l'université – engagement que je viole sans doute en ce moment même de façon flagrante, mais bon.

C'était une nouvelle moyennement bonne. D'un côté, cela nous soulageait d'un sentiment de panique existentielle qui nous minait depuis trop longtemps ; de l'autre, nos vies ne s'en trouvaient nullement améliorées. Au rayon fruits et légumes du magasin bio Bloomingfoods, on nous regardait de travers. Il suffisait que nous sortions quelque part pour entendre les gens chuchoter à notre propos. Au rayon jeunesse de la bibliothèque municipale de Monroe, des murmures bruissaient, à propos d'« appel rejeté » et de « série HBO ». Même Kemp, mon coiffeur du salon Boomerang, avait visiblement décidé que j'étais un trouduc. Nos filles ne recevaient plus d'invitations à jouer chez leurs copines – sauf une ou deux, de la part de familles qui ne connaissaient personne à l'université. Et Sabine et moi passions encore moins de temps ensemble. Elle sillonnait le pays, passant des entretiens d'embauche informels avec la Rand Corporation, des *think tanks* et des universités. Moi, pendant ce temps, je vendais tout ce que je pouvais vendre sur Craigslist et sur eBay, remettant systématiquement la correction des copies de mes étudiants au lendemain, et frimant un peu avec un pilote de série télé intitulé *Buck Floomington*. Ce pilote, je l'avais bel et bien écrit, et envoyé à Gina, une vieille copine de Chicago qui travaillait sur une série pour FX, non HBO, et qui m'avait répondu ce à quoi je m'étais attendu : à savoir que les petits soucis d'une prof et d'un homme au foyer du fin fond de l'Indiana, personne n'en avait rien à battre.

Souvent, le week-end, j'emmenais Ramona et Béatrice à Chicago pour aider ma mère à faire ses cartons, car elle allait bientôt intégrer une maison de retraite nichée dans le North Park Village Nature Center. Sa mémoire déclinait, comme un réservoir se vide, et monter les marches qui menaient à son appartement du deuxième étage devenait de plus en plus difficile. C'est au cours de l'un de ces voyages à Chicago que Conner réapparut.

33

On était début mars. Sabine était à Washington. Elle dormait sur le canapé de sa vieille copine de fac Rihannon Nakashima, qui travaillait désormais pour le Center for Public Integrity et se fendit au passage d'une petite mise à jour sur le marché de l'emploi de la capitale, qui était globalement sinistré. Béatrice et Ramona, elles, étaient installées à Chicago sur le canapé du salon de ma mère, laquelle essayait de leur faire regarder *L'Année dernière à Marienbad* – un film qu'elle adore parce que c'est une énigme sans solution. J'en profitais, comme toujours, pour essayer de glaner quelques informations sur mon père, mais maman avait soit tout jeté, soit tout rangé dans des cartons. À moins, tout simplement, qu'elle n'ait plus rien à cacher. Une chose que j'avais apprise d'elle, c'est qu'il était incroyablement simple de garder un secret : il suffisait de le vouloir. Résigné, je me contentai donc de lui remplir des cartons de livres et de vêtements pour son déménagement. Je pourrais digresser plus longuement au sujet de ma mère, relater nos conversations en détail, par exemple. Mais étant donné ce qui s'est passé après la sortie de *Neuf Pères*, vous savez que je n'en ferai rien.

J'étais en train de fixer sa laisse au collier de Hal pour l'emmener faire un tour dans le quartier quand la sonnerie des *Fables of Faubus* de mon téléphone se mit à retentir. « CONNER JOYCE » s'affichait sur l'écran.

« Où tu vas, papa ? me demanda Ramona.

— Juste promener le chien. »

Je refermai la porte derrière moi et sortis avec Hal.

« Salut, mon pote.

— Salut, mec. » Sa voix était faible, un peu éraillée.

« Ça va ?

— On a vu mieux, on a vu pire. Disons que je suis encore en vie.

— C'est à ce point-là ? Tu es en danger ?

— Je l'ai été. Et peut-être que je le suis encore. T'es où ? »

Il toussa, siffla, se racla la gorge. En arrière-fond, j'entendais des ronflements et des bips de machines.

« Et toi, où tu es ?

— Je sors de l'hôpital.

— Lequel ?

— Northwestern.

— À Chicago ?

— Oui. T'es où ?

— À Chicago aussi.

— Cool. Tu as du temps ?

— Un petit peu. Pas tant que ça. Je suis avec mes enfants, là. Tu es sûr que ça va, mec ?

— Pour l'instant, oui. Mais il va falloir que je reparte bientôt.

— Où ?

— Je te dirai ça quand on se verra. Et à ce moment-là, peut-être que l'heure sera venue pour toi de faire le choix dont on a parlé.

— Et je devrai être qui, selon toi ? Le héros ou l'être humain digne de ce nom ?

— Comme d'hab' : c'est toi qui vois. »

34

Cette ville, je la connaissais mieux que toute autre au monde. J'y étais né, j'y avais grandi, j'étais allé à la fac là-bas, j'avais rédigé des informations pour la station de radio locale, promenant la voiture CBS d'un bout à l'autre de la ville pour assister à toutes sortes de conférences de presse, j'avais écrit des articles de voyage sur Chicago, j'y avais rencontré ma femme et, pour le décor de mon premier et unique roman, j'avais choisi le quartier où habitait encore ma mère — la zone la plus glauque du secteur nord, un quartier fait de petites rues, de petits magasins, de stations-service, de supérettes, de cimetières, de cabinets de dentistes, de restaurants asiatiques, de centres commerciaux et de bars à karaoké. Chicago, j'en connaissais tous les recoins bizarres, toutes les cachettes secrètes, tous les parcs peu fréquentés où les tueurs en série venaient planquer leurs cadavres, tous les restaurants sans licence maquillés en « clubs de rencontres ».

Je demandai à Conner s'il voulait que je nous trouve un coin à l'écart où nous pourrions discuter en toute discrétion, mais il me répondit que cela n'avait plus d'importance.

« On s'en fout, dit-il. On n'a qu'à se retrouver au Coq d'Or.

— Au nez et à la barbe de tout le monde ?

— Exactement. » Il cracha un rire gras, qui se transforma en une toux sèche de tuberculeux.

« T'es malade ?

— Non. C'est pas pour la toux que j'étais à l'hôpital.

— Pour quoi, alors ?

— Je te raconterai ça tout à l'heure. Tu penses en avoir pour combien de temps ?

— Je ne sais pas. Vingt minutes ? Une demi-heure ? »

En réalité, il me fallut un peu plus de temps que ça. J'avais choisi de faire tout le trajet par les rues parallèles, suivant exactement la même route que le bus 50 que je prenais pour aller à la fac. Plus je me rapprochais de l'hôtel Drake, cependant, moins j'avançais vite. J'avais une impression étrange, comme quelqu'un à qui l'on tend un piège et qui ne sait pas pourquoi. La voilà qui se présentait, ma grande occasion : celle de devenir un héros, ou de montrer que j'étais juste un « être humain digne de ce nom ». C'était le genre d'occasions que tous les Conner Joyce du monde essayaient de provoquer. J'avais, quant à moi, passé ma vie à les éviter. Peu m'importait d'être un héros, ou même quelqu'un de bien. Je voulais juste survivre.

Sur mon chemin, près du croisement d'Ashland Avenue et de Division Street, je m'arrêtai pour laisser passer un coyote. Conner aimait bien cet animal, il y voyait certainement tout un tas de symboles, mais la vérité, c'est qu'ils pullulaient à Chicago depuis quelque temps. La Ville venait de lancer un vaste Projet coyote qui consistait à introduire trois cents individus pour lutter contre la prolifération des rats. Le coyote traversa lentement la route puis s'arrêta net et se tourna vers moi, dans le halo de mes phares. Je plongeai mon regard dans ses yeux gris. Installé sur la banquette arrière, Hal se mit à couiner. Le coyote disparut dans une rue adjacente, et je repris ma route.

Le Coq d'Or était fidèle à mon souvenir. J'y étais allé pour humer l'air qu'avait respiré mon père, autrefois, ce fameux soir où il avait rencontré cette serveuse et où il l'avait invitée dans sa chambre, ce fameux soir où j'avais été conçu. Mais ma curiosité était morte, désormais. J'en avais pris mon parti : certains secrets ne me seraient jamais révélés, comme les livres d'une étrange bibliothèque personnelle, destinés à être détruits à la mort de son propriétaire. Le Coq d'Or était juste un bar, Sidney J. Langer était juste un homme, et ma mère avait de bonnes raisons de garder ses secrets – ainsi soit-il. Qu'est-ce que ça aurait changé, de toute façon ?

« Camarade ! » cria Conner quand il m'aperçut. Il avait pris une table à côté du bar, dans la partie la plus bondée de la salle. Non loin de là, le pianiste jouait le *Take Five* de Dave Brubeck. En temps normal, Conner se levait pour me saluer. Il me serrait la main, ou me donnait une tape sur l'épaule, et m'embrassait. Pas cette fois.

« Merde, mais qu'est-ce qui t'es arrivé ? »

Son poignet était bandé, et il avait le bras droit en écharpe. Rasé de frais, il était pâle et amaigri. Des cheveux gris étaient apparus sur ses tempes. Je m'imaginais ressortir et revenir quelques instants plus tard. J'aurais trouvé un vieil homme à sa place, me disais-je. Voûté, les cheveux argentés, avec une canne et un pommeau sculpté en forme de tête de faucon.

Je commandai un club soda et, en attendant qu'on me l'apporte, racontai à Conner le calvaire que nous avions vécu dans l'Indiana. Où allions-nous habiter après ça ? Notre vie était pleine d'incertitudes. Je le mettais dans la confidence, comme si tout cela avait constitué un secret d'importance et qu'il fut l'une des rares personnes à qui je puisse m'en ouvrir, et d'une certaine façon, c'était vrai. Mais ce n'était pas la seule raison pour laquelle je me confiais à lui. Devenu complice de son histoire, je m'estimais en droit de lui réclamer un peu de fric. Pour le reste, ça me soulageait de lui raconter tout ça – il semblait vraiment embêté pour moi. « Dur », n'arrêtait-il pas de répéter, « Tu déconnes ! » ou « Oh, mon pote, quelle merde ! ».

« Et toi, alors, comment ça s'est passé ? lui demandai-je quand j'eus fini de m'épancher.

— Comment s'est passé quoi ?

— Eh bien, ton retour en Pennsylvanie pour commencer. La dernière fois qu'on s'est vus, tu étais sur le point de rentrer chez toi pour parler à Angie. Si je me souviens bien, elle t'avait traité de "putain de menteur". »

Il toussa.

« Ah oui », fit-il en riant. Puis il secoua la tête d'un air triste. « En fait, ça ne s'est pas super bien passé. »

Après notre discussion au drive-in, il était parti pour Indianapolis, où il avait passé la nuit. Le lendemain, il prenait le premier vol pour LaGuardia. Il retrouva la vieille moto d'Angie à l'endroit où il l'avait garée et repartit vers la Pennsylvanie, aussi vite que les limitations de vitesse le lui permettaient. Un pressentiment le tenaillait : Angie avait déjà fait ses valises et elle avait emmené leur fils. À l'époque, quand ils avaient acheté cette maison dans les montagnes, sa situation isolée lui avait beaucoup plu. Il s'était dit qu'Atticus profiterait de tous les bienfaits de cette vie à la campagne qu'il avait lui-même adorée, gamin, du temps où il partait en vacances chez ses grands-parents à Yardley,

Pennsylvanie. La chasse à la grenouille et aux libellules, les jeux avec le couteau suisse... Mais à présent, il haïssait chacun des kilomètres de la I-80, regrettant d'avoir un jour quitté la ville. En fait, il aurait aimé n'être jamais allé à Chicago, ni la première fois, pour rencontrer Dex, ni la deuxième, pour lui demander des explications.

Il s'avéra qu'il avait eu raison de s'inquiéter. La scène ne fut pas si horrible qu'il l'avait imaginée. Angie, effectivement, le quittait. Elle avait fait ses valises, elle emmenait Atticus avec elle. Mais elle n'était pas encore partie.

« Tu peux m'expliquer d'où vient ce truc ? » Angie l'attendait dans la cuisine, contre le plan de travail, ce magnifique plan de travail en granit flambant neuf, dans cette cuisine tout aussi neuve et magnifique, payée grâce à l'argent que Conner avait reçu de Dex. Elle portait un jean et une veste en cuir noir, et faisait tourner un trousseau de clés autour de son index. Atticus dormait contre elle, dans son porte-bébé.

Conner n'eut pas besoin de lui demander de quoi elle parlait : elle était posée là, sur le comptoir, tout abîmée et tachée par son passage dans les toilettes. Avec ses petits diamants et son monogramme MAH encore visible, elle trônait sur l'article du *Times* qui évoquait le vol. Quel con. Vouloir faire disparaître ce putain de truc dans les toilettes alors qu'il connaissait l'état de la plomberie. Quel abruti ! Mentir à la femme qu'il aimait, alors même qu'elle lui avait dit que le mensonge était la chose qu'elle détestait le plus au monde.

« Je ne peux pas te le dire, Angie. »

Certaines personnes deviennent très belles quand elles se mettent en colère. Les joues rougies rehaussent leur charme – les narines dilatées, le regard perçant, les lobes empourprés. Ce n'était pas le cas d'Angie, nota Conner. Il la suivit partout dans la maison. Elle fourra ses habits dans des sacs, ferma ses valises, les poussa dehors et les jeta dans le coffre de la Subaru.

« Je ne peux pas en parler, insista-t-il. Je te l'ai dit. »

Elle claqua la porte du coffre et lui demanda de parler moins fort pour ne pas réveiller Atticus. C'était sa nouvelle technique, quand ils se disputaient. Elle haussait le ton, et le critiquait dès qu'il faisait pareil.

« Conneries.

— Non, c'est vrai. J'ai signé un accord de confidentialité.

— Avec qui ?

— Hollywood. Je te l'ai déjà dit.

— Hollywood qui ?

— Écoute, Angela, je n'ai rien fait de mal. »

Il la suivit dans l'escalier, puis dans leur chambre, qu'ils avaient joliment repeinte en vert avocat, avec des moulures couleur coquille d'œuf. Elle fit le tour de la pièce pour s'assurer qu'elle n'avait rien oublié. Conner s'obstinait.

« S'ils apprennent que j'en ai parlé à qui que ce soit, je serai obligé de leur rendre l'argent. »

Angie dévala l'escalier.

« S'ils l'apprennent ? Comment ? Ils ont mis des micros, ici ?

— J'en sais rien.

— Tu crois que c'est *possible* ?

— Peut-être. J'en sais rien. »

Il regarda tout autour de lui. Peut-être était-il sur écoute, oui, pourquoi pas ? Avec ses murs craquelés, sa plomberie défaillante, la maison était bourrée d'endroits où dissimuler un micro ou une caméra. Dans sa tête, il fit défiler toutes les personnes qui étaient venues y travailler. Tout le monde devenait suspect : plombiers, peintres, charpentiers. Sans parler des promeneurs de chien, des livreurs, des facteurs… N'y avait-il pas mieux placé qu'un facteur ? Il voyait bien Pavel, aussi, du haut de ses cinquante ans, avec sa barbe de trois jours, empestant la vodka et l'après-rasage, arriver un jour chez eux en affirmant être un prestataire. Il avait bien réussi à entrer chez Shascha en prétendant avoir quelque chose à vendre juste pour piquer sa clé USB, non ? Conner examina tous ses appareils, tous les fils, les babyphones qu'Angie débranchait pour les jeter dans un grand sac en toile. Il pouvait y en avoir partout, des micros. Il aurait bien aimé disposer de l'un de ces super outils de détection de micros espions qu'il avait mentionnés dans le premier jet de l'un de ses romans avant qu'Angie lui conseille de l'enlever dans la mesure, lui avait-elle expliqué, où la police de New York ne disposait pas d'un budget lui permettant de s'offrir ce genre de gadgets high-tech. Il tenta d'expliquer à Angie qu'il était lui-même perdu, mais Atticus venait de se réveiller, à présent, et il pleurait, et il avait faim.

« Putain, Conner, je t'avais dit de ne pas parler trop fort. »

Ainsi, malgré les bouffées de chaleur, malgré les larmes qui lui brûlaient les paupières, malgré le fait que son monde était en train de se désintégrer complètement sous ses yeux, essaya-t-il de ne pas hausser la voix.

Atticus s'était rendormi. Angie l'avait gardé sur elle, et ils descendaient le chemin caillouteux qui menait aux rives du Delaware, l'endroit où, des années auparavant (des années qui paraissaient des vies, à présent), Conner avait bâti un banc en bois, pour trois personnes. Ses souvenirs les plus tendres, avec Atticus et Angie, c'était ici qu'ils avaient pris forme, tandis qu'ils restaient à contempler les eaux ridées et les grands arbres derrière. Le soleil plongeait peu à peu derrière les forêts denses et sombres de Pennsylvanie, et, dans le ciel devenu lavande, les arbres semblaient prendre feu. C'était un spectacle d'une beauté presque douloureuse, comme l'était la beauté d'Angie, à mesure que sa colère refluait et se muait en une sombre détermination. Le calme qui était descendu en elle ne laissait plus de place au doute. Elle avait pris sa décision. Elle regardait Conner comme on regarde un souvenir.

« Et ton roman ? lui demanda-t-elle quand il eut fini de tout lui expliquer. Où est-il, maintenant ?

— Je viens de te le dire : c'est Dex qui l'a. Un manuscrit unique. C'était son exigence.

— Nom de Dieu, Conner. »

Elle le considérait comme si la personne qu'elle avait aimée le plus au monde était soudain devenue

une source de terreur. Dix années passées à la crimi-
nelle de New York à écouter les conneries des prévenus
et de ses supérieurs, dix années encore à expliquer à
Conner comment écrire ce genre de dialogues et à les
rendre crédibles. Elle n'arrivait pas à croire qu'il ose
retourner ces techniques contre elle.

« Arrête de me raconter des conneries, s'il te plaît.

— Ce ne sont pas des conneries. »

Elle secoua la tête.

« Alors, pourquoi est-ce que tu ne vas pas raconter
ton histoire à quelqu'un d'autre ? À quelqu'un d'autre
que moi ?

— Tu veux dire aux flics ?

— Par exemple.

— Ils ne me croiraient jamais.

— Eh bien tu sais quoi ? Moi non plus, je ne te
crois pas. »

« Tu aurais dû lui parler de moi », dis-je à Conner.
Nous étions toujours installés dans le salon Coq d'Or.

« Peut-être. J'y ai pensé, mais je crois que ça n'aurait
fait qu'envenimer les choses. Tu imagines ? Je ne lui dis
rien à elle, mais je raconte tout à un type de l'Indiana
qu'elle connaît à peine ?

— Donc, elle avait raison. Même à ce moment-là,
tu étais en train de lui mentir.

— Je ne lui mentais pas. C'est juste que je ne lui
disais pas tout.

— Ça revient au même, non ? »

Conner réfléchit.

« Oui. Peut-être. »

37

Il n'essaya pas de retenir Angie. La nuit tombait ; il s'assit sur la balancelle et regarda la Subaru Outback qui contenait toute sa vie filer vers l'autoroute. Plus tard, il rentra prendre un sac de couchage pour aller dormir dans les bois. Il pouvait bien geler, pas question de passer la nuit dans la maison.

Angie lui avait annoncé qu'elle retournait chez sa mère, en ville. Peut-être avait-elle juste besoin de quelques jours pour retrouver son calme. Plus tard, se dit-il, il essaierait à nouveau de lui raconter son histoire. Et cette fois, il ferait en sorte qu'elle y croie. Mais y croyait-il seulement lui-même ? À présent qu'il était seul, tout ce qui était arrivé lui apparaissait comme une fiction intégrale. Bien sûr, il disposait toujours de la clé USB MAH pour appuyer ses dires, pour prouver qu'il n'avait rien inventé. Mais cela n'avait plus beaucoup d'importance. Après son passage par les toilettes, la clé était maintenant inutilisable. Quand il la branchait sur le port de son ordinateur, un message d'erreur apparaissait.

Pendant des jours, il rumina ses pensées, réfléchissant, considérant chaque option, se demandant s'il ne ferait pas mieux d'appeler la police puis se ravisant aussitôt – comment pouvait-il y penser une seule seconde ?

Devait-il tout mettre en œuvre pour récupérer Angie et Atticus ? Méritait-il ce qui lui arrivait ? En honorant le contrat qui le liait à Dex, il avait violé celui qu'il avait conclu avec Angie.

Quand il eut passé suffisamment de temps à se convaincre qu'Angie pourrait lui pardonner ou, qu'au moins, elle accepterait de lui parler, il prit sa moto pour se rendre en ville. Il déposa son dernier chèque. Il traîna longtemps devant des postes de police, notamment celui du 24e district, où il avait rencontré Angie pour la première fois. Il envisagea d'aller tout avouer. Mais il n'en trouva pas le courage.

Remontant l'avenue d'Amsterdam jusqu'à la 145e Rue, il se remémora leurs promenades et leurs virées en voiture quand, jeunes et amoureux, ils auraient fait n'importe quoi pour passer un moment ensemble. Il s'arrêta devant l'escalier crasseux où il l'avait un jour attendue. Il sonna à l'Interphone, et la voix de la mère d'Angie résonna – une voix plus âgée que dans son souvenir. Quand il demanda s'il pouvait monter, Gladys De La Roja lui répondit que non, sa fille n'était pas là. La première fois, il laissa un message. Pas la suivante. Plusieurs fois dans la journée, et même le soir, il revint à la charge. Toujours la même réponse.

« Non, Conner, elle n'est pas là. Mais je lui dirai que vous êtes passé. »

Elle ne l'invita jamais à monter, même pour voir son fils.

Il errait dans la ville. Tous ces gens… et il se sentait si vide. Il attendait l'appel d'Angie, vérifiant toutes les deux minutes que son téléphone était bien chargé ou qu'il n'avait pas coupé la sonnerie par erreur. Enfin, le téléphone sonna. Mais ce n'était pas la voix d'Angela.

« Qui est-ce ? demanda Conner.

— Mon cher, fit Dex, vous avez enfreint les termes de notre accord. Nous devons parler. »

38

Conner retrouva Dex et Pavel à l'Oyster Bar de la station Grand Central. Un endroit parfait pour éliminer un quidam, se dit-il en arrivant. Tout ce qu'ils avaient à faire, c'était lui tirer dessus, se fondre dans la foule, sauter dans un train et quitter la ville. Il s'installa en face d'eux tandis qu'ils finissaient leur repas et se demanda si Pavel cachait une arme. C'était probable. Et peut-être que Dex aussi. Pour ce qu'il en savait, cette canne pouvait très bien dissimuler une lame empoisonnée.

Il avait eu le temps, au moment de prendre place, d'analyser leur expression : celle de Dex était aussi terne que possible, sérieuse ; tandis que Pavel, lui, paraissait légèrement désolé, mais il n'y avait rien à attendre de lui. Comme si la mort imminente de Conner se résumait à un événement regrettable qu'il ne pouvait en aucun cas empêcher. Personne ne lui proposa de manger quelque chose ni de prendre un verre.

« Vous me décevez, Conner. Vraiment.

— De quoi parlez-vous ? »

Conner essaya de se justifier, mais, très vite, laissa tomber.

À quoi bon mentir si on ne croyait plus soi-même à ses propres mensonges ? Il avait enfreint les clauses du contrat, d'accord. Quel était le châtiment prévu ? Margot Hetley avait failli aussi, et elle était toujours en vie.

« Et si je vous rendais tout simplement l'argent ? proposa Conner. J'en ai encore beaucoup. Je suis loin d'avoir tout dépensé. »

Mais Dex savait déjà tout ça.

« Exact : vous avez dépensé environ quinze pour cent de la somme que nous vous avons versée. »

Pavel approuva d'un signe de tête.

« Quinze ou seize pour cent, oui, quelque chose dans ce chenre. »

Dex poursuivit :

« Mais il vous serait bien difficile de rassembler ces seize pour cent rapidement. Et le contrat stipule bien que l'argent doit être rendu immédiatement et dans son intégralité.

— Sinon quoi ?

— Vous voulez vraiment que je vous le dise ?

— Oui. Vraiment.

Réfléchissez, monsieur Joycc. » Finies les plaisanteries. Le ton était redevenu froid et formel. « C'est vous l'écrivain. Vous avez bien plus d'imagination que moi.

— Vous avez dit ça à Salinger ? Et à Dudek aussi ?

— C'étaient deux hommes de parole. »

Conner faillit demander à Dex s'il entendait par là que lui n'en était pas un. Mais il connaissait déjà la réponse. Oui, à un moment, il avait été ce genre de type – le scout, le bon soldat –, mais c'était le passé. Dex l'avait changé. Il lui avait fait prendre conscience de son potentiel – du potentiel présent en chacun de nous. Angie l'avait vu devenir un autre homme. Dex vidait la dernière huître de son jus et Pavel s'essuyait les coins de la bouche avec une serviette blanche.

Dex avait raison : son imagination était débordante. À ce moment précis, toutes sortes de châtiments horribles lui venaient à l'esprit.

« Écoutez. Ce contrat, c'était juste entre vous et moi. J'ai foiré, OK. Mais quoi que vous fassiez, s'il vous plaît, *s'il vous plaît*, laissez ma femme et mon fils en dehors de ça. »

Dex sourit.

« Vous voyez bien que votre imagination dépasse la mienne. Quel crime ai-je commis ? Celui que vous avez vous-même inventé. Quelle sera votre punition ? Celle à laquelle vous êtes en train de penser. Prenez la pire des choses que vous puissiez imaginer : voilà ce qui va se passer. »

La colère de Conner céda la place au désespoir.

« Vous savez déjà que je ne peux pas vous rembourser tout de suite. Pas tout d'un coup.

— Nous allons devoir trouver un autre arrangement.

— Lequel ?

— Fiez-vous à votre imagination. Que vous dit-elle ?

— Allez vous faire foutre, avec vos jeux ! »

Conner avait crié.

« Je ne joue pas à un jeu. Cela n'a jamais été un jeu. Je vous ai dit ce que je voulais et *vous* avez joué avec moi. Je vais vous reposer la question. Que vous dit votre imagination ? »

Ce couteau à viande, à côté de l'assiette de Dex. Comme il aurait été simple de l'attraper et de le lui planter dans le cœur. Puis de se tourner vers Pavel. Dans ses romans, y compris *Manuscrit sous embargo*, personne ne devenait criminel par vocation. Des hommes étaient poussés à bout. Ils finissaient par croire qu'ils n'avaient pas le choix. Conner n'avait jamais tué. Jamais il ne s'en était senti capable. Mais on lui avait appris comment faire, dans la Navy, et son expérience au *Daily News* lui avait également appris à quel point il était simple de s'en tirer. Un crime, un seul. C'était bien ce que disaient ses personnages, non ? Un crime unique, et ils s'en sortiraient sans dommages. Le problème, c'était qu'ils devenaient trop sûrs d'eux, ensuite, qu'ils en voulaient encore plus. Un crime, un seul. Il pouvait le faire. Si cela permettait à sa femme et à son fils de rester en sécurité.

C'est alors, au moment précis où, dans l'Oyster Bar de Grand Central, il commençait à envisager la possibilité d'un meurtre, qu'une idée lui vint. Une idée, réalisat-il, vers laquelle Dex l'avait lentement poussé tout du long. Soudain, son regard s'éclaira. Tout devenait limpide.

« Oh ! fit-il. Oh ! je comprends.

— Oui, répondit Dex. Je me disais aussi. »

Il sourit, et Conner également.

« Vous voulez un autre livre, c'est ça ? » Dex opina.

« Une autre histoire de crime parfait », reprit Conner. Pavel aussi se mit à sourire.

« Quelque chose dans ce chenre, oui.

— Une histoire qui me permettra de vous rembourser l'argent que je vous dois.

— Exactement, répondit Dex. Et tout ce que nous gagnerons en plus sera pour vous. »

Pavel sortit un contrat qu'il tendit à Conner. Celui-ci ne prit pas le temps de le lire, cette fois. Il se contenta de le signer et de le rendre à Dex. Ce dernier lui proposa un verre, qu'il refusa. Il voulait se mettre au travail le plus vite possible.

« Comment as-tu pu faire ça ? demandai-je, tandis que le pianiste du Coq d'Or entamait *Naima*, de John Coltrane. Comment peux-tu continuer à travailler pour

Dex après tout ce qui s'est passé – après des menaces pareilles ? »

Peut-être était-il arrivé, le moment où j'étais censé intervenir, le moment de prouver ma valeur et mon héroïsme. Peut-être n'avait-il pas réussi à écrire cette nouvelle histoire pour Dex. Peut-être l'idée même d'imaginer un nouveau crime, un crime qui allait devenir réalité, lui était-elle devenue insupportable, et qu'il allait me demander de l'aide, à moi qui ne souffrais pas des mêmes réticences morales. Planifier un casse, en confier l'exécution à quelqu'un d'autre, toucher l'excédent des recettes, raconter à tout le monde que je m'étais contenté d'écrire une histoire et que ce n'était donc pas ma faute : voilà qui ressemblait à un plan sans accroc.

« Ça a dû être difficile, lui dis-je.

— De quoi ?

— D'écrire un livre pour un type comme lui. Parce que tu le connaissais, désormais, parce que tu savais ce qu'il avait en tête. Dur de concilier ça avec tes principes.

— C'est peut-être comme ça que ça se serait passé pour toi. Mais pour moi, ça a été facile.

— Alors, qu'est-ce qui a été difficile ?

— De faire croire à Dex que ça l'était. »

Parce que Conner savait exactement ce qu'il allait écrire, en vérité. Et qu'il savait parfaitement aussi comment cela pourrait lui permettre de régler l'ensemble de ses problèmes, à savoir : faire sortir Dex et Pavel de sa vie, et récupérer Angie et Atticus. Tout était possible, à condition d'écrire le bon livre.

« Quel genre de livre ? demandai-je.

— L'histoire d'un crime voué à l'échec. L'histoire d'un crime parfait en apparence, mais qui se révélerait impossible à perpétrer. L'histoire d'un crime qui ferait tomber Dex et Pavel. »

Assis sur sa banquette, Conner s'efforçait de ne pas exulter. Il devait, au contraire, leur montrer qu'il était toujours furieux contre eux. Il les injuria, leur signifia qu'il voulait les voir sortir de sa vie. Une fois ce livre écrit, il en aurait terminé avec eux. Terminé ! En sortant du restaurant, il flanqua un coup de pied dans une chaise et fit tomber quelques salières. Puis, dans la foule de Grand Central, il disparut. On aurait dit un tueur à gages qui venait d'abattre quelqu'un.

39

Écrire l'histoire d'un crime qui tournait mal, ce n'était pas très difficile. Il en avait tellement lu, de ces romans de gare pas crédibles pour un sou où les flics comme les criminels semblaient avoir été construits sans la moindre recherche préalable. Il lui suffisait de penser à ces romans de James Patterson ou de David Baldacci, parcourus en diagonale : ridicules, tous. Sans parler de ces épisodes de la série *Law and Order*. Le plus dur, ce serait de convaincre Dex qu'il était capable de réussir. Il lui faudrait déployer son arsenal habituel de détails et de fignolages et, dans le même temps, opérer une transition de la fiction à la réalité suffisamment bien amenée pour que Dex ne la voie pas venir.

Conner passa des journées entières à réfléchir, à pied, le long du fleuve Delaware, ou à moto, sur les petites routes de montagne. Il tapait ses textes sur sa vieille machine Smith Corona, espérant que, de toutes les mauvaises idées qu'il couchait sur le papier, une bonne finisse par surgir. Le sentiment d'urgence ne l'aidait en rien. Chaque jour, des dizaines de scénarios naissaient et finissaient à la poubelle. Quand arriva l'automne et ses premières tempêtes de neige, il avait suffisamment d'idées pour remplir une petite bibliothèque. Mais aucune n'était solide.

Tant bien que mal, il était parvenu à renouer le dialogue avec Angie. Lorsqu'il venait en ville, il avait le droit d'emmener Atticus en promenade. Ces moments restaient toujours bien trop brefs à son goût, mais il devait s'en contenter. De son nouveau plan, il ne souffla pas le moindre mot à Angela. Elle, de son côté, avait cessé de lui conseiller de contacter les flics. Pour le moment, elle tenait simplement à garder ses distances. Une fois qu'il aurait écrit le livre lui permettant de se débarrasser de Dex et de Pavel, se promit Conner, il pourrait raconter son histoire à la police sans crainte de représailles. Alors, il lui dirait tout.

Avant que la tempête de glace n'arrive, il avait emmené Atticus faire de la luge au parc Riverside. Quand il le ramena à Angie, la neige commençait déjà à se mêler de grésil. Il aurait aimé rentrer aux Poconos tant que la route était encore praticable mais le temps jouait contre lui. La route était déjà extrêmement glissante quand il s'engagea dessus et il s'aperçut bien vite qu'il ne pourrait pas dépasser East Stroudsburg. Il quitta l'autoroute, tournant et glissant sur l'asphalte à moins de dix kilomètres à l'heure.

En quête d'un bar ou d'un café où attendre que la tempête se calme, il continua donc à déraper piteuse-ment jusqu'au centre-ville d'East Stroudsburg et se gara dans Courtland Street, devant la maison mère de l'East Stroudsburg Credit Union, qui avait fermé plus tôt à cause du mauvais temps. Il s'était décidé à rejoindre le Diggity Lounge, un bar sportif. Passant devant la banque, il se vit soudain sur l'un des écrans de surveil-lance de la petite cabine de sécurité.

Il s'arrêta pour se regarder. Une neige piquante lui giflait les joues. Il avait maigri. Il avait des poches sous les yeux, et des paillettes de glace étaient incrustées dans sa barbe. L'image disparut, laissant place à une vue de Courtland Street qui disparaissait sous la neige, puis à un guichet vide. Une douzaine d'images défilèrent sur l'écran de télévision, toutes prises au même moment par les caméras de sécurité de la banque. En bas de l'écran, un petit bandeau noir était censé afficher l'heure et la date. Mais il y avait un problème : des zéros clignotaient à la place. Conner se demanda ce qui se passerait si quelqu'un commettait un casse à un moment où le système était en panne. En quoi la recevabilité des preuves s'en verrait-elle affectée ? Comme début d'histoire, ça restait un peu léger. Selon toute vraisemblance, le système d'affichage serait réparé dès le lendemain matin, à l'ouverture de la banque. Mais une idée germa dans son esprit.

À l'intérieur du Diggity Lounge, il attendit que la tempête s'apaise en grignotant des bretzels rassis, en buvant de l'eau gazeuse sans bulles et en gribouillant ses idées sur des serviettes en papier. La clé, il le savait, c'était de ne pas aller trop vite en besogne. Oui, il mourait d'envie d'en finir au plus tôt et de se consacrer à des affaires plus importantes, comme réunir sa famille et se débarrasser de Dex et de Pavel. Mais il devait rester fidèle à ses méthodes habituelles. Pas question de lésiner sur les détails. Il lui en fallait beaucoup, des détails, et aussi rigoureusement exacts que possible, de sorte que Dex soit incapable de distinguer les vrais des faux.

Il écrivait mille mots par jour. Le reste du temps, il relisait et corrigeait ce qu'il avait écrit, ou se promenait dans East Stroudsburg pour mieux s'imprégner de l'atmosphère de la ville. Il tenait à ce que tout – surtout ce qui concernait la banque – soit extrêmement précis. Il releva donc le numéro de série de chacune des caméras, une douzaine au total, et étudia les procédés de fabrication utilisés pour la production des coffres-forts Mosler. Il nota tous les noms : ceux des agents de sécurité, des managers, des guichetiers, qu'il saluait tous les matins en allant retirer du liquide, à tel point qu'il commençait à craindre qu'on le soupçonne de vouloir lui-même faire un casse. Il se présenta à Hunter Leggett, le directeur régional, lui remit quelques exemplaires du *Fusil du diable* et du *Casier froid*, désormais disponibles à moins cinquante pour cent, et eut droit en échange à une visite privée des coffres de la banque, avec séance d'initiation au système de sécurité. Il put même voir Hunter Leggett taper ses codes d'accès. Ça le surprenait toujours, à quel point on pouvait obtenir des informations prétendument confidentielles en se présentant simplement comme écrivain ou journaliste. Quelques semaines à peine après le 11 Septembre, il avait eu accès à des pistes d'atterrissage de LaGuardia et de JFK sans même montrer la moindre carte ou passer à travers un détecteur à métaux. De la même manière, il était monté à bord d'un camion de la Brink's rempli à ras bord, et s'était retrouvé à distance de tir de plusieurs gouverneurs et sénateurs, sans même mentionner le vice-président des États-Unis.

Il prenait cependant bien soin d'écrire un véritable roman, et pas un simple mode d'emploi pour un casse. Il ne tenait pas à ce que Dex se concentre trop sur les détails et en identifie les failles. Aussi, lorsqu'un soir il reconnut Rosie Figuerora, la guichetière, assise toute seule au bar du Diggity Lounge après la fermeture de la banque, Conner lui paya une bière et écouta son histoire – celle d'une mère célibataire divorcée, titulaire d'une licence en finance de l'université d'East

Stroudsburg. Rosie ne tenait pas à trop s'étendre sur son ex-mari, mais Conner n'avait pas son pareil pour inciter les gens à se confier à lui ; en se basant sur son seul récit, il parvint à concocter un joli portrait de criminel. Il imaginait bien l'ex de Rosie en ancien détenu. À peine sorti de prison, le type revenait vers son ex-femme avec une idée bien précise en tête. Il la forçait à lécher les bottes de son supérieur afin de lui soutirer codes d'accès, détails sur les protocoles de sécurité et renseignements sur la surveillance vidéo, que Conner avait lui-même récoltés au cours de ses recherches. Il ouvrit un vieil annuaire téléphonique au hasard. L'ex-mari s'appellerait Chet Davila.

Dans le roman, Rosie et Chet planifiaient leur casse. Le 29 février à minuit : la date avait été soigneusement choisie. La banque d'East Stroudsburg, avait appris Conner, était protégée par deux systèmes informatiques principaux, mais chacun était fabriqué et géré par une société différente. Tout ce qui concernait la surveillance vidéo était l'affaire de la DGA Security Systems basée à Manhattan. La maintenance des systèmes de verrouillage des portes, des coffres et des claviers sécurisés, quant à elle, était gérée par la multinationale allemande P.B.G. Krenz, dont le siège américain était établi à Tallahassee, en Floride. Les systèmes n'avaient pas été installés en même temps et chaque fois qu'une panne paralysait l'ensemble, la plupart du temps à cause d'une tempête particulièrement violente comme celle qui venait de frapper la ville, Hans Plitsch, le directeur de la sécurité de la banque, était chargé de coordonner les emplois du temps des réparateurs de la DGA et de Krenz.

Le problème s'avérait encore plus complexe à gérer lorsqu'il frappait la banque le 29 février d'une année bissextile, dans la mesure où Krenz et la DGA utilisaient des méthodes très différentes et à vrai dire assez obscures pour gérer ce jour supplémentaire.

Tous les quatre ans, fin février, les deux systèmes arrêtaient littéralement de communiquer, ce qui les faisait s'éteindre. C'est ainsi que, pendant les dix minutes nécessaires au redémarrage, la banque restait totalement vulnérable, sans système de verrouillage ni caméra de surveillance. Pendant ces dix minutes, entre minuit et minuit dix, la seule personne à pouvoir se dresser sur le chemin d'un voleur – Chet Davila dans le livre, Dex Dunford et Pavel Bilski dans la vraie vie –, cette seule personne, c'était Lyle Evans, l'agent de sécurité. Ce dernier maîtrisé, les voleurs auraient dix minutes pour se servir dans les coffres en toute impunité.

40

Pour le pianiste du Coq d'Or, le temps de la pause était venu. Il avait rejoint quelques touristes au bar pour regarder un match de basket universitaire. Le poste de télévision jurait avec le reste du décor. Ce bar semblait appartenir à une ère plus ancienne que celle de l'audiovisuel. Du temps où j'étais venu ici pour écrire, personne ne regardait le sport.

« LES FOLIES DE MARS !!!! » clignotait sur l'écran en grosses lettres rouges et brillantes. Deux jours étaient passés depuis le 29 février, et je n'avais entendu parler d'aucun cambriolage de banque. Mais il est vrai que je ne lisais pas beaucoup les journaux et que les rares fois où cela m'arrivait, je me limitais à la première page, aux offres d'emplois et aux recettes de cuisine végétariennes de la rubrique Sortir/Restaurants. Je jetai un œil au bandage de Conner, enroulé autour de son poignet, et à son écharpe. Les deux étaient d'un blanc immaculé.

« Qu'est-ce qui est vrai, dans tout ça ?

— Tout. Jusqu'à la partie qui ne l'est pas.

— À partir de quel moment ton histoire n'est-elle plus vraie ?

— 28 février. »

À l'entendre, tous les détails qu'il avait recueillis sur la banque étaient rigoureusement exacts. Mais l'intrigue basée sur l'année bissextile était une pure invention. Que se passait-il à minuit, lorsque disparaissait la dernière seconde de février ? Rien. Les caméras vidéo continuaient d'enregistrer et les verrous restaient verrouillés. Lyle Evans, lui, demeurait à son poste de sécurité. Et il y avait assez peu de chances que Dex et Pavel puissent le « maîtriser » comme dans le roman. Lyle Evans, en effet, n'avait pas grand-chose à voir avec le portrait de gros lard léthargique qu'en avait fait Conner dans son roman. C'était un grand gaillard, musclé et consciencieux. Pour ne pas prendre de risques, qui plus est, Conner avait prévu de l'appeler à minuit moins le quart pour le prévenir.

Une fois posé le point final, Conner décida d'appeler son roman *Coup du sort*. Le plus dur commençait. Il fallait attendre. Attendre, et ne rien dire à Angie, malgré son ardent désir de tout lui raconter. Il voulait prévenir Dex qu'il avait terminé, et s'inquiétait que ce dernier laisse passer le 29 février. Si Dex ne lisait pas le manuscrit à temps pour agir, en effet, il lui faudrait attendre quatre années supplémentaires. Ou écrire un autre roman – une histoire dans laquelle les questions de date n'auraient aucune importance. Mais Dex se manifesta le 27 janvier.

« J'imagine que tu te souviens de cette date, fit Conner.

— Je devrais ?

— C'est celle de la mort de Salinger. »

J'opinai d'un air entendu.

Conner retrouva Dex et Pavel au bar du Keens, et leur remit le manuscrit de *Coup du sort*, qu'il avait dédicacé à Dex.

Le rendez-vous devait être rapide, Dex l'avait précisé au téléphone : pas un dîner, pas une discussion devant un verre, juste le manuscrit. Assis au bar, Pavel relisait le titre avec son expression habituelle, amusée, indéchiffrable.

« Est-ce un thriller ?

— Oui, mais avec une belle chute.

— Oui, avec vous, toujours une belle chute. Chaime beaucoup.

— Combien de temps vous faudra-t-il pour le lire ? »

Dex fit rapidement défiler les premières pages, puis s'arrêta à la dernière et lut l'ultime paragraphe avant de relever la tête.

« Vous voulez savoir quand vous entendrez parler de moi ?

— C'est ça.

— À en juger par ce que je viens à peine de lire, répondit Dex, j'imagine que ce sera aux alentours du 29 février. »

Dex fourra le manuscrit dans sa mallette et se dirigea vers la sortie en s'ouvrant le chemin de sa canne. Pavel suivait derrière.

« Au revoir, Conner », lui glissa-t-il. C'était bizarre, cette façon qu'il avait eue de dire « Conner ». Mais ce n'est que bien plus tard qu'il en prit conscience : jamais, jusqu'alors, Pavel ne l'avait appelé par son prénom.

Le 29 février arrivait bien trop lentement ; chaque jour paraissait plus long que le précédent. Conner essayait de s'occuper. Il s'était remis au sport, courant quinze kilomètres par jour, soulevant des haltères qu'il n'avait pas touchées depuis plus de dix ans. Il repeignit à peu près toutes les pièces de la maison et la nettoya de fond en comble en prévision – espérait-il – du retour imminent d'Angie et d'Atticus. Espérait-il ? Non, il *savait* qu'ils allaient revenir. Il attendait avec une telle impatience ces week-ends petits déj'-balades avec son fils, son fils qui était maintenant en mesure de tenir une conversation, aussi brève soit-elle. « Veux rentrer à la maison » était une phrase qui revenait souvent.

Conner lisait beaucoup. Il s'enfila sans sourciller les neuf volumes des *Chroniques de sorciers vampires* et, à sa grande surprise, se laissa happer par l'histoire. Peu importait à quel point Margot Hetley pouvait se montrer désagréable dans la vraie vie : il fallait bien reconnaître qu'elle était dotée d'un talent dingue. Conner comprenait pourquoi ses livres rapportaient des millions, pourquoi Dex avait reconnu en elle, avant qu'elle le trahisse, un talent brut et « sans pitié ». Les livres de Hetley étaient féroces et brutaux, voilà ce qui frappait le plus Conner. Son public était majoritairement constitué d'enfants et d'adolescents, mais il y avait plus de sang et de sexe pervers dans un seul chapitre de ses *Chroniques* que dans n'importe lequel des polars prétendûment pour adultes de Conner. Ses personnages à lui, qui plus est, regrettaient terriblement les crimes qu'ils avaient commis. Ceux de Margot, sorciers, vampires ou vampards, n'en avaient strictement rien à battre.

Le dernier jour du mois approchait, et Dex et Pavel ne s'étaient toujours pas manifestés. Bonne ou mauvaise nouvelle ? Si tout se passait comme prévu, se dit-il, il était fort possible qu'il n'entende plus jamais parler de Dex. Ce dernier essaierait de pénétrer dans la banque à minuit, le 29 février, et Conner apprendrait la nouvelle en première page du *Morning Call*.

Le 28 février, toujours rien. Il dormait mal, ne mangeait presque rien, laissait traîner des assiettes et des bols à moitié pleins dans l'évier, et buvait des soupes Campbell directement à la boîte. Il essaya de lire ; était incapable de se concentrer. Même chose pour la télé. Même les programmes de sport étaient impossibles à suivre. Il aurait aimé aller faire un tour à moto, mais il avait peur d'avoir un accident. Il aurait aimé parler à quelqu'un, mais il s'était promis de ne pas passer le moindre coup de fil avant 23 h 45, heure où il appellerait Lyle Evans pour le prévenir.

La nuit était tombée depuis longtemps, l'air était froid et humide près du fleuve Delaware. Conner s'assit sur son banc, grelottant sous le ciel étoilé. Que se passerait-il, une fois que tout serait terminé ? Il se posait la question pour tuer le temps. Son épreuve touchait à sa fin. Un jour, aux côtés de sa femme et de son fils, il pourrait repenser à tout ça. Resteraient-ils ici, dans cette maison ? S'en iraient-ils vivre ailleurs ? À Monroeville, Alabama, peut-être, à Cornish, New Hampshire, ou même à Mexico, là où B. Traven était parti ? J. D. Salinger était mort, paix à sa vieille âme d'imposteur ; peut-être pouvait-on encore trouver à Cornish une vieille maison à un prix abordable ?

Perdu dans ses rêveries, ses fantasmes de vie nouvelle, il entendit soudain une voiture s'approcher de la maison. Il sortit son téléphone pour vérifier l'heure – il était presque 23 h 30.

Il remonta le chemin. L'allée disparaissait sous la neige. Aucune voiture n'était en vue, mais la lumière du porche était allumée, et des traces de pas menaient à la boîte aux lettres. Une enveloppe dépassait. Il la prit et la déchira.

« Conner, j'ai lu votre manuscrit et nous devons discuter dès que possible de certaines modifications. Cordialement, Dex. »

Il leva les yeux. Sa porte était entrouverte et, à l'intérieur, une lumière semblait allumée.

42

Il avançait ; il savait que c'était une erreur, mais il ignorait la voix qui le lui disait. Il s'efforçait de faire comme si tout se déroulait comme prévu. Il ouvrit la porte en grand, traversa le hall d'entrée, gagna la cuisine. Au-dessus de l'évier, le néon était allumé. Pavel se tenait là, buvant de l'eau dans une tasse noire. Costaud, la cinquantaine bien tassée, une vieille veste de sport : on ne pouvait pas se tromper. L'espace d'un instant, Conner eut l'étrange impression que le colosse faisait partie du décor – alors que lui, non.

« Nom de Dieu. Comment êtes-vous entré chez moi ? »

Pavel haussa les épaules.

« Les portes, les clés, c'est chamais compliqué. » Il termina son verre d'eau, puis posa la tasse dans l'évier.

« Vous êtes prêt, Conner ? On peut y aller ?

— Où donc ? » Conner regarda l'heure sur son téléphone. Dans quelques minutes, il était censé appeler Lyle Evans.

« Faire un tour. Dex nous attend dans la voiture. »

Malgré son mauvais pressentiment, Conner s'efforça de la jouer cool.

« La première fois que j'ai rencontré Dex, nous avons marché, vous vous souvenez ? Et vous vous souvenez de ce qu'il a dit ? Qu'à ma place il ne serait jamais monté dans une voiture avec un inconnu.

— Mais nous ne sommes plus vraiment des inconnus, Conner. »

Conner se demanda s'il avait une idée de ce qu'il allait se passer, et s'il l'appelait Conner pour le rassurer ou pour le préparer.

« Et si je ne veux pas ? »

Pavel fit pencher sa tête d'un côté puis de l'autre, se mordilla la lèvre inférieure, prit une inspiration puis soupira longuement.

« Donc, continua Conner, je n'ai pas le choix.

— Chai bien peur que non, confirma Pavel.

— Il disait qu'il voulait évoquer des modifications.

— Modifications. C'est bien ça.

— Vous savez à quoi il fait allusion ? »

Pavel fit la moue et secoua la tête :

« Dex a ses opinions. Les miennes importent peu.

— Vous l'avez lu, le dernier ?

— Oui, che l'ai bien aimé, Conner. Che l'ai trouvé très bien ficelé. Les personnages auraient certainement pu être développés davantage, mais cette histoire de casse était maligne. Comme toujours, les détails sont très convaincants. Mais ce n'est là qu'une opinion personnelle, n'est-ce pas ? Venez, allons à la voiture. »

Moteur allumé, une Crown Victoria noire était garée dans l'allée devant chez Conner, le moteur en marche. Dex attendait au volant. Il portait une veste gris clair avec une pochette bleu lavande qui offrait un contraste plutôt réussi avec sa chatoyante cravate indigo. Conner grimpa à l'arrière de la voiture. L'heure de son téléphone était la même que celle du tableau de bord : minuit moins le quart. Pas question d'appeler Lyle Evans maintenant.

« Alors, ces modifications ? demanda-t-il, tandis que la voiture prenait le chemin de l'I-80. La première fois, vous ne m'en aviez pas demandé.

— Exact. Mais d'ordinaire, ça ne se passe pas ainsi. Avec certains écrivains, il nous a fallu plus de dix allers-retours avant d'obtenir satisfaction.

— Même avec Salinger ?

— *Surtout* avec lui. Il était très brouillon. À mon avis, je lui ai passé trop de choses. Avec vous, en revanche, la qualité était là dès le premier jet. Et pour celui-ci, vous y êtes presque. Les petites modifications à apporter sont vraiment mineures.

— Petites modifications ? Mais pourquoi prendre la peine de venir jusqu'à moi, si elles sont si petites ? Pourquoi ne pas les apporter vous-même ?

— Ce n'est pas ce dont nous sommes convenus. L'écrivain, c'est vous. C'est à vous de faire le travail. »

Conner laissa échapper un soupir et regarda par la fenêtre. La neige tombait en oblique. Dex appuya sur l'accélérateur et la voiture fit son entrée sur l'autoroute, direction New York. Dex roulait à droite, avec les essuie-glaces à fond, et l'autoroute semblait vide. À part un camion ici ou là, tous ceux qui se rendaient à New York y étaient déjà arrivés. Les trois hommes regardaient fixement la route. Pendant un long moment, personne ne pipa mot.

Conner finit par rompre le silence.

« Bon. Qu'est-ce que vous voulez que je fasse ?

— Nous avons connu une petite difficulté. » Dex faisait tourner le volant du bout des doigts. Les conditions météo ne paraissaient pas le gêner.

« J'aime vraiment beaucoup votre texte, la façon dont vous mettez les choses en place, et j'apprécie énormément les détails. Vous êtes bon pour ça, vous le savez. Cette histoire d'année bissextile me plaît beaucoup également. Elle est plutôt originale. Je pense qu'une fois que vous aurez interverti quelques personnages vous aurez quelque chose de tout à fait utilisable.

— Intervertir des personnages ? Qu'est-ce que vous voulez dire ? »

Dex mit son clignotant. Conner avait pensé qu'ils filaient tout droit vers New York, mais il venait de prendre la première sortie, direction East Stroudsburg.

« Voyez-vous, continua Dex, j'aime beaucoup l'histoire de Rosie Figuerora, la guichetière. Vous avez vraiment su transcrire une certaine façon de parler. Mais je crois qu'il lui manque quelque chose. Vous êtes allé trop vite. Le coup de l'ex-mari qui se sert d'elle parce qu'elle travaille à la banque, c'est trop pratique, et trop tordu. Je n'y crois pas. Je ne vois pas Rosie épouser un homme de ce genre, pas telle que vous l'avez décrite. Et quand bien même. Pour moi, l'ex-mari n'est pas assez intelligent pour élaborer le genre de plan que vous évoquez. Comment pourrait-il en savoir autant sur les systèmes informatiques et la surveillance vidéo ? Comment pourrait-il être capable de concocter un tel plan ? Pour tout vous dire, Conner, l'histoire serait beaucoup plus crédible si le héros était... » La voix de Dex était devenue inaudible.

« Si c'était... ?

— Quelqu'un comme vous, Conner. »

Dex arrêta la voiture. La Crown Victoria était désormais stationnée juste devant l'East Stroudsburg Credit Union. Aucune autre voiture n'était garée dans le coin. Pas la moindre présence policière. La banque était plongée dans l'obscurité. Seules quelques lumières filtraient, provenant du sas de sécurité où, dans le halo des écrans vidéo, se découpait le visage de Lyle Evans. Conner jeta un œil à l'horloge du tableau de bord. 23 h 59.

« Qu'est-ce qui se passe ? »

Dex éteignit le moteur et se retourna vers Conner.

« Il reste une minute avant minuit. Dans soixante secondes, nous serons le 29 février. Année bissextile, vous vous souvenez ? Les systèmes de sécurité vont s'arrêter, c'est ce que vous avez écrit. Il leur faudra dix minutes pour se réinitialiser. Pendant ce temps, la banque restera quasiment sans aucune surveillance. Tout ce qu'il reste à faire, c'est "maîtriser l'agent de sécurité". C'est bien ça, non ? »

Conner lui rendit son regard sans broncher. Les yeux de Dex étaient aussi pâles et peu amènes que ceux du faucon de sa canne.

« Je n'apprécie guère qu'on se moque de moi, fit Dex. Et je vous ai déjà dit que je n'aimais pas les menteurs. Pas plus que vous. Pas plus que votre épouse. Vous avez dix minutes pour "faire" ce qui est écrit dans votre roman. Si vous ne nous avez pas menti, vous ne rencontrerez aucun problème. »

Il se tourna vers Pavel.

« Donne donc ton arme à M. Joyce. »

Pavel sortit l'arme de son holster d'épaule. C'était le pistolet qu'il avait tendu à Conner au Coq d'Or, celui que J. D. Salinger avait tenu entre ses mains, celui avec lequel Norman Mailer avait tiré dans le mur de Dex. Il le posa dans sa paume, referma ses doigts dessus, sortit de la voiture et ouvrit la portière arrière.

Conner regardait l'horloge, hébété. Minuit. Il sortit de la voiture en tenant le revolver.

« Dix minutes, répéta Dex. C'est parti. »

44

Conner resta un moment sur le trottoir, à mi-chemin entre la Crown Vic et l'entrée de la banque. Appuyé contre la voiture, Pavel l'observait. À l'intérieur de l'établissement, Lyle Evans apparaissait sur les écrans vidéo. Bientôt, il se leva pour rejoindre l'entrée principale, un pistolet à la main, un manuscrit relié sous le bras.

Conner regarda de nouveau la banque, puis la voiture, puis la banque. Il considéra les trottoirs et les rues enneigés. Que faire ? Il soupesa son arme. Il aurait fallu les abattre sur place, Dex d'abord, puis Pavel ensuite, le tout avant qu'Evans n'ait le temps d'arriver à la porte. Sans doute, c'est ce qu'aurait fait un personnage de Conner Joyce. Ce n'était pas *son* choix ; c'était celui que le destin le forçait à faire. Serrant le pistolet, il prit une grande inspiration et s'élança. Mais *putain*, non, non, il ne pouvait pas. Il jeta son arme par terre et remonta Courtland Street à toute allure. Il entendit des pneus crisser dans la neige et un moteur gronder. La porte de la banque s'ouvrit, une détonation déchira le silence. Il continua à courir.

Sa chance, c'était qu'avec toutes les recherches auxquelles il s'était livré pour écrire *Coup du sort* les rues d'East Stroudsburg n'avaient plus aucun secret pour lui. Les recoins et les embrasures derrière le cinéma Pocono, les devantures des sociétés d'assurances et des agences de voyages, les pentes et les virages, la route 209, les chemins entrecroisés qui menaient au campus de l'université… il connaissait tout ça par cœur. Et il savait aussi quels bâtiments restaient ouverts le soir.

Le problème, c'est que Dex et Pavel avaient lu le livre. Il était peut-être le cartographe, mais la carte, c'étaient eux qui l'avaient. Où qu'il essaie de s'enfuir, les phares de la Crown Victoria le suivaient. Inutile de s'accroupir dans une ruelle, derrière une benne : ils le retrouveraient. Quelques instants à peine après qu'il eut trouvé refuge dans le bâtiment des langues étrangères de la fac, la porte d'entrée grinçait. Il s'enfuit à nouveau.

Il courait le long des rues blanches et des trottoirs glissants, longeait les pierres tombales du cimetière, et les mêmes questions revenaient en boucle : où aller, à présent, que faire ? Son plan était mort, Dex et Pavel étaient à ses trousses, et il ne savait pas cc qui l'effrayait le plus, s'échappcr ou ne pas y parvenir. Il aurait dû se servir de son arme. Il aurait dû tirer quand il avait ce flingue entre les mains. Il aurait pu le faire, s'il avait été quelqu'un d'autre : un personnage de roman, l'un des siens, de ces histoires d'où les adjectifs et les adverbes traduisant l'anxiété étaient bannis, alors même qu'il était mort de trouille, en cct instant précis. « Cole Padgett fit feu. Deux corps tombèrent sur le trottoir. Mais tout était OK. Cole Padgett n'avait pas eu le choix. Il était temps maintenant qu'il passe à autre chose. »

Derrière un mausolée de pierre, Conner, qui s'était accroupi, sortit son téléphone pour appeler Angie. Il tomba sur sa messagerie : tant mieux. Il lui raconta tout ce qui s'était passé dans les moindres détails, essayant de ne rien oublier cette fois, comme si c'était le dernier appel qu'il passerait jamais. Dès que la messagerie coupait, il rappelait. Quand il eut terminé, la boîte vocale était pleine. Le long des rues qu'il venait d'arpenter, il se remit à courir. Les empreintes de pas sur les trottoirs lui étaient familières ; il reconnut aussi les traces de pneus de la voiture de Dex. Impossible de rentrer chez lui, maintenant. Mais où aller ? Il était à court d'idées. Bien sûr, il aurait pu aussi enfourcher la moto d'Angie, aller en ville et se rendre. « Bonjour, je suis le type que tout le monde recherche. Et voici la clé USB qui le prouve. » Il aurait aimé être Cole Padgett, l'homme qui n'hésitait jamais à prendre un risque. Il aurait aimé être Steve McQueen, juché sur une Suzuki équipée de pots d'échappement Devil Shotgun – avec leur Crown Vic, ces vieux schnocks auraient pu aller se rhabiller. Hélas, il n'était pas un personnage de roman. Et il n'avait jamais su conduire cette moto aussi bien qu'Angie.

Courant en direction de la route 611, il s'arrêta sous un Abribus pour reprendre son souffle. Sur la vitre, un flyer Trailways délavé et tout ridé proposait un voyage en car jusqu'au terminal de bus de Port Authority. Il nota mentalement le nom de l'arrêt de bus et se remit à courir.

La station Delaware Water Gap était complètement déserte, et le chauffage ne semblait pas fonctionner. Conner soufflait de petits nuages de buée qui disparaissaient aussitôt. Les guichets et le vendeur de snacks étaient fermés ; le dernier bus, parti. Le prochain départ n'était pas prévu avant 4 h 15. Mais il restait un agent de service, assis à son poste – une petite cabine en bois montée sur estrade. Le type portait un gros blouson noir à capuche et un bonnet vert aux couleurs des New York

Jets. Conner lui demanda s'il pouvait rester ici pour attendre le prochain bus.

« Si ça vous va, ça me va aussi », lui répondit l'agent.

Conner avait envie de dormir, à présent. Mais il resta bien droit sur son banc, le plus près possible du poste de sécurité, sans quitter l'entrée des yeux. Que devrait-il faire quand Pavel et Dex se montreraient ? Il n'en avait aucune idée. Prendre ses jambes à son cou, demander au garde de sortir son flingue ? Soudain, il aperçut la Crown Vic, qui roulait au ralenti. Mais ni Pavel ni Dex n'en descendirent : ils se contentèrent de continuer à rouler.

Quand le bus Trailways se montra enfin et que Conner sortit de la station pour monter dedans, il constata que la voiture avait disparu.

45

Le bus s'engagea sur l'autoroute ; le soleil ne s'était pas encore levé. Pendant un instant, Conner craignit de trouver Pavel à bord, ou de le voir monter à Panther Valley, l'arrêt suivant. Mais rien de tel n'arriva. Sur la I-95, le bus s'approchait du tunnel Lincoln, et la circulation se faisait plus dense. Toujours aucune voiture familière en vue.

Conner n'avait rien emporté avec lui pour ce voyage. Quelque part dans les Poconos, pourtant, une maison contenait l'essentiel de ses possessions. Et puis il arrivait en ville, et sa femme et son fils étaient là, quelque part, et ils allaient bien – du moins l'espérait-il. Dans les bibliothèques et les quelques librairies qui subsistaient aux États-Unis, on pouvait également trouver ses livres : ces vies imaginaires qu'il avait prétendu vivre. L'unique exemplaire de *Manuscrit sous embargo*, quant à lui, était rangé dans une bibliothèque privée de Chicago tandis qu'un autre de ses ouvrages, intitulé *Coup du sort*, voyageait certainement dans une Crown Victoria noire, à moins qu'il ne se trouve entre les mains d'un agent de sécurité des Poconos. Ce matin, cependant, dans ce bus, tout ce qu'il avait sur lui, c'était ses vêtements, un portefeuille et des cartes de crédit, 50 dollars et quelques, et une clé USB qui ne lui appartenait même pas. Et c'était tout ce qu'il aurait à donner à Mitch Gales, l'officier de police du central 24, dans la 100ᵉ Rue Ouest, où il allait avec l'intention de se rendre.

Affable et bedonnant, pratiquement à la retraite, Mitch Gales aurait certainement préféré que Conner ne se pointe pas du tout. Il était en train de manger son chili dans un bol en polystyrène en regardant *Sports Center*. Conner avait fait la connaissance de Gales du temps où Angie travaillait là-bas. Mais Gale, manifestement, ne gardait aucun souvenir de lui.

« Je peux vous aider ? demanda-t-il.

— Certaines personnes cherchent un truc, dit Conner. Et ce truc, c'est moi qui l'ai. » Conner lui tendit la clé USB.

Le commissariat ne disposait pas d'une cellule à proprement parler. Juste une pièce carrelée de blanc, dont le sol en béton craquelé réfléchissait l'éclairage au néon, avec un banc et des toilettes. Gales laissa Conner tout seul avec ses doutes et ses angoisses grandissants, et absolument rien pour l'en distraire. La dernière fois qu'il avait mis les pieds à l'église, ça avait été pour le baptême de son fils. Ça ne l'empêcha pas de prier avec conviction dans sa cellule. Il promit de passer le restant de ses jours à œuvrer pour le bien : pourvu que rien n'arrive à Angie et à Atticus. Et si cela signifiait renoncer à l'espoir de les revoir un jour, il était prêt à faire ce sacrifice.

Arpentant sa cellule, il en vint rapidement à perdre la notion du temps. Combien d'heures passèrent ? C'était difficile à dire. Chaque fois qu'il hélait Gales pour lui demander l'heure, sa réponse lui donnait un choc. Était-ce le matin ? Était-ce le soir ? À deux reprises, il constata qu'il s'était trompé. À un moment, il réussit à s'endormir. À son réveil, il eut l'impression d'avoir dormi une journée entière alors que quelques minutes seulement s'étaient écoulées. Qui viendrait le voir en premier ? La police ? Le FBI ? Shascha ? Finalement, ce fut l'officier Gales qui vint ouvrir la porte.

« Vous devez être quelqu'un d'important, monsieur Joyce. Ouais, vous devez en vendre, des livres. » Entre ses doigts, il tenait un sachet en plastique contenant tout ce que Conner avait laissé à son arrivée – portefeuille, téléphone, et même la clé USB.

« Foutez-vous de moi.

— C'est pas des blagues. Vous êtes libre. »

Comment ça ? Ce type n'avait pas appelé le central ? Le FBI ? Il n'avait pas fait la moindre recherche ?

« Si, si, on a regardé tout ça. Tout ce que vous m'avez dit. » Mais, il venait de recevoir par téléphone l'ordre de le relâcher et de lui rendre toutes ses affaires.

« Qui a donné cette instruction ? »

Gales ouvrit la porte de sa cellule.

« Votre ami est venu vous chercher.

— Mon… ? » Conner sentit une bouffée de chaleur lui monter au visage. Toute la fatigue de ces dernières heures venait de se dissiper d'un coup, remplacée par une douce euphorie, semblable à celle d'un premier émoi amoureux. Angie avait dû recevoir ses messages. Oui, elle avait dû écouter tout ce qu'il lui avait raconté, et user de son influence pour le faire libérer. Il remercia Gales avec effusion, lui serra deux fois la main, puis se précipita vers l'entrée, où il pensait trouver Angie qui l'attendait.

Mais ce n'était pas Angie.

46

« Vous êtes déçu de me voir. Che comprends, Che suis désolé », dit Pavel Bilski, qui portait un long imperméable doublé par-dessus son blazer. Tout aussi bien, il aurait pu porter une tenue de bourreau. Conner sentit le sol se dérober sous ses pieds. Pour Conner, ce fut comme si on lui coupait la gorge. L'énergie et l'excitation qu'il avait ressenties quelques instants auparavant avaient maintenant disparu. Plaider sa cause auprès de l'officier Gales ? Bah, c'était peine perdue. Gales avait été acheté. Lui ou un autre. Et quelle importance ? Conner avait le choix entre suivre Pavel et s'enfuir, et il ne faisait aucun doute que les deux options aboutiraient au même résultat. Un jour, je lui avais rappelé une citation, tirée du film préféré de ma mère. À cet instant précis, elle lui revenait en mémoire : « *Oui, je peux perdre, mais je gagne toujours*[1]. »

Conner suivit Pavel hors du commissariat, dans la 100ᵉ Rue. Il s'était attendu à être ébloui par la lumière du jour, mais il faisait nuit. Et Dex n'était nulle part.

Comme elles lui avaient paru peuplées, ces rues, à l'époque où il les avait arpentées avec Angie. Et comme elles lui semblaient vides à présent, et comme

1. *L'Année dernière à Marienbad*, d'Alain Resnais.

cette solitude faisait sens ! Tout était vide : les appartements, les voitures de flics, la bibliothèque, l'église, les magasins avec leurs panneaux « À VENDRE », les bus, les taxis sans passager.

« Où est Dex ? demanda Conner à Pavel.

— Reparti.

— À Chicago ? »

Pavel acquiesça. D'un signe, il invita Conner à marcher à son côté, vers l'ouest. Conner aurait pu lui demander où ils se rendaient, mais il savait que la réponse n'aurait rien changé.

« J'imagine que vous en avez un sur vous ? »

Il mimait un flingue.

« Exact », répondit Pavel.

Chemin faisant, Conner sortit son téléphone pour appeler Angie. Sa messagerie était restée pleine.

« Ma femme ne répond toujours pas au téléphone. »

Pavel haussa les sourcils.

« Est-ce qu'elle va bien ?

— Je crois, oui.

— Vous l'avez vue ?

— Non.

— Et Dex ?

— Non plus. » Philosophiquement, il ajouta : « En tout cas, pas que je sache. »

À mesure qu'ils avançaient vers l'ouest, les rues devenaient plus sombres. Passé Broadway, tous les immeubles semblaient sculptés dans une gangue de ténèbres.

« On va chez quelqu'un ? demanda Conner.

— Non.

— On cherche votre voiture ?

— Non, Conner.

— Est-ce qu'on va… discuter quelque part ?

230

— Non plus, répondit Pavel. Le temps n'est plus à la discussion. »

Le parc Riverside n'était jamais très fréquenté dans sa portion nord, et encore moins la nuit. De temps à autre, on y retrouvait un cadavre – un deal de drogue qui avait mal tourné, ou quelqu'un qui avait buté un SDF juste pour le kif. C'était un bon endroit pour tuer quelqu'un, il fallait le reconnaître. Et l'Hudson était un bon endroit pour se débarrasser d'un corps. Il repensa à la Navy, à tout ce pour quoi il avait cru pouvoir mourir un jour. À présent, il n'imaginait plus du tout pouvoir mourir pour son pays, jamais. Mais la famille, c'était autre chose. Peu importait ce que Pavel et Dex mijotaient. Il se plierait sans résister à leur volonté, pourvu qu'Atticus et Angela soient en sécurité.

« Dex avait tout prévu, hein.

— En grande partie.

— Et cette petite promenade ? L'avait-il prévue, cette promenade ?

— Oui.

— Et ce qui se passe à la fin de la promenade aussi ?

— Oui, il l'avait planifié aussi.

— Je présume que votre flingue est chargé.

— Toujours.

— Et que vous avez l'intention de vous en servir.

— C'est mon intention, en effet.

— Je pourrais courir, dit Conner.

— Je vous le déconseille.

— Je pourrais. Mais je ne vais pas le faire. Je ne vais même pas résister. Mais je voudrais que vous me promettiez quelque chose. »

Pavel s'arrêta devant des marches qui menaient plus bas dans le parc. On les voyait à peine. La rivière était juste en dessous, même si on avait du mal à la deviner depuis leur point de vue. Conner pouvait entendre l'eau.

« Promettez-moi, fit Conner, que rien n'arrivera à ma famille. Que cette histoire se terminera avec ma mort. Je ne veux pas que Dex les fasse payer pour quelque chose qui ne les concerne pas.

— Je suis désolé, Conner. Mais ce n'est pas ce que j'avais prévu. »

Pavel dégaina.

47

Conner avait passé sa vie entouré d'armes. Mais là, c'était la première fois qu'il voyait un flingue d'aussi près – surtout qu'il était persuadé qu'on allait l'utiliser contre lui. Il paraissait si petit dans la paume de la main de Pavel.

« Pavel ? Vous n'avez pas de famille, Pavel ?

— Ma famille, il y a longtemps que je l'ai abandonnée. Grand chagrin. Une histoire très banale, pas intéressante du tout.

— N'y a-t-il donc rien que je puisse faire ? » demanda Conner.

Pavel leva un doigt pour le faire taire. Puis, comme s'il cherchait une arme sur lui, il se mit à le fouiller. De l'une de ses poches, il sortit le Montblanc noir et or qui avait appartenu jadis à J. D. Salinger. Il le dévissa ; il y avait un petit micro dedans. Sans hésiter, il le cassa en deux et le jeta par terre, mouchetant la neige d'encre noire.

« Si, Conner, vous pouſez faire quelque chose. Prenez ça. » Pavel lui tendait l'arme, main ouverte.

« Prenez-le.

— Euh... Ça ne m'a pas trop réussi, la dernière fois. Vous voulez me faire porter le chapeau pour quoi, cette fois ?

— Porter le chapeau ? Je ne vois aucun chapeau ici.

— Alors, quelle est la chute ?

— *Votre* chute, vous voulez dire. Parce que, dans l'histoire de Dex, je suis censé vous tirer dessus.

— Me tuer ?

— C'est ça. C'est ce qu'il voudrait : votre mort. Votre corps balancé dans l'Hudson, tout ça. Dex n'est pas un écrivain. Son histoire est très simple. Rudimentaire, presque. Et puis bien sûr, l'étape finale.

— Qui est ?

— Je prends un taxi pour me rendre chez votre belle-mère. Je trouve votre femme et votre fils. Je leur dis de vilaines choses. Et puis je leur en fais. Inutile de s'étendre là-dessus. »

Conner allait rétorquer. Pavel ne lui en laissa pas le temps.

« Mais je n'aime pas la fin de cette histoire. Je préfère ma version à moi. Plus d'élégance. Moins de sang et de cruauté.

— Qu'est-ce qui se passe, dans votre version ?

— Celle que je vais raconter à Dex s'il me retrouve ? Pavel haussa les épaules. Je dirai qu'on s'est battus pour le pistolet. Que vous l'avez pris et que vous m'avez tiré dessus – dans la main peut-être, ou dans la jambe, à vous de voir. Ça ne paraîtra pas si invraisemblable.

— Mais pourquoi ? demanda Conner.

— En règle générale, je n'aime pas trop tuer les gens. Et vous, Conner, encore moins.

— Pourquoi ?

— Peut-être que j'ai un faible pour les écrivains. Surtout ceux qui m'ont écrit de belles lettres, il y a très longtemps. »

De la poche intérieure de son blazer, Pavel sortit une feuille pliée et jaunie.

« *Cher monsieur Dudek...* », commençait la lettre. Et elle était signée Conner Joyce. Il l'avait écrite au temps de sa jeunesse – l'une des innombrables missives qu'il avait envoyées à tous ses héros et modèles – Thomas Pynchon, J. D. Salinger, et Jaroslaw Dudek, aussi, le lanceur de poids, médaillé olympique, ancien ministre de l'Intérieur. L'auteur de *D'autres pays, d'autres vies*.

« Dudek ?

— Lui-même. »

Conner scruta son visage. Oui, il y avait bien une ressemblance avec la dernière photo connue de Jaroslaw Dudek. Et il ne pouvait pas ne pas reconnaître, dans la façon de parler de Pavel, l'humour détaché et fataliste qui caractérisait la prose de l'écrivain.

« Mais vous avez disparu.

— C'est vrai.

— Vous n'avez plus jamais publié.

— Jamais, non.

— Et vous vous êtes retrouvé à travailler pour Dex ? »

Dudek prit une inspiration et grimaça un sourire.

« D'une manière ou d'une autre, on finit tous par travailler pour Dex.

— Mais qui est Pavel Bilski ? demanda Conner.

— C'est le nom d'un personnage dans un livre que j'ai écrit.

— Je ne crois pas l'avoir lu.

— Un seul homme l'a fait.

— Dex ? »

Dudek hocha la tête.

« Donc, tout est vrai. Tout. À propos de Salinger et des autres.

— Oui. Intégralement.

— Et la clé USB ? C'était votre idée, ça, pas la sienne.

— C'est exact. Et c'est pourquoi, un jour, vous serez en mesure de prouver que votre histoire était vraie. »

Conner contempla le stylo à plume dans lequel le micro avait été dissimulé.

« Et c'est avec ce truc que...

— Que quoi ?

— Que vous m'avez écouté ? Que vous avez appris ce que je faisais ?

— Oui, bien sûr. Mais il existe tant d'autres façons de faire. J'ai beaucoup d'expérience avec ça. Beaucoup d'expérience *professionnelle*. Peu importe. Nous avons autre chose à faire.

— Autre chose ? »

Pavel sortit une clé de la poche de son pantalon, qu'il tendit à Conner.

« Qu'est-ce que c'est que ça ?

— La clé de chez Dex. Il doit bien y avoir chez lui deux ou trois manuscrits qui pourraient vous servir. »

Conner prit la clé.

« Et si Dex est là quand je passe, je fais quoi ? »

Dudek haussa les épaules.

« C'est un vieil homme. Et il a perdu son meilleur garde du corps.

— Vous voulez dire vous, c'est ça ?

— Oui. »

Conner prit le pistolet. Il avait tellement d'autres questions à poser à Dudek : sur l'écriture, sur la Pologne, sur son travail au ministère de l'Intérieur, et comment il avait passé ces vingt et quelques dernières années, et s'il allait republier un livre un jour...

« Peut-être pourrions-nous discuter de tout cela une autre fois, répondit l'intéressé. Car à présent, il faut que vous me tiriez dessus.

— Et Dex ? Qu'est-ce que vous lui raconterez s'il vous retrouve ?

— Une histoire. Il en est fou. Et c'est ce que j'aime chez lui. Peut-être qu'il me croira. Peut-être que non.

— Et... s'il ne vous croit pas ?

— Ne vous en faites pas pour moi. Ce n'est pas votre problème et je suis devenu un expert en disparitions. Allez, tirez-moi dessus, Conner. »

Conner recula de six pas, arma le pistolet et le pointa sur la jambe de Jaroslaw Dudek. Puis il fit feu.

48

Le dernier vol pour Chicago partait à 22 h 05. Cela laissait moins d'une heure à Conner. Dans le parc Riverside, il avait dû attendre que Jaroslaw Dudek parvienne à boiter jusqu'au taxi censé l'emmener à l'hôpital Roosevelt. Après quoi il en avait appelé un autre, et demandé au chauffeur de le conduire au croisement de la 145e Rue et de l'avenue d'Amsterdam.

À l'arrière du taxi, Conner s'obstinait à composer le numéro d'Angela sur son téléphone. Systématiquement, il tombait sur le même message : « La boîte vocale de votre correspondant est pleine ; merci de renouveler votre appel ultérieurement. » Dix fois, vingt fois, il retapa les mêmes chiffres, jusqu'à ce que le taxi s'arrête devant l'immeuble où habitaient les De La Roja.

« C'est Conner ! cria-t-il à l'Interphone. Il faut que je voie Angie.

— Elle n'est pas là.

— Laissez-moi entrer. C'est très important. »

La porte s'ouvrit. Conner gravit les quatre étages au pas de course. Debout sur le palier, en blouse et claquettes, la mère d'Angela l'attendait. Les néons du couloir donnaient à ses cheveux blancs des reflets bleu lavande.

« Angie est là ?

— Non, Conner.

— Où est-elle ?

— Je n'en sais rien.

— Elle n'est vraiment pas là ?

— Non.

— Où est-elle allée ?

— Je n'en sais rien. Elle a reçu un appel.

— Ah, elle a eu mes appels ? Elle a écouté mes messages ?

— Je ne pense pas, non. Elle a eu quelqu'un au téléphone, puis elle m'a dit qu'elle devait partir.

— Mais où ?

— Elle ne me l'a pas dit.

— Vous a-t-elle dit quand elle rentrerait ?

— Dès qu'elle le pourrait.

— Où est Atticus ?

— Il dort.

— Est-ce que je peux le voir ? »

Gladys s'écarta pour le laisser entrer. Il fonça dans la chambre. Un berceau trônait à côté d'un lit qui avait appartenu à Angie, autrefois. Les rares fois où il avait dormi dans cette maison, même après leurs fiançailles, il n'avait jamais été autorisé à dormir dans cette pièce. Il avait dû se contenter du canapé du salon, trop court de quelques centimètres. À présent, contemplant le visage de son fils, il reconnaissait les fossettes de sa mère, sa chevelure noire et brillante. Les amis et la famille disaient souvent qu'Atticus avait les yeux de son père. Pour l'heure, cependant, ils étaient fermés. Et cette expression de paix qu'il avait quand il dormait, venait-elle de lui ou d'Angela ? Il n'en savait rien. Eux-mêmes avaient-ils ressenti cette paix un jour ? Si c'était le cas, ils l'avaient perdue depuis bien longtemps. Il aurait tellement aimé pouvoir s'allonger sur ce lit, rester à côté du berceau en attendant que son petit garçon se réveille. Mais dans sa poche il y avait la clé d'un appartement où se trouvaient les manuscrits qui, avec la clé USB, pourraient lui permettre de convaincre Angie et la police que son histoire était vraie. Et dans son manteau se trouvait un pistolet chargé avec une balle en moins.

« Je reviendrai, chuchota-t-il à son fils, dès que possible. Je m'en vais, pas très longtemps. Et, quand je reviendrai, je ferai tout ce que je pourrai pour ne plus jamais te laisser. »

Il embrassa Atticus sur le front et passa une main dans ses cheveux. Puis il sortit de la chambre.

À sa belle-mère, il emprunta une boîte à chaussures et une valise. Dans la salle de bains, il vida le pistolet de ses balles et le rangea dans la valise avec ses balles et le manteau. Tant qu'elle était déchargée, on pouvait transporter une arme dans un bagage à main. Il le savait – Cole Padgett faisait ça tout le temps.

49

Le vol de LaGuardia se révéla rapide et sans encombre. Conner regardait par la fenêtre. Le ciel était tellement dégagé qu'on aurait dit que l'avion volait à l'envers – comme si les lumières qu'il voyait ne provenaient pas des villes, mais des planètes et des étoiles. Il survola la Pennsylvanie et l'Ohio. D'une certaine façon, c'était comme si sa conscience s'était ouverte, comme s'il percevait tout, soudain – le tumulte des innombrables vies humaines qui bruissaient là, juste en dessous de lui. Mais, d'un autre côté, son point de vue trop distant l'empêchait de rien concevoir de ces existences – y compris lorsque l'avion passa au-dessus de cette petite portion de l'Indiana, à peine un chapitre dans l'histoire de Conner, cinq ans d'une vie bouleversée par les mots.

Arrivé à O'Hare, Conner récupéra sa valise sur le tapis roulant et partit l'ouvrir dans les toilettes des hommes. Il en sortit son manteau, qu'il enfila, il chargea le pistolet et le glissa dans sa poche, puis il tira sa valise à roulettes vide jusqu'à la station de taxis. Il n'y avait pas de queue.

Il s'engouffra dans un taxi.

« Où est-ce qu'on va, mon ami ? lui demanda le chauffeur.

— Au 680, N. Lake Shore Drive. »

Le chauffeur partit d'un grand rire.

« Ah ! Avant, c'était le six-six-six.

— Il paraît, oui. »

Le chauffeur avait un accent d'Europe de l'Est. L'espace d'une seconde, Conner se demanda s'il n'avait pas rêvé tout ce qui s'était passé à New York. Si Pavel Bilski ne lui avait pas tendu un piège, et ne l'emmenait pas tout droit chez Dex. Un examen plus approfondi du visage qui se reflétait dans le rétroviseur apaisa ses craintes. Le chauffeur – Sy Radosevitch, disait sa licence – n'avait pas grand-chose à voir avec Pavel Bilski, à part l'accent et les sourcils, peut-être. Quelle avait été la vie de cet homme, avant qu'il devienne chauffeur de taxi ? Un écrivain, qui sait ? Un écrivain disparu. Peut-être les villes étaient-elles remplies d'écrivains à double vie, travaillant tous secrètement pour Dex.

Conner ne prêta pas vraiment attention à la limousine noire garée devant le 680 N. Lake Shore Drive. Et il passa trop vite devant le portier, qui le salua par son nom, pour vérifier que le nom figurant sur sa petite plaque en laiton était bien Pynchon.

Tandis que l'ascenseur montait, il sortit le pistolet de son manteau, et le tint fermement. Arrivé au dernier étage, il poussa sa valise vide devant lui, la faisant rouler doucement sur la moquette. Devant l'appartement, il constata avec surprise que ses mains ne tremblaient pas tandis qu'il sortait la clé de sa poche. Il l'approcha de la serrure et l'inséra. La porte s'ouvrit sans qu'il la tourne.

Un instant, il se figea. Puis il poussa la porte complètement, laissant sa valise dans le couloir. L'appartement était plongé dans l'obscurité. Sur la pointe des pieds, il s'avança à tâtons, passant devant le trou laissé par

242

la balle de Norman Mailer, puis entrant dans la bibliothèque. Il distinguait à peine les meubles, mais l'itinéraire lui était familier. Dans son esprit, l'appartement était parfaitement cartographié. D'abord, contourner les chaises de la bibliothèque. Puis avec la crosse de son arme, briser la vitrine. Ensuite, prendre les manuscrits, rejoindre le couloir, ranger les manuscrits dans la valise, descendre par l'escalier et sortir par la porte principale. De là, il sauterait dans un taxi pour O'Hare, balancerait le flingue dans une poubelle en arrivant à l'aéroport, prendrait le premier avion pour LaGuardia, et retournerait chez Gladys ; d'ici là, Angie serait certainement rentrée.

Il tâtonna le long du mur et s'arrêta à la vitrine. Il visualisait les petites portes de verre, et les manuscrits derrière. Il avança une main, histoire de vérifier qu'il se trouvait bien au bon endroit. À l'endroit où il y aurait dû y en avoir, ce n'était pas du verre qu'il sentait. Plutôt du bois verni. Et l'endroit où auraient dû se trouver les manuscrits reliés était vide. Doucement, il remua ses doigts dans le vide. Et soudain, il tressaillit. Il s'était coupé la main avec un morceau de verre. Le sang coulait. Il touchait le fond de l'étagère et sentait les éclats. La vitrine avait été fracassée. Conner fit un pas en arrière, tâtonnant de nouveau le long du mur à la recherche d'un interrupteur. Une voix déchira le silence.

« Pose-le. »

Ce n'était pas Dex. La voix était plutôt grave mais, à l'évidence, c'était celle d'une femme.

« Ton flingue. Pose-le, putain. »

Conner serra sa crosse un peu plus fort ; un coup de feu fit exploser l'une des fenêtres qui donnaient sur le lac Michigan. Il baissa le bras. La voix répéta l'ordre qu'elle avait donné et, cette fois, il posa son arme sur la table.

Brusquement, la lumière se fit. Quelqu'un venait d'allumer une lampe de bureau qui diffusait une lueur verdâtre à travers toute la bibliothèque. Conner voyait bien que la vitrine était vide, à présent. Des éclats de verre jonchaient les étagères et le tapis. Au bout de la grande table, Dex gisait, allongé sur le ventre dans une mare de sang sombre que la lumière de la lampe faisait miroiter. Conner voulut courir vers Dex, mais une voix le stoppa net : « Ne bouge pas. »

Se retournant doucement, il découvrit enfin le visage de la femme qui pointait son arme sur lui, auréolée du même halo verdâtre.

« Margot Hetley ? »

L'auteur de la série des *Chroniques de sorciers vampires* se tenait assise devant lui. Furieuse, méprisante – une vraie reine trahie. Elle portait un collier de perles vert-de-gris et une robe vert sombre dont les reflets obscurcissaient son ample chevelure blonde. Sur la table, devant elle, un sac assorti était posé. Même le calibre noir, dans sa main, tirait sur le vert.

Les mots de Dex lui revinrent à l'esprit : « Je peux vous garantir que ces livres que vous avez écrits intéresseraient des gens. » Pas une seconde, Conner n'avait pensé à Margot Hetley. Peut-être aurait-il dû. Il repensait à ses textes, maintenant – violence gratuite, rapports sexuels sans âme, gore omniprésent – il repensait à ce moment où son regard affreux avait croisé le sien, chez Shascha : « Elle fera la queue comme les autres, ta pétasse. » À en croire Dex, c'était la seule avec lui à avoir rompu son contrat, et Dex s'était remboursé avec son vol. Mais Pavel n'était plus là, à présent, et Dex était sans défense. Conner pouvait entendre sa respiration : faible, étranglée.

« Reste là où tu es et vide tes poches, mec », fit Margot.

Conner ne réagit pas. Elle empoigna le pistolet à deux mains.

« J'ai dit : vide tes putains de poches. »

Conner sortit son portefeuille et toute sa monnaie.

« Le putain de reste aussi. »

Il sortit la clé USB et la fit glisser vers elle sur la table. Elle la rafla, et esquissa un sourire méchant.

« Sale petit voleur de merde.

— Tout ce que j'ai fait, répondit Conner, c'est écrire.

— Oh, j'ai lu ce que t'as écrit, mec. » Elle fouilla dans son sac pour en sortir *Manuscrit sous embargo*. « Ton ami Dex m'a tout raconté.

— Ce n'est pas mon ami.

— Ouais, ce n'est plus l'ami de personne. »

D'un hochement de menton, elle désigna le corps affalé sur la table. Dex respirait de plus en plus lentement, comme s'il avait été branché à un respirateur défaillant.

« Maintenant, recule contre la fenêtre. Tout doucement. »

Conner obéit. Il sentait ses jambes trembler. Il aurait pu lui sauter dessus et essayer de lui prendre son arme. Mais ses chances de réussir étaient maigres. Il recula encore d'un pas.

« Margot », dit-il.

Pas de réponse.

« Mademoiselle Hetley. »

Rien.

« Écoute…

— Quoi ?

— Ça devait juste être une histoire. »

Margot exhiba la clé USB.

— Et ça, c'est quoi ? C'est ton histoire, ça, peut-être ? »

Conner essaya de lui expliquer ce qui s'était vraiment passé, mais il voyait bien qu'elle ne le croyait pas,

246

pas plus qu'Angela ne l'avait cru. Il avait perdu toute capacité à raconter une histoire crédible. S'il avait été assez malin pour inventer un crime parfait, comment avait-il pu être assez stupide pour ne pas deviner que Dex essaierait de le commettre pour de vrai ?

« Mais tu sais comment ça se passe, fit-il. Il ne m'a jamais prévenu.

— Quoi ? Qu'il allait le faire ?

— Oui.

— Tu te fous de ma gueule ? Elle pointait son index sur lui. T'es vraiment con à ce point ? Ou c'est juste que tu ne sais pas mentir ? »

La respiration de Conner s'emballa. Il manquait d'air.

« Je peux te rembourser.

— Avec quoi ?

— Le fric qu'il m'a donné. Deux millions cinq. J'ai presque tout gardé.

— Et l'autre moitié ?

— L'autre moitié ?

— Tu crois qu'il n'a récupéré que ça ? Deux ridicules petits millions ?

— S'il te plaît. J'ai une femme. J'ai un fils.

— Le monde est rempli de femmes et d'enfants. Y a que ça partout. Mais ce n'est pas mon problème.

— Mais nous avons la même éditrice !

— Nous *avions*, tu veux dire. » Elle resserra sa prise sur la crosse. « Non, mec. Putain, tu m'as fait vraiment du mal. Et maintenant c'est mon tour. Et je vais te faire encore plus mal. »

Il était adossé à la vitre. Une balle, une seule, et il passerait par la fenêtre – une chute de trente étages en accélération constante, et il s'écraserait sur le trottoir. Mourrait-il avant de toucher le sol, ou bien resterait-il conscient jusqu'au bout ? Il se lança vers elle ;

et elle eut le temps d'armer son pistolet. Mais, au même instant, quelqu'un s'engouffra dans la pièce et fonça droit sur elle.

« C'est quoi ce bordel ? »

Margot Hetley pivota vers l'intrus. Trop tard. Angela De La Roja était déjà sur elle.

51

Tout avait été beaucoup trop vite. Était-il en train de rêver ? D'imaginer une belle scène sur le chemin de Lake Shore Drive ? Il n'avait pas eu le temps de demander à Angie comment elle avait fait pour se retrouver ici. Pas eu le temps de lui demander si elle avait écouté tous ses messages, si elle avait fini par croire à son histoire. Même pas le temps de traverser la pièce, en fait : Angie avait déjà envoyé Margot au tapis, l'avait désarmée, lui avait donné un coup de crosse au visage, puis l'avait relevée, elle, l'auteur de best-sellers internationalement reconnue, couronnée de prix et traduite dans toutes les langues – elle, par qui les *Chroniques de sorciers vampires*, volumes 1 à 9, étaient arrivées –, et l'avait remise sur sa chaise. Elle braqua son flingue sur Margot et tendit l'autre à Conner. Elle vérifia le pouls de Dex.

« Appelle le 911. »

Conner dégaina son téléphone et commença à composer le numéro. Margot éclata de rire.

« Vous appelez les putains de flics ? Pour leur dire quoi ? » Elle saignait de la lèvre, ce qui donnait à son sourire en coin, habituellement réservé aux paparazzi, un air plus sinistre encore.

« Tu crois quoi, mec ? »

Conner venait de taper le 9 et le 1.

« Tu crois qu'ils vont me faire chier ? C'est sur *ton* compte qu'il y a deux millions cinq. Y a tes empreintes sur un flingue, sur ma clé USB, et un bouquin qui raconte tout. »

Conner ne pressa pas le dernier 1. Il la regarda ; Angie la regardait aussi. Malgré sa lèvre en sang, le type en train de crever à côté et les deux flingues pointés sur elle, Margot savait raconter une histoire. Elle poursuivit.

« Non, c'est pas ça, le vrai truc. Ce que je crois, moi, c'est que toi et ce tocard de Dex, vous étiez de mèche depuis le début. Toi, t'es venu ici pour récupérer ton manuscrit, et puis pour le refroidir. En tout cas, c'est comme ça que je vais raconter l'histoire. Et crois-moi, mec, je m'y connais, en histoires. Plus que toi. J'ai lu ce que tu écris. Enfin, j'ai essayé. Putain d'amateur. Détails cool, intrigue nase. Shascha m'avait demandé de lui pondre un blurb. J'ai dit : "Oublie." Moi, je sais ce que les gens peuvent croire. Margot Hetley tirant sur un type qui lui a chouré sa clé USB ? Même pas en rêve ! »

Son arme toujours pointée sur Margot, Angie reculait vers Dex. Conner hésitait. Quel genre d'avocats cette femme pouvait-elle se payer ? Il serait probablement jeté en taule, et elle continuerait de vendre des millions de bouquins. Peut-être même décrocherait-elle un contrat pour écrire ses Mémoires. Quel titre elle lui trouverait, à cette histoire ? Soudain, une idée lui vint.

— Écris-la, ordonna-t-il à Margot.

— Quoi ? » fit Angie.

Conner ouvrit un tiroir et en sortit une feuille du papier à lettres de Dex ainsi qu'un stylo à plume. Il les fit glisser jusqu'à Margot.

« Écris tout ce qui s'est passé. La véritable histoire.

— C'est quoi, le délire ? C'est sous contrainte, mec : vous avez des flingues braqués sur moi.

— Rien à foutre. Écris. »

Il pointait le pistolet sur son cœur.

« Conner... », commença Angie.

Mais il ne la laissa pas finir sa phrase. C'était la seule façon, dit-il. Margot savait raconter. Les gens croiraient son histoire.

« Écris-la. Dis la vérité, toute la vérité. Donne des détails. Donne tous les détails que tu peux.

— Sinon quoi ? Tu me tires dessus ?

— J'hésiterai pas un seul instant, putain. »

Margot le crut. Il avait toujours ce talent : renvoyer aux gens ce qu'ils pensaient d'eux-mêmes et il était clair que Margot n'aurait pas hésité à sa place. Elle se mit à écrire.

Angie se déplaça vers le bout de la table. Dex était toujours allongé sur le ventre. Elle le retourna et déchira sa chemise. Il avait été touché au cou, la balle avait creusé un trou aussi large que celui du mur, et le sang s'écoulait toujours. Elle arracha l'une de ses manches pour essayer d'enrayer l'hémorragie.

« Respirez, dit-elle à Dex. *Respirez.* »

À cet instant, Dex faisait vraiment ses soixante-quinze ans, et peut-être même dix de plus. Sa bouche était ouverte, figée dans une expression de perplexité, comme s'il n'arrivait pas à croire qu'une histoire le concernant puisse être vraie. Ses yeux étaient injectés de sang, voilés ; sa poitrine était creusée et, sur ses côtes, la peau tendue paraissait fine et usée.

Angie appela le 911 ; Conner, lui, continuait de surveiller Margot, et lisait ce qu'elle écrivait. En permanence, il insistait pour qu'elle agrémente son récit de détails, tous ces détails qui font qu'on croit à une histoire. Il voulait des adresses, il voulait son numéro de vol, il voulait savoir où elle s'était assise dans l'avion, à côté de qui, où elle avait loué sa limousine et qui était le chauffeur.

« Et n'invente rien. Je vais vérifier chaque putain de détail.

— Mec, ça ne va servir à rien. »

Conner vint se placer derrière elle pour étudier ses phrases d'un peu plus près. Il écarquilla les yeux.

« Putain ! J'y crois pas ! »

Angie avait déchiré la deuxième manche de la chemise de Dex. La première était trempée de sang. L'autre commençait à s'imprégner elle aussi. Elle lui demanda ce qui se passait.

« Elle ne sait pas écrire. »

Conner plissait les yeux. Même en cet instant, il en restait estomaqué. Tous les livres que Margot avait écrits étaient-ils l'œuvre de quelqu'un d'autre ?

« L'auteur de langue anglaise le plus vendu au monde est incapable d'écrire une phrase sans faute d'orthographe, souffla-t-il.

— C'est l'intrigue qui compte, rétorqua Margot. On s'en tape de l'orthographe, abruti. »

Elle lui planta son stylo dans le ventre, attrapa la main qui tenait l'arme et l'écrasa sur la table. Conner cria. Margot lui arracha le pistolet, rafla le sac de manuscrits, courut vers la porte, tira un coup de feu puis s'élança dans le couloir en direction de l'escalier.

« Merde ! Angie ! Putain de saloperie de merde ! »

Conner contemplait sa paume : la balle y avait fait un trou, et du sang sombre s'en écoulait. Angie lui prit la main et l'entraîna rapidement dans le couloir. Du sang gouttait sur le tapis. Sa chemise était poissée d'encre et de sang, rouge et noir mêlés. À l'endroit où Margot avait essayé de le poignarder avec son stylo, il y avait un trou. Le couloir était vide : aucune trace de Margot. Mais elle avait fait tomber un manuscrit de son sac.

Quand ils débouchèrent sur Lake Shore Drive, les ambulances et les voitures de police étaient déjà là, lumières allumées, sirènes hurlant. Un portier nommé Pynchon expliquait aux urgentistes comment gagner le dernier étage.

« Quand as-tu compris que je te disais la vérité ? demanda Conner à Angie, le souffle court. Quand tu as écouté mes messages ?

— Non, fit Angie. Quand Margot Hetley m'a appelée. Elle te cherchait. »

Elle héla un taxi.

52

« Et tout ça est arrivé hier soir ? » demandai-je à Conner.

Il était minuit passé. Je voulais rentrer chez moi, voir mes enfants. Ma mère avait de plus en plus de mal à gérer quoi que ce soit, ces derniers temps, surtout tard le soir, et je l'imaginais essayant de mettre Ramona et Béatrice au lit. Le Coq d'Or était encore loin de s'être vidé ; sûrement, il devait y avoir une convention en ville. J'essayais d'imaginer mon père, dans cette foule. Lequel de ces hommes avait-il bien pu être, lequel aurait-il pu devenir ? Il ne me vint pas à l'esprit qu'il aurait pu devenir moi.

« Oui, répondit Conner. Tout ça hier soir. »

Angie et lui s'étaient rués à l'hôpital Northwestern Memorial où on avait soigné sa blessure par balle, puis ils s'étaient éclipsés après que le médecin leur avait dit qu'il lui faudrait signaler l'incident. La blessure n'était pas si grave, il aurait juste à porter un bandage pendant quelques semaines. Angie était déjà repartie pour New York, Conner la rejoindrait dès le lendemain ; il aurait pu rentrer avec elle, mais il voulait rester encore un peu.

« Pour quoi faire ? demandai-je.

— Pour qu'on discute, toi et moi.

— Je ne savais pas que j'étais aussi important à tes yeux. »

Il siffla sa bière.

« Tu es le seul qui pourrait raconter cette histoire, dit-il.

— C'est *toi* qui dois le faire.

— Nan, pour moi c'est terminé. Rideau. Je n'ai pas l'intention de rester une cible toute ma vie. »

Ils allaient donc se faire oublier quelque temps. Finis les agents littéraires, les avocats, les éditeurs. S'il décidait un jour d'écrire son histoire ou de la faire publier, il serait immédiatement repéré. Margot le retrouverait. Et peut-être que Dex aussi.

« Dex n'est pas mort ?

— Peut-être qu'il l'est. Peut-être pas. Quand on s'est tirés, les urgences arrivaient. Et il respirait encore.

— Où est-ce que vous irez ? Cornish, New Hampshire ? Monroeville, Alabama ? Mexico ? »

Conner me jeta un regard inquiet, comme si je l'avais percé à jour. Il se força à sourire.

« On ne sait pas encore. »

Quel que soit l'endroit, il espérait seulement ne pas devoir y rester pour toujours, et sa seule chance de recouvrer une vie normale, c'était que toute cette histoire sorte au grand jour. Il fallait impérativement que quelqu'un écrive ce qui s'était passé avec Dex, Jaroslaw Dudek et Margot Hetley ; mais, comme il ne pouvait le faire lui-même, quelqu'un d'autre devait s'en charger.

« Tu es le seul qui saurait comment raconter tout ça. Le seul à connaître l'histoire. Le seul en qui j'ai confiance. »

Il y avait quelque chose d'un peu désuet dans la foi que Conner plaçait dans les histoires. Lors de notre première rencontre, il m'avait dit qu'elles lui avaient sauvé la vie.

« Mais, et moi ? demandai-je.

— Quoi, toi ?

— Moi aussi, j'ai une famille.

— Je suis au courant, mon pote. C'est pour ça que je suis là.

— Mais est-ce que ça ne va pas me mettre en danger ? Comme toi maintenant ?

— Comment ça ?

— Si quelqu'un découvre que j'écris cette histoire. »

Conner sourit.

« Tout va bien se passer. Depuis le début, je t'ai fait confiance ; tu dois donc me faire confiance aussi. Quand cette histoire finira par sortir, tout ça n'aura plus la moindre importance. Et peut-être même que j'aurai une petite surprise pour toi quand tu auras terminé.

— Une surprise ?

— Tu verras.

— Et pendant ce temps, toi, tu vas rejoindre les rangs des écrivains reclus ? Comme tes potes Salinger, Pynchon et Dudek ?

— Peut-être, oui. Mais avec une énorme différence.

— Laquelle ?

— Les gens ont vraiment envie de savoir ce qu'ils sont devenus.

— Les gens auront peut-être envie de savoir ce que *tu* es devenu quand ils auront lu l'histoire.

— Tu commences à comprendre. »

Conner sourit, comme si je lui avais déjà donné mon accord. En vérité, je n'avais encore rien décidé. Il me serra la main, puis se pencha au-dessus de la table pour me serrer dans ses bras, en me donnant deux grandes tapes dans le dos.

« Je te donne enfin ta chance, mon pote.

— Quelle chance ? Celle de prouver que je peux agir comme un être humain digne de ce nom ? »

Il hocha la tête.

« J'imagine que ça va faire de toi le héros, dis-je.

— Tout dépend de comment tu raconteras l'histoire. »

IV

À publication

Où que j'aille, on pourrait me retrouver ; je le savais. Et je savais aussi que quoi que j'écrive, on pourrait s'en servir pour de mauvaises raisons.

ADAM HERSTEIN LANGER, *Le Dixième Père*

53

Je commençai à écrire une semaine après ma dernière rencontre avec Conner. Quelqu'un pouvait acheter ce texte, j'en étais convaincu. Ni Sabine ni moi n'avions encore trouvé de boulot, nous avions besoin d'argent, et si ça pouvait nous en rapporter...

La maison de Bloomington était à vendre depuis trois mois et nous n'avions encore reçu aucune offre. Les seuls à s'être déplacés pour nos « portes ouvertes » avaient été les voisins, les Macy et les Lahn, plus quelques futurs ex-collègues de ma femme qui n'étaient venus que par compassion – ou pour se foutre de nous. Joel « Spag » Getty, désormais à Princeton, avait encore quelques copines en ville. Il avait ramené des *space cakes*, puis il avait demandé à Sabine si on lui avait déjà dit qu'elle ressemblait à Geena Davis dans *Thelma et Louise*. Lloyd Agger, enfin, s'était pointé torse nu – il allait au squash –, et nous avait conseillé de baisser le prix.

Sabine et moi, pendant ce temps, nous préparions aux examens de fin de trimestre. J'attendais de voir quel magazine ou quel journal voudrait bien m'embaucher pour rédiger des éditos. Sabine attendait qu'une université veuille bien d'elle. Une période de merde, autant pour vendre sa maison que pour chercher du boulot.

La courbe du chômage avait fléchi, c'est vrai, mais c'était juste parce que les gens avaient abandonné leurs recherches d'emploi. Sabine était un pur produit de l'Ivy League, polyglotte, avec plus de dix ans d'expérience dans les vingt plus grandes facs du pays, mais aucun des vieux schnocks qu'elle aurait pu remplacer ne se décidait à partir en retraite. Les professeurs septuagénaires avaient perdu l'essentiel de leurs économies dans l'immobilier ou la Bourse. Ils étaient forcés de travailler pour soutenir leurs épouses et leurs enfants sans emploi. Le mieux que nous avions réussi à dégoter, c'étaient des postes de remplacement à Chicago ou dans le New Jersey à 5 000 dollars le semestre. L'ambiance à la maison était devenue détestable. J'étais ravi de pouvoir m'échapper avec mon ordinateur portable pour aller écrire chez Owlery, un petit restaurant végétarien dont les propriétaires, nouvellement arrivés, n'avaient Dieu merci jamais entendu parler de moi.

La phase de rédaction se révéla facile – tout du moins au début. Je n'avais pris aucune note au cours de mes conversations avec Conner, mais ma mémoire était bonne. Je commençai donc à écrire l'histoire telle qu'il me l'avait racontée. La scène de la confrontation entre Conner et Margot Hetley fut particulièrement agréable à écrire, même si je dus atténuer un peu les obscénités de langage. Pour l'épisode du vol de la clé USB, et pour le casse décrit dans *Le Fusil du diable*, qui aurait également inspiré Dex, je glanai dans la presse quelques détails relatant ces affaires, aucune des deux n'ayant été résolue. Pour le reste, je me reposai uniquement sur les dires de Conner. Les biographies et les articles consacrés à J. D. Salinger, Jaroslaw Dudek, Thomas Pynchon, Harper Lee, B. Traven et consorts ne recelaient pas la moindre allusion à Dex Dunford, et je ne trouvai rien, dans leurs écrits, qui eut pu inspirer Dex pour ses forfaits, ce dernier étant par ailleurs impossible à localiser. Sur Interlius.com, je trouvai bien quelques Dex Dunford : mais pas le bon. En ce qui concerne Conner, je tirai tous mes éléments biographiques du portrait que j'avais rédigé pour *Lit*. Si l'on exceptait le site de son éditeur, j'étais la seule source mentionnée sur sa page Wikipedia et j'avais cru sur parole tout ce qu'il m'avait raconté. Grâce à LexisNexis et ProQuest, je réussis à retrouver quelques-uns des articles qu'il avait écrits pour le *New York Daily News*, du temps où il était reporter et couvrait des affaires criminelles. Je trouvai une mention de son mariage avec Angela De La Roja dans le *Morning Call*. Pour le reste – son enfance dans le sud de Philadelphie, son passage par la Navy, son diplôme universitaire obtenu à Fordham –, je ne trouvai rien. Et encore moins sur Angela.

Il faut bien dire, cependant, que je n'avais pas entamé ces recherches sérieuses et approfondies sur Conner parce que je mettais son histoire en cause, mais bien parce que je voulais qu'elle soit le plus crédible possible, aussi crédible et détaillée que ses propres romans. En matière d'écriture, j'ai toujours eu une tendance à la paresse. Si j'ai fait de *Neuf Pères* une fiction, c'est parce que je n'avais ni l'envie de découvrir la vérité ni l'énergie pour me lancer dans cette quête. Chez *Lit*, j'étais devenu une sorte de spécialiste du portrait à source unique : je faisais tourner l'enregistreur MiniDisc, j'envoyais le disque à Bangalore pour retranscription, puis au correcteur, je préparais dans le même temps une introduction de cent cinquante mots et j'appelais ça « Questions/réponses ». Mais Conner méritait mieux. Son histoire, je voulais vraiment y croire, parce que je l'aimais bien, et parce que j'appréciais la confiance qu'il me portait. Pour être totalement honnête, je préférais *aussi* une histoire vraie parce que je me disais qu'elle serait plus facile à vendre.

Cependant, et comme l'essentiel de ce que Conner m'avait raconté était invérifiable, je commençai à nourrir quelques soupçons. Certes, on pouvait trouver une explication à la plupart des éléments de son récit qui restaient à résoudre. Mais leur nombre posait problème. Le fait qu'aucun Dex Dunford n'habitât au dernier étage du 680 N. Lake Shore Drive, par exemple, n'était pas si étonnant en soi. Peut-être avait-il perdu la vie à la suite de ses blessures et, si ce n'était pas le cas, sans doute avait-il jugé préférable de ne jamais revenir à cette adresse. Je ne fus pas surpris non plus de constater que le portier du 680 N. Lake Shore était en réalité bien plus jeune que celui qu'avait décrit Conner, qu'il ne s'appelait nullement Pynchon et qu'il n'avait pas un problème de dentition. Conner m'avait affirmé que son « Pynchon » semblait proche de la retraite et qu'il était possible qu'il ait imaginé son nom. Que ce soit sur des sites d'informations secrètes ou sur everyblock.com, par ailleurs, je ne trouvai aucune mention d'une victime de coups de feu qui se serait présentée à l'hôpital Northwestern Memorial la nuit où Margot Hetley avait tiré sur Dex et Conner. Peut-être l'information n'avait-elle tout simplement pas encore été rendue publique ? Tout de même, la masse de tous ces événements non expliqués commença à me mettre la puce à l'oreille. D'autant plus que je n'écrivais pas une fiction. Même le moins scrupuleux des éditeurs serait en droit de se méfier. J'essayai de joindre Conner au téléphone ; le portable avec lequel il m'avait appelé n'était plus en service. Impossible de trouver un numéro de téléphone pour un quelconque Conner Joyce à Delaware Water Gap, Pennsylvanie. J'appris que sa maison était en vente. Las, l'agent immobilier refusait de me mettre en relation avec la vendeuse, même pour de l'argent.

En définitive, je crois que ce qui me fit le plus douter de cette histoire, c'est le fait que Conner s'en remette à moi pour la raconter. J'étais qui, au fond ? Un type banal qui n'avait écrit qu'un roman, le chroniqueur d'un magazine qui n'existait plus, un homme au foyer paumé au fin fond de l'Indiana. Quand je lui avais demandé « Pourquoi moi ? », il s'était contenté de sourire. « Je crois que tu sais pourquoi. » Maintenant, oui, je savais. J'étais le pauvre con qui avait gobé toutes ses histoires, le mec qui avalait tout ce qu'on lui racontait sans jamais rien vérifier, j'étais le type qui s'était battu avec son éditeur pour qu'on retouche ses photos et qu'on enlève sa cigarette afin qu'il puisse raconter ce qu'il voulait.

C'est bien simple ; plus j'avançais sur son histoire, plus je lui en voulais. Sa façon de me parler : « hé, mon pote », comme si nous avions réellement été des amis proches ; sa façon d'évoquer sans cesse les millions qu'il avait touchés sans jamais rien me proposer. Si j'écrivais le livre, avait-il précisé, peut-être aurait-il une « petite surprise » pour moi. Je n'appréciais pas du tout le ton supérieur avec lequel il évoquait *La Maison Russie*, de John Le Carré. Lui, le super espion, et moi le chroniqueur désabusé qui avait un jour connu la gloire ? Alors qu'en fait, on était juste deux pauvres types qui essayaient de se faire un peu de blé. Un sort banal, en fait, et pas si noble.

J'empruntai *La Maison Russie* à la bibliothèque publique de Monroe County. J'essayai de le lire, mais je n'y arrivai pas. J'étais bien trop stressé pour me taper quatre cents pages d'un roman d'espionnage se déroulant pendant la guerre froide. Finalement, je regardai le

film avec Sean Connery et Michelle Pfeiffer en streaming. Une réplique me toucha, mais ce n'était pas celle
sur les héros et les types bien. Plutôt celle où l'agent
du renseignement se rend compte que son espion est en
train de le trahir. « Il est passé à l'ennemi, lâche-t-il.
Mon agent est passé à l'ennemi. »

Conner m'avait piégé. J'avais eu du mal à comprendre
pourquoi au début, mais plus j'y pensais, et plus tout
devenait clair. Il m'avait montré la clé USB. Elle avait
été volée, d'accord. Mais peut-être que c'était *lui* qui
l'avait volée. Et peut-être que tout ce qu'il m'avait
raconté sur Dex avait été inventé. Peut-être que ce
Dex n'existait même pas. Son éditeur l'avait remercié,
et il connaissait l'existence de cette clé. Aussi, quand
le moment s'était présenté, avait-il commis le crime
lui-même. Il n'était pas impossible qu'Angie fût dans
le coup, elle aussi. Après tout, elle s'y connaissait en
armes à feu, et devait savoir, forte de son expérience à la
police de New York, qu'ils ne risqueraient rien s'ils s'y
prenaient correctement. « Un crime, un seul », c'étaient
les mots de Cole Padgett, un seul crime, unique, on peut
toujours s'en sortir si on s'en tient là. Le tout était de
ne pas se tromper. Conner n'avait pas arrêté de me le
répéter : « Je te fais confiance. » N'est-ce pas comme
ça que tous les escrocs s'y prennent ? Ils prétendent
vous accorder leur confiance pour qu'en retour vous les
suiviez aveuglément. Je repensais à la fois où Béatrice
avait vu la photo de Conner, dans l'allée du Borders, je
revoyais son air horrifié. J'aurais dû faire plus attention,
alors. L'instinct des enfants est toujours bien meilleur
que le nôtre.

Je continuai à écrire. L'histoire n'était plus celle d'un
auteur de romans policiers empêtré dans une intrigue
dont il perdait le contrôle. C'était celle d'un escroc qui

dénichait un petit écrivain de l'Indiana assez naïf pour raconter son histoire et laver son nom. Qui croirait à un truc aussi tordu ? Aucune idée, mais ça marcherait, j'en avais la conviction. Je peux le dire : je me sentais vraiment coupable à l'idée de trahir quelqu'un que j'avais considéré comme un ami. Mais ce n'était qu'un juste retour des choses. Conner m'avait sous-estimé. Il avait essayé de profiter de moi.

Mon récit touchait à sa fin. À ce stade, j'avais complètement balayé l'idée que Conner eût pu raconter la vérité. Tout ça, évidemment, c'était avant que j'appelle Shajilah Shascha Schapiro pour lui résumer l'histoire sur laquelle je planchais. Elle m'offrit 1,2 million de dollars. Je lui demandai le double.

54

James Merrill Jr. Publishers avait connu des années fastes en tant que maison d'édition. Depuis la publication de *Neuf Pères*, cependant, la situation était devenue plus difficile. Je n'en avais pas moins hâte d'admirer l'intérieur épuré de Schreiber & Sons et de prendre l'ascenseur pour me rendre dans le bureau de Shascha. Je voulais les voir, tous ces éditeurs importants, affairés à un travail tout aussi primordial. Devenir Pip, dans cette vieille adaptation des *Grandes Espérances*. Ouvrir les stores de Shascha en grand et laisser entrer la lumière. Las ! Courtney Guggenheim m'informa que nous ne verrions pas son bureau. Finalement, je me retrouvai assis sur un banc de Central Park, non loin du carrousel, à quelques encablures de Schreiber & Sons. Ce carrousel avait joué un rôle important dans *L'Attrape-Cœurs* mais je n'en éprouvais aucune nostalgie. Et ce n'était pas uniquement parce que Salinger me laissait indifférent. Malgré la très agréable journée d'été qui s'annonçait, je trouvais le lieu de rendez-vous un peu miteux. Et puis, c'était bizarre de me retrouver là sans mes enfants. J'avais l'impression d'être une sorte de pervers. Un petit haut-parleur avait remplacé l'orgue de Barbarie et diffusait des chansons des Fine Young Cannibals. J'avais beau connaître un peu le milieu de l'édition, j'avais espéré un peu plus de faste pour mon deuxième livre. Un truc un peu plus chic qu'un rendez-vous dans un parc, sur un simple banc, un rendez-vous où il fallait acheter son propre Coca et crier par-dessus *Ever Fallen in Love*, pour qu'on vous entende bien.

Shascha m'attendait sur le banc au côté de Courtney. Elle consultait ses mails sur son téléphone tout en feuilletant un manuscrit. Vraiment impressionnante, cette femme. Le genre de personne qui avait l'habitude qu'on lui ouvre des portes ou qu'on baisse la voix quand elle entrait dans une pièce. Courtney Guggenheim, elle, était trop charmante, trop polie ; je ne pouvais m'empêcher de me dire qu'elle convoitait secrètement la place de sa patronne. Aucune des deux n'avait fait d'effort vestimentaire pour ce rendez-vous. Courtney avait enfilé une paire de jeans, des baskets et un tee-shirt blanc portant le slogan « VIRGINIA IS FOR LOVERS ». Shascha, elle, portait une robe noire cintrée avec laquelle elle avait l'air d'avoir dormi et des lunettes de soleil. Courtney me serra la main. Schascha ne prit pas cette peine.

« Savez-vous où est Conner ? me demanda-t-elle.

— Je vous ai déjà dit non. » Je marquai une pause. « Essayez du côté de Cornish, New Hampshire. » Pas de réaction. Même pas un sourire.

« Et Dex Dunford ? poursuivit-t-elle.

— Tout ce que je sais est dans mon livre. »

Courtney hocha la tête. Shascha affichait un air résigné, comme si elle venait de comprendre qu'elle n'apprendrait rien de plus.

« Vous voulez qu'on parle avec votre agent ? » demanda-t-elle. Elle s'exprimait avec une sorte de colère calme. Je n'avais pas l'impression de rencontrer un nouvel éditeur. Je me sentais comme un trafiquant mis sur écoute.

« Je n'ai plus d'agent. J'en avais un.

— Qui était-ce ? »

Le nom la fit ricaner.

« Un avocat, sinon ?

— J'ai besoin d'un avocat ?

— Non, répondit-elle, c'est mieux si vous n'en avez pas. Il faudrait que tout ça reste entre nous. »

Elle adressa un petit signe de tête à Courtney, laquelle ouvrit son sac à main pour en sortir deux exemplaires d'un contrat pliés en trois. Je ne m'attardai pas trop longtemps dessus. Pour être honnête, la seule clause qui m'intéressait était celle de la rémunération. Et la somme correspondait bien à celle que nous avions évoquée. Je n'ai jamais fait trop attention aux contrats ; de toute façon, les gens n'en faisaient qu'à leur tête. Je n'étais pas différent des autres. Je m'excuserais plus tard si nécessaire.

« Je signe maintenant ? »

Courtney me tendit un stylo, pas un beau stylo à plume comme celui de Salinger, mais un simple Bic de supermarché. Je signai les deux exemplaires et les tendis à Shascha, qui les signa à son tour et m'en rendit un. Après quoi Courtney me donna le chèque. Je le pliai et le fourrai dans la poche de mon jean.

J'avais d'autres questions en tête mais, pour Shascha, il était clair que le rendez-vous était déjà terminé.

« Et à propos d'une adaptation ciné ? m'enquis-je. Je me disais que l'histoire de Conner ferait un très bon film.

— Les droits sont à nous. On s'en occupera.

— Et par rapport aux traductions ? Le nom de Margot pourrait aider à vendre, non ?

— On s'en occupera aussi. »

Je l'interrogeai sur la couverture du livre, les campagnes de pub, les éventuelles corrections à apporter, mais Shascha n'avait rien à ajouter. C'était le plus succinct de tous les contrats que j'avais jamais vus. Aucun acompte ; juste un versement unique « à signature », et un accord de confidentialité qui m'interdisait de parler du livre à qui que ce soit avant sa publication.

« Est-ce que je vais devoir m'engager pour des rencontres, des interviews ? Une tournée ? »

J'imaginais déjà Sabine, Ramona et Béatrice dans une suite d'hôtel, zappant d'une chaîne à l'autre, commandant des repas auprès du room service.

« Il est encore trop tôt pour en parler, répondit Shascha.

— Pourquoi ça ? » fis-je.

À travers ses lunettes de soleil, j'essayais de la regarder droit dans les yeux. Je ne voyais que mon reflet. À cet instant, je compris que ce n'était pas mon livre qu'elle achetait, mais mon silence. Et, si elle le faisait, c'était parce qu'elle savait que l'histoire de Conner était vraie. Margot Hetley était son fonds de commerce. Tant que personne n'entendrait parler de cette histoire, le fonds de commerce serait sauf. Shascha possédait maintenant les droits du livre. Elle pouvait décider de le publier ou de ne pas le publier. De le changer ou de le laisser tel quel. J'avais reçu mon chèque. Je n'avais plus mon mot à dire. L'aiguillon de la culpabilité me titillait. J'étais ennuyé, aussi, de ne pas avoir demandé plus d'argent. Mais je m'en remettrais.

Essayant de jeter un coup d'œil au manuscrit que Shascha tenait dans ses mains, je crus déchiffrer le titre « Dudek » sur la première page. Mes yeux me jouaient probablement des tours.

« Vous n'allez jamais publier mon livre, n'est-ce pas ? Personne ne saura jamais la vérité. »

Shascha se leva de son banc et commença à s'éloigner. Par-dessus la musique du carrousel, j'entendais Courtney chantonner – « Di-da-di-da-di ». C'était sans doute tout ce que je devais savoir.

55

« Eh bien, tu t'es bien foutu de ma gueule, lâcha Conner avec un énorme soupir. Tu t'es sacrément bien foutu de ma gueule ».

Je m'étais demandé quand il découvrirait que j'avais écrit son histoire mais que je l'avais vendue à Shascha. Je m'étais demandé ce que serait sa réaction quand il comprendrait que nous ne serions jamais que trois à la lire : elle, Courtney et moi.

Les premiers jours qui suivirent mon retour de New York, j'eus du mal à me sentir tranquille. J'avais la nette sensation d'être suivi en voiture. Peut-être que je rêvais. Une fois le chèque de Shascha encaissé, je retournai à des occupations plus essentielles : promener le chien, m'occuper des otites de Ramona et de Béatrice, les sortir de la maison pour que Sabine puisse envoyer quelques autres candidatures, et réfléchir à ce que nous allions faire de nos vies. À présent, au moins, avec l'argent que Shascha m'avait versé, nous avions le temps de nous poser la question.

Le week-end du 4 juillet, je me rendis à Chicago avec les enfants, chez ma mère. Sabine restait à Bloomington pour superviser une nouvelle journée « portes ouvertes ». Ce jour-là, ma mère avait emmené Ramona au North Park Village Nature Center et j'étais parti me promener dans le zoo du parc Lincoln avec Béatrice, qui dormait dans sa poussette. Soudain, je sentis que nous étions suivis. Et, tandis que nous approchions de l'enclos du coyote, l'impression se renforça encore. Comme Béatrice s'était endormie juste après être sortie de la voiture, je n'avais pas vraiment pris le temps de regarder les animaux : je m'étais contenté de promener sa poussette pour qu'elle ne se réveille pas.

Le coyote était petit, bien plus petit que mon chien. Son poil était dru, marron-roux, et j'étais en train de plonger mon regard dans ses yeux bleu glacier quand Conner s'approcha. Ses cheveux étaient presque tout blancs, désormais. Il portait une chemise repassée, manches retroussées, un jean neuf, et un sac à dos noir était passé sur son épaule.

« Si j'étais quelqu'un d'autre, là, normalement, je devrais faire quelque chose.

— Quoi ?

— Je ne sais pas. Te casser la gueule, par exemple. Tu ne crois pas ? »

C'était la première fois que je le voyais vraiment énervé. Mais il n'était pas le seul à pouvoir se mettre en colère.

« Et moi, "mon pote", je n'aurais jamais dû gober tes conneries. Et j'aurais déjà dû te casser la gueule aussi. »

Avec les anciens collègues de ma femme, j'avais été à bonne école : toujours répondre à l'hostilité par l'hostilité, et ne céder sur rien. Que vous ayez raison ou non, c'est une bonne technique pour faire reculer les gens.

Conner plissa les yeux et leva la main droite comme s'il s'apprêtait à m'envoyer un coup de poing, puis il la laissa retomber.

« Qu'est-ce que tu racontes ? Je ne pige pas.

— À ton avis ?

— Si je comprenais, je te le dirais. »

Perché sur son promontoire de pierre, le coyote nous observait. J'expliquai à Conner que j'avais essayé d'écrire son histoire exactement comme il me l'avait racontée mais qu'au bout d'un moment j'avais cessé d'y croire. Depuis que j'avais lu *La Maison Russie*, en fait : « Il est passé à l'ennemi. Mon agent est passé à l'ennemi. »

« Putain, mais c'est dans le film, ça ! Ce n'est même pas dans le livre ! »

Je continuai, sans me démonter, et je le voyais progressivement se calmer. Ses joues reprenaient une teinte normale, son regard s'adoucissait. J'ai toujours dit que les gens voyaient en moi un reflet de qui ils étaient vraiment, et Conner ne faisait pas exception. En le regardant droit dans les yeux, j'avais reconnu un menteur. Et lui avait vu en moi un type disant la vérité. En définitive, ni l'un ni l'autre ne voyait rien : à part peut-être une copie de nous-mêmes.

« Et quand est-ce que tu t'es dit que, peut-être, je ne te mentais pas ? demanda-t-il.

— Shascha m'a proposé deux millions de dollars. Pour que je ne publie rien. Qu'est-ce que tu aurais fait, à ma place ? Tu aurais raconté l'histoire ou tu aurais pris la thune ? La vérité, c'est que si Angela n'avait pas trouvé cette clé USB, tu ne lui en aurais jamais parlé. Et que si je n'avais pas réalisé à quel point tu me méprisais, j'aurais sans doute marché. »

Je vidais mon sac. Je n'avais plus rien à perdre. Conner m'avait choisi parce que j'étais naïf et faible. Cela n'avait rien à voir avec mes supposés talents d'écrivain, et encore moins avec le fait qu'il puisse voir en moi un ami. Je n'étais qu'une grosse feignasse, et il l'avait compris.

Conner inclina la tête et me scruta, comme si ma réaction le surprenait.

« Tu veux dire que tu n'as pas compris ? finit-il par demander. Tu veux dire que tu ne fais pas semblant ? Ce n'est pas que tu ne veux pas en parler. Tu n'es vraiment pas au courant !

— Au courant de quoi ?

— De la raison pour laquelle je me suis adressé à toi.

— Bien sûr que si : je viens même de te l'expliquer. »

Conner sourit en secouant la tête. Comme s'il réalisait que sa vie avait été l'objet d'une blague sans fin, et qu'il ne pouvait plus qu'en rire.

« Tu penses que c'est de ça qu'il s'agit ? Réellement ?

— Quoi d'autre ? »

Il posa son sac à dos sur le trottoir et s'accroupit pour l'ouvrir.

« Tu te souviens que je t'avais parlé d'une petite surprise, quand tu aurais fini d'écrire le livre ?

— Bien sûr. Et ça non plus, le ton condescendant que tu as pris pour me le dire, ça ne m'a pas plu. Ça m'a rendu furieux, même.

— Je ne pensais pas que je te le donnerais. Mais je suppose que je n'ai plus trop le choix, maintenant.

— C'est quoi ?

— Va savoir. Ton héritage, peut-être. »

De son sac, il sortit un tapuscrit relié. Deux cents pages jaunies, fines et fragiles avec, sur la couverture, deux petites taches rouge foncé, de l'encre ou du sang, difficile à dire. Je pris le tapuscrit et m'arrêtai net, confus.

« Bordel. C'est quoi ? »

Son titre était *Le Verre manquant*, mais ce n'était pas ce qui m'effrayait le plus. Le coyote, qui sentait mon malaise, se mit à hurler. Je devais être tout pâle. La tête me tournait.

« Non, dis-je. Ce n'est pas possible.

— Si, ça l'est.

— Je croyais que c'était Salinger qui l'avait écrit. Ce n'est pas ce que tu m'as dit ? »

Il me fit un clin d'œil.

« Évidemment que c'est lui. Tu le vois bien, non ?

— Mais… » Je n'arrivais pas à terminer ma phrase. Sur le dos, il y avait un nom. Mais c'était l'autre, sur la couverture, qui me laissait sans voix : Sid J. Langer. Les anagrammes n'avaient jamais été mon fort mais ma mère, elle, en avait toujours été friande. Pendant que je les épelais, les lettres se mélangeaient dans ma tête, dans un sens puis dans l'autre : Sid J. Langer, J. D. Salinger. Logique. Absurde, mais logique. Encore une explication qui voulait à la fois tout et rien dire.

Je comprenais maintenant ce qu'avait voulu dire Conner sur la quatrième de couv de *Neuf Pères* : « *Une révélation. Un livre qui vous tient en haleine jusqu'à la dernière page. La chute est magistrale.* » C'est fou, comme un lecteur en sait souvent plus sur un texte que son propre auteur.

Pour ne pas tomber dans les pommes, j'essayais de penser à autre chose. Je lui demandai s'il l'avait lu.

« Dans l'avion. Absolument.

— Tu revenais d'où ?

— Ça, je ne te le dirai pas, mec. J'ai pas confiance à ce point.

— Et il est comment ?

— Ce n'est pas son meilleur, c'est clair. Les polars, c'était pas trop son truc. Mais certaines parties devraient te plaire.

— Lesquelles ?

— Celle sur l'écrivain plutôt connu qui arrive à Chicago et qui rencontre une secrétaire dans un hôtel classieux. Ensemble, ils ont un petit garçon. Il est d'accord pour leur verser une pension, à elle et au petit, mais à une condition : elle ne devra jamais révéler son identité à quiconque. Pas même à son propre fils. On pourrait appeler ça un contrat tacite.

— C'est pourri, comme histoire.

— Pourri comme une histoire vraie. Il fallait que tu le saches, mec. Ce livre, en fait, c'est toi qui l'as écrit. C'est tellement évident.

— Pas pour moi, on dirait.

— En tout cas, c'est pour ça que je te voulais : toi, son fils. Je voulais que ce soit son fils qui rédige mon histoire. Et Dex le savait. Mais il avait signé une clause stipulant qu'il devait laisser ses fils tranquilles.

— "Ses" fils ?

— C'est ce qu'il a fait écrire à Dex dans le contrat, ouais : ses fils. »

Je pris une inspiration. Mon cœur battait trop vite.

« On dirait bien que son fils a fini par la raconter, ton histoire.

— On dirait bien, oui. Mais ce n'est pas tout à fait la fin que j'avais prévue.

— De toute façon, *L'Attrape-Cœurs* non plus ne se termine pas comme prévu.

— Comment ça ?

— Un livre atterrissant dans la poche arrière de meurtriers. Je doute que le vieux Sid J. Langer ait prévu ça.

— On ne peut pas tout contrôler tout le temps. En fait, on ne contrôle rien. Tu écris un livre, et puis les gens se l'approprient pour en faire des choses que jamais tu n'aurais pu imaginer. »

Il abattit sa main sur le manuscrit.

« Tu devrais le lire.

— Je ne sais pas. Je crois que ça me fait un peu peur. »

Ce livre valait des millions, je le savais, mais je n'avais pas envie de m'y plonger maintenant. Il renfermait sûrement certains des secrets après lesquels j'avais couru toute ma vie, mais ces secrets ne m'intéressaient plus. Je le glissai dans le panier de la poussette de ma fille. Elle dormait toujours. Le coyote, lui, continuait de hurler.

« Je suis désolé, mec, dis-je à Conner.

— De quoi ?

— Tu as raison : je t'ai entubé.

— Sans le savoir.

— Quand même. J'aurais dû te faire confiance. Je vais essayer de réparer ça.

— C'est un peu tard, mon pote.

— Pas sûr.

— Tu n'as pas l'étoffe d'un héros.

— Peut-être pas. Mais j'ai peut-être celle d'un homme digne de ce nom. »

Je lui serrai la main, et il m'attira à lui pour me taper dans le dos. Ses moustaches me caressaient la joue.

« Alors, demandai-je, c'est comment, la vie d'écrivain reclus ? Ça ressemble à tes rêves ?

— J'aimerais bien le savoir, mon pote. Mais je ne suis pas vraiment un ermite. Plutôt un fugitif. Ermite ? Un jour, peut-être... »

Il avait un avion à prendre, et il était inutile de lui demander où il comptait aller. J'avais juste besoin de savoir qu'il était encore avec Angie et qu'Atticus se portait bien. Je lui souhaitai bonne chance.

« On ne se reverra sans doute jamais », me dit-il.

Ça, je n'y croyais pas trop. Tôt ou tard, j'en étais persuadé, nos chemins se croiseraient de nouveau. Et peut-être même dans pas si longtemps. Margot était encore à ses trousses, c'était certain, Shascha aussi, et peut-être même Dex. Bah, me dis-je. Je trouverai bien un moyen de le protéger et d'honorer notre accord tacite.

Je le regardai s'éloigner, mains dans les poches. Il sortit du parc, puis disparut de mon champ de vision. Dans sa poussette, ma fille commençait à s'agiter.

« Papa ? demanda-t-elle, effrayée.

— Oui, Béa ?

— J'ai entendu des gens qui parlaient.

— C'était rien, ma puce. Juste un coyote. »

POST-SCRIPTUM

Cette idée, c'est Conner qui me l'a donnée. Une idée simple, dans le genre de celle qu'il avait donnée à Dex en écrivant *Manuscrit sous embargo*, à ceci près que je ne voulais pas m'en servir pour voler, moi, mais pour sauver quelqu'un. Le voleur du roman de Conner – Dex et Pavel dans la réalité – dérobait une clé USB. Il créait un site Internet, faisait courir le bruit qu'il détenait une édition pirate des *Chroniques de sorciers vampires*, enregistrait tous les ordres de paiement par carte de crédit, transférait l'argent sur son compte bancaire, envoyait le livre par mail et fermait le site dans la foulée. Vendre sur Internet était facile. Le plus compliqué, c'était de convaincre les gens que vous aviez quelque chose susceptible de les intéresser.

Mais je n'étais pas intéressé uniquement par l'argent. J'aurais pu me contenter de raconter la véritable histoire de Conner Joyce, d'ailleurs, mais je n'étais pas persuadé que les gens y auraient porté beaucoup d'intérêt, à moins que je les fasse payer. Non, moi, je voulais des lecteurs qui y croient. Qui y croient *vraiment*. Je passai donc un temps considérable à lire et à relire le texte, à le maquetter, à le formater de façon à ce que les gens puissent le lire sur iPad, Kindle ou Nook. Une fois que j'en eus terminé, je postai l'info sur Twitter, Facebook et Google+. En substance, je proposais d'apprendre toute la vérité sur la fuite du tome 9 des *Chroniques de sorciers vampires* pour la modique somme de 10 dollars, payable par carte de crédit.

Au début, tout le monde a pris ça pour un *hoax*. Au cours des premiers jours, je n'ai vendu qu'une dizaine d'exemplaires. Mais, peu à peu, les gens ont commencé à lire le livre, à poster des critiques sur Internet, positives pour la plupart. Les critiques négatives étaient tout aussi efficaces, car elles donnaient lieu à de véritables discussions. Même s'ils n'aimaient pas l'histoire, le style ou la façon dont j'avais modelé le personnage de Margot Hetley, la plupart des lecteurs partaient du principe que l'histoire était vraie. J'imagine qu'ils ont été convaincus par les petits détails, les touches personnelles : les descriptions de Shascha, par exemple, de Courtney Guggenheim, celle du portier du 680 N. Lake Shore Drive, ou des collègues de ma femme sur le blog Buck Floomington – ou encore cette dernière scène au zoo, quand ma fille se réveille une fois que Conner est parti et que je lui dis que ce ne sont pas des voix qu'elle a entendues, mais seulement un coyote.

Plus tard, je tentai de parler à ma mère de tout ce qui s'était passé, mais elle refusa de m'écouter. Ses souvenirs s'estompaient, ou alors elle faisait très bien semblant. À jamais, elle resterait le mystère qu'elle avait toujours été. Que j'eusse découvert la vérité sur mon père ne changeait rien à la promesse qu'elle lui avait faite. Cette promesse, elle l'avait tenue même après qu'il avait arrêté de l'entretenir financièrement, et même après sa mort. Elle la tiendrait toujours. Elle ne lirait jamais *Le Verre manquant*.

« Je connais déjà l'histoire, me dit-elle. Pourquoi voudrais-tu que je la lise ? »

Quand je lui demandai quoi faire du manuscrit, elle eut une réponse à la Dex : « Brûle-le. »

Je devrais probablement vous préciser que je me suis senti coupable d'avoir rompu le contrat passé avec Shascha. Après tout, j'ai quand même encaissé son chèque. Je devrais probablement vous dire aussi que je me sens un peu mal à l'idée d'avoir accusé Margot Hetley sans preuve factuelle. Mais je me suis senti encore responsable envers Conner. Il y a très longtemps, il avait écrit une lettre à mon père, qui ne lui avait jamais répondu. En un sens, c'est ainsi que j'ai vécu ma vie, moi aussi : en posant des questions et en attendant les réponses – jusqu'à abandonner tout espoir d'en recevoir une un jour.

Je savais bien qu'à un moment ou un autre mon passé me rattraperait. Je ne vécus pas caché pour autant. Je ne fis pas mes valises, et je ne quittai pas le pays en emmenant toute ma famille. Je ne changeai pas de nom, je ne pris même pas la peine de nous mettre sur liste rouge. Je retirai la maison de la vente en me disant que nous tiendrions bon en attendant la fin de la crise, ou quel que soit le nom du truc que nous étions en train de traverser. Où que j'aille, on pourrait toujours me retrouver. Quoi que j'écrive, on pourrait s'en servir à mes dépens, retrouver Conner par exemple, ou me retrouver moi, ou commettre un crime. Mais je cessai de me soucier de ça. Si quelqu'un voulait me traquer ou m'affronter, je ferais face le moment venu.

Le moment arriva. Sur la tombe de mon père. Je m'y étais rendu moins pour lui rendre hommage que pour essayer de rendre tangible cette histoire qui ne semblait exister que dans mon esprit. De ce point de vue, cette visite dans ce cimetière du New Hampshire ne se révéla pas un grand succès. Que ce soit J. D. Salinger, Sid

J. Langer ou autre chose, ça n'avait pas d'importance : le nom gravé sur la plaque n'était qu'un nom de plus dans le cimetière.

Certaines tombes étaient fleuries. Pas la sienne. Et moi, je n'avais rien apporté, à part ce manuscrit qui datait de ma naissance.

Dex s'approcha, veste bleu marine rayée et pochette jaune pâle, au moment où je déposais le manuscrit sur la tombe. Il me semblait plus vieux et plus maigre que dans la description que Conner en avait faite. Je le reconnus à sa cicatrice sur son cou et au faucon à l'œil jaune qui ornait le pommeau de sa canne. Conner avait fait une coquetterie de cette canne, mais Dex paraissait réellement en avoir besoin. Pavel Bilski s'en était allé, et il avait emmené Jaroslaw Dudek avec lui. Voilà peut-être pourquoi il avait l'air si seul.

« Monsieur Dunford », dis-je.

Il sourit, surpris certainement que je l'aie reconnu. Nous eûmes donc une petite discussion, à côté de la tombe. Il me raconta tous les ennuis que Conner et moi lui avions causés. Il me demanda de réfléchir à une manière de le dédommager ; je ne peux pas dire que je fus surpris. De fait, ma réponse était déjà tout prête :

« Je pourrais vous écrire un livre.

— Un livre ? »

J'opinai du chef.

« Quel genre ?

— Le genre crime parfait.

— Exemplaire unique ?

— Tapé à la machine. Pas de doubles, pas de fichier.

— Voilà, dit Dex. C'est exactement ça. »

Pendant un long moment, il me regarda droit dans les yeux.

« Y a-t-il un sujet qui vous plairait ?

— Ce n'est pas moi, l'écrivain.

— Je sais. Mais vous ne voulez pas me dire quand même ?

— D'accord. »

Il réfléchit un moment, puis reprit : « Vous pourriez commencer par ça : quelque part dans ce monde se terre une femme très puissante, très riche et sans pitié, qui m'a volé des manuscrits d'une valeur inestimable et a failli me tuer au passage. Ces satanés manuscrits me sont très chers et j'aimerais vraiment beaucoup les récupérer. »

Il désigna celui que je venais de poser sur la tombe de mon père.

« On pourrait commencer par celui-là, Adam. Il m'appartient, vous savez. »

Je le lui rendis.

Conner Joyce m'avait expliqué qu'il avait ressenti quelque remords à écrire ce premier roman pour Dex. Assurément, il ne l'aurait pas fait s'il n'y avait pas été contraint. Moi, j'avais le choix. Mais je voulais le faire. J'avais déjà une idée de la façon dont j'allais m'y prendre pour aider Dex à recouvrer son bien – dans mon esprit, une histoire avait germé. Il était aussi grisant à mes yeux d'inspirer une personne unique que d'en inspirer des milliers. L'identité de cette personne, la nature de l'inspiration, je m'en moquais. Travailler pour Dex ne me gênait absolument pas. Chacun fait ce qu'il peut pour mettre sa famille à l'abri et s'assurer qu'elle ne manque de rien, non ? Comme l'avait dit à Conner l'un de ses auteurs favoris, d'une manière ou d'une autre, on finit tous par travailler pour Dex.